吞噬星空

典藏版 9

我吃西红柿 著

ARTTIME 时代出版
时代出版传媒股份有限公司
安徽文艺出版社

图书在版编目（CIP）数据

吞噬星空：典藏版. 9/ 我吃西红柿著. — 合肥：安徽文艺出版社, 2021.6（2022.11重印）

ISBN 978-7-5396-7129-1

Ⅰ. ①吞… Ⅱ. ①我… Ⅲ. ①幻想小说–中国–当代 Ⅳ. ①I247.5

中国版本图书馆CIP数据核字(2020)第273026号

TUNSHI XINGKONG DIANCANG BAN 9

吞噬星空 典藏版 9

我吃西红柿 著

出 版 人：姚 巍
责任编辑：王婧婧 宋潇婧
装帧设计：周艳芳

出版发行：安徽文艺出版社 www.awpub.com
地 址：合肥市翡翠路1118号 邮政编码：230071
营 销 部：(0551)63533889
印 制：湖南关山美印有限公司 电话：(0731)87056228

开本：710 mm × 1000 mm 1/16 印张：18 字数：290千字
版次：2021年6月第1版
印次：2022年11月第4次印刷
定价：32.00元

目录
CONTENTS

第395章

罗峰和风轮

天蒙蒙亮，寂静的街道上只有罗峰一人。

“嗯？”罗峰抬头看去。

只见远处有一道青光迅速飞来，而后出现一道人影。

一位绿发青年脚踏青色圆轮模样的念力兵器，青色圆轮的边缘极其锋利。绿发青年缓缓降落在街道上，站在离罗峰百米远的地方。

“我没想到，你竟然会大吼大叫。”绿发青年看着罗峰，露出一丝笑容，“你这一吼，整个城市的人都听到了。”

“听到就听到。”罗峰站在那里，身上的煞气很重。

“这疯子在现实世界中是干什么的，身上竟然有这么重的煞气。”绿发青年心中暗道。

他哪里知道，罗峰夺舍了冷血残酷的金角巨兽，得到了极多好处。若非夺舍金角巨兽，仅仅靠修炼陨墨星一脉的传承，罗峰根本不可能纵横整个黑龙山帝国。

夺舍金角巨兽，罗峰成为人类世界中顶尖的天才，也就注定他不可能局限在黑龙山星域。

这是金角巨兽给他带来的好处，坏处则是他的脾气会变得很暴躁。

过去他一直收敛自己的脾气，而在第一世界区，他完全放开了。

“嗯？”罗峰的目光扫过周围。

一些居民楼，临街商城，或者街道旮旯，隐隐出现了一些人影。天空中还有一道道人影降落在远处。

“是疯子！”

“另外一个是风轮！”

“果然是他们俩，之前我就猜测到那是疯子发出的吼声，在这个城市，也就疯子敢挑衅风轮了。”

“太刺激了！最后一天，疯子竟然对战风轮。”

“疯子和风轮大战，谁会赢？”

“谁知道呢。”

“疯子吧，那家伙什么事都做得出来。”

“魔锤、冷线、骨头等高手都死在疯子手上。不过，死在风轮手上的强者更多。这两人的实力不相上下，谁赢谁输还真难说。”

短时间内，很多高手聚集在离罗峰千米远的临街商城、居民楼等地方，悄悄观战。

这恐怕是最有看头的一场对决了。

街道上，罗峰和风轮遥遥相对。

“人挺多。”罗峰的目光扫过远处。

“他们都是被你的吼声吸引过来的。”风轮没好气地道，“现在麻烦了。我们两个决战，一方轻易获胜还好，如果获胜方还受了重伤，到时候肯定会遭到周围大量强者的围攻，因为获胜者将会拥有惊人的积分，会让很多强者眼红。”

罗峰点点头。

在现实世界中，自己有体内世界，可以迅速治疗伤势。可是如今在第一世界区，自己体内的细胞活性和其他人一样，一旦受伤，会很麻烦。

“依我看，先将他们给杀了，然后我们再对决。”罗峰说道。

“嗯？”风轮闻言一怔，随即明白了罗峰的真实意图。

“好！你说得有道理，为了防止有人趁机对付我们，我们不如先将这些人全部杀了。”风轮高声回道。

他的声音传播开来，令躲在远处的临街商城、居民楼、街道旮旯的强者们吓了一跳。

风轮故意高声说出这句话，显然是想让远处观战的强者自动离开。

“你真善良！”罗峰赞赏地看了他一眼，立即脚踏遁天梭，朝最近的一处居民楼冲去。

风轮笑了笑，道：“我是不想浪费时间！”

两人都脚踏念力兵器，迅速飞向最近的居民楼。

“快逃！”

“疯子和风轮要攻击我们。”

“快走！”

“他们杀过来了。”

顿时，强者们朝四面八方乱跑。

现如今活着的这些强者，很多人的实力都接近雷神，有的人的实力甚至比雷神还强一些。可是，面对实力超群的风轮和罗峰，他们根本没有抵抗之力，一个个都选择逃跑。

“跟我来！”罗峰传音给风轮。

随后，他带头冲进下方一条地下通道中。

风轮紧跟着冲进去。

这座城市的地下通道四通八达，罗峰和风轮沿着地下通道疾速飞行，片刻后，便沿着地下通道的一个出口飞了出去。

此刻，他们已经到了北城区的一个别墅密集区。

一座座迥异于地球建筑的别墅，分布在周围数千米范围内，而罗峰和风轮分别站在一座别墅的塔形顶部，遥遥相对。

罗峰此刻的心海无比平静，不起一丝波澜。

这是金角巨兽的一个特性，虽然平时暴躁，遇到大事却无比冷静。

“这风轮的实力比其他三个要强得多。”罗峰暗道。

“今天是预选淘汰赛的最后一天，这一战应该是最后一战。”风轮看着罗峰，微微一笑，“疯子，我很好奇，你现在的排名是多少？”

他们都不知道对方的真实姓名，所以并不知道对方的排名。

“第102名。”罗峰看向风轮，“你呢？”

“第42名。”风轮回道。

罗峰心中一惊。

从排名就能看出实力，他的屏幕上附有排行榜，虽然魔锤、骨头、冷线这三人在这座城市都是排名前10的，但是按照他击杀对方得到的积分来看，这三人的总排名在200—300名之间，风轮却排第42名。

“你怎么有这么多积分？”罗峰皱眉。

“本世界区第1名，可以直接得到一个乾巫宇宙国的参战名额，所以很多超级强者在自己所在的城市战斗后，会前往其他城市猎杀强者。”风轮淡淡一笑，“单单在自己所在的城市，是不可能排到第1名的。”

“曾经有一个强者杀到我们城市，不过，最后他被我击杀了。”风轮说道，“我从那个强者身上得到了1000多万积分。”

“1000多万积分？！”罗峰暗惊。

风轮从其他城市一个超级强者那里得到了1000多万积分，他的总积分肯定很高，排到第42名也就不足为怪了。

“那个超级强者是目前为止唯一一个逼得我使出全力的强者。”风轮盯着罗峰，双眸中有着期待，“疯子，这是最后一战。不管谁输谁赢，通过预选淘汰赛是肯定的，我希望你能拿出最强的实力……”

“没有势均力敌的对手，真的很没意思。”风轮笑道。

“哦？”罗峰看着风轮，心中战意汹涌。

“那就别啰嗦了！”罗峰一声低喝。

下一瞬，他的身上散发出耀眼的金光。

大量金色光线形成金色气流，一条金色鱼儿在金色气流中游动，然后迅速袭向风轮。

风轮体表顿时弥漫出青色气流，同时他面前出现了一件复杂的圆轮状念力兵器。

“嗡！”圆轮迅速旋转，在青色气流上形成一个通道，拦截住了金色鱼儿。

“铛——”撞击声接连响起。

两件念力兵器在半空中一次次撞击。

脚踏遁天梭的罗峰和脚踏青色圆轮的风轮遥遥相对。

两人都是精神念师中的超级天才，甚至都跨入了本源法则的门槛。

不同于魔锤用四条手臂抵挡攻击，风轮单单靠圆轮便抵挡住了罗峰的金色鱼儿的一次次攻击，当然，他那圆轮是无法压制住罗峰的金色鱼儿的。

“风轮，你就这点儿本事？”罗峰嗤笑一声。

只见蕴含金之本源法则的金色鱼儿灵活一闪，砸在圆轮上，随后闪电一般袭向风轮。

“很好！”风轮脚下的圆轮和攻击的圆轮是一样的念力兵器。

此刻，他脚下的圆轮突然飙射而出，去拦截金色鱼儿，同时，那圆轮竟然直接裂开，变成了两个残月状的兵器，两个残月状的兵器相互影响，疯狂旋转。

“疯子，你是第二个让我不得不拿出全部实力的强者。”风轮笑道。

“铛——”

随着急促的撞击声，那两个残月状的兵器旋转起来，彼此影响，速度不断飙升。

在这种情况下，罗峰的金色鱼儿有点慌乱，要完全拦截住两个残月状的兵器，太吃力了。

“那两个轮子的速度太快，而且诡异。”

罗峰感觉到，那两个残月状的兵器蕴含了一种本源大道。就好像宇宙中相互围绕的双子恒星。

这两个残月状的兵器蕴含了奇异的奥秘。

过去，风轮名声大震，就是仗着他的念力兵器无比迅猛、诡异。如今，他的圆轮一分为二，速度和威力都有了惊人的提升，兵器也变得更加诡异，完全压制住了罗峰。

忽然，其中一个残月状的兵器压制住了金色鱼儿，另外一个轮子闪电一般袭向罗峰。

罗峰脚踏遁天梭，立即往后退，同时手持盾牌。

“铛！”轮子击中罗峰手上的盾牌。

极强的冲击力，令罗峰整个人不禁向后方飞退，直接撞碎了别墅的顶部，落入别墅内。

“嗖！”金色鱼儿迅速飞回别墅。

紧接着，一道人影冲天而起，正是罗峰。

此时的罗峰没有丝毫狼狈之色，眼眸中满是兴奋。

风轮悬空而立，两个残月状的兵器在其周围悬浮着。

“嗯？”风轮发现罗峰背着一根暗金色长棍，仿佛背着一个暗金色的大木桩。

“风轮，你说得对，没有势均力敌的对手，真的很没意思。”远处别墅上空，悬浮着的罗峰脸上流露出钦佩之色，“你是第一个逼得我使出最强实力的对手。没办法，你真的很强，我若不拿出衍神兵，还真的赢不了你。”

风轮身体一震，震惊地看着罗峰背上的暗金色长棍：“衍……衍神兵？”

第396章

风轮战败

衍神兵蕴含金、空间这两大本源法则，是精神念师掌控者的九大神兵之一。

对于恒星级强者而言，得到衍神兵简直是不可思议的一件事。

衍神兵的形态分为九重，单单施展第一重幻剑式，就需要对金之本源法则有所领悟，而且意识必须强大。

罗峰在现实世界中研究了数月，在预选淘汰赛开始前10天都在琢磨，才掌握了衍神兵第一重形态的使用方法。

恒星级强者仅仅掌握衍神兵第一重形态的使用方法，在同级同阶强者中就可号称无敌。

这说明衍神兵的威力极大！

“你能使用衍神兵？”风轮脸上流露出震惊之色。

“这是我第一次使用衍神兵进行战斗。”罗峰缓缓落在下方别墅的屋顶上。

风轮顿时有些紧张。

毕竟九大神兵的名气很大，只是，心中沸腾的战意令他不想退缩。

他高声说道：“疯子，这是预选淘汰赛的最后一天，能遇到你这样的对手，真是开心！你就拿出你全部的实力，让我见识见识传说中的衍神兵，威力到底有多强！”

“好的！我不会让你失望的。”罗峰笑道。

两人分别站在两座别墅的屋顶，距离不过百米。

罗峰指了指风轮，背上的暗金色长棍中顿时射出一连串金光，原来那是9把薄如蝉翼的金色小剑。

这9把金色小剑自然分散开来，同时剑身上无比复杂的秘纹的金丝开始流转，彼此串联。

要将无数金丝串联成一个整体，这是很难的。之前，罗峰使用遁天梭，就算将剑鱼阵修炼到大成，也无法完全将自己对金之本源的领悟融入其中。

而此刻，他几乎瞬间就将自己对金之本源法则的领悟完全融入这一招中，并且尽力施展出第一式。

他只感觉自己的领悟还不够深，只是基本掌握第一式，远远没有达到大成的地步。

一把被淡淡金光笼罩的金色幻剑悬浮在罗峰的前方。

这把金色幻剑显得很模糊，无法看清。

一股恐怖的气息从金色幻剑中发出，令前方的空气震荡。

“嗖！”金色幻剑瞬间袭向远处的风轮。

金色幻剑袭出的瞬间，因为太快，化作了一道金色剑虹。

风轮怒喝一声，额上的青筋直跳，全力控制念力兵器。

两个残月状的兵器仿佛嬉戏的两个孩童一般，彼此追逐着，以让人捉摸不透的轨迹，化作一阵风，去拦截那道可怕的金色剑虹。

“轰！”金色剑虹撞击在两个残月状的兵器上。

随着一声爆响，两个残月状的兵器被撞飞了，砸向下方的别墅。

砰的一声，其中一个残月状的兵器砸在别墅的玻璃上，令玻璃炸裂开来。

遭到撞击后，金色幻剑停住，而后再度化作一道金色剑虹，袭向风轮。

“怎么会这样？”风轮露出惊怒之色，脚下的圆盘立即飞出，一分为二，化作两个残月状的兵器去抵挡。

金色剑虹再次撞击，两个残月状的兵器再次被击飞。

紧接着，金色剑虹继续袭向风轮。

风轮没有闪躲，而是死死地盯着罗峰，用念力传音道：“疯子，这次我败了，下次我一定能赢！”

风轮的咆哮声还在罗峰的耳边回荡，他的脑袋已经被金色幻剑贯穿了。

他的尸身从半空中坠落，砸在屋顶上，而后落入别墅的院中。

“你错了，”罗峰降落在风轮的尸身旁，低声道，“你已经跨入本源法则的门槛，本来，我要击杀你并没有这么容易。可是，你跟我硬碰硬，又怪得了谁呢？”

虽然在这一战之前，罗峰没真正用衍神兵和对手战斗过，但是在虚拟宇宙的杀戮场中，为了日后熟练地操控衍神兵，他设定过很多恒星级对手，那些对手分别领悟了金、木、水、火、土、风、雷、光线、时间、空间等本源法则，这让他积累了不少战斗经验。

金，至阳至刚，锋利无匹！

风，本无形，飘忽不定！

走领悟不同本源法则的修炼之路，战斗方式也会有所区别。罗峰跨入金之本源法则的门槛，攻击方式自然是至阳至刚的，而且，他使用的又是最适合金之本源的衍神兵，威力奇大。

风轮和罗峰硬碰硬，因此丧命，怪不得他人。

主要是风轮被衍神兵的名气所震慑，加上过去和同阶对手战斗一直是无往不利的，直至丧命，他才明悟应对罗峰的最佳方式。

……

罗峰和风轮一战，动静极大，当然吸引了原本就在北城区的一些高手，那些高手想要靠近观战时，战斗已经结束了。

“风轮输了？”

“风轮竟然被杀了！这简直太不可思议了！我没看错吧？”

“风轮都倒下了，谁还会是疯子的对手？”

远处的高手震惊不已。

风轮比魔锤、冷线、骨头等人强多了。很多人早就预测过风轮和罗峰这一战谁会胜，很多人都看好风轮，毕竟风轮从未败过，战绩优异。

这座城市的第一高手是风轮，很多人早就这么认定了。

“那疯子未免太强了吧！”

“疯子最后施展出的金光到底是什么，不是说，疯子施展的念力兵器是金色鱼儿吗？”

“对了，疯子击杀风轮，会得到多少积分呢？”

“风轮即便失去一半积分，排名依旧很高。至于疯子，他得了风轮的积分，现在积分肯定比风轮高得多。”

罗峰背着暗金色长棍，飞离别墅区，来到远处一个密集的居民楼区，直接从阳台进入一间屋子。

“预选淘汰赛持续了30天，今天是最后一天。”罗峰默默地坐在地上，调整心态。

到预选淘汰赛的后20天，他才完全释放出心中的战意，沉浸在战斗中，一路残酷厮杀，才成就“疯子”之名。

不过，罗峰不想带着这种心态回归现实。

罗峰盘膝静坐，压制住骨子里的嗜血因子。

“风轮的积分还真高，不愧是排名第42的高手。”罗峰低头看向手腕上的屏幕，屏幕上的积分高得惊人。

参战者：罗峰（黑龙山帝国）

积分：32178201

排名：51

“杀了风轮，我竟然得到了1800多万积分！”罗峰心中惊叹。

击杀超级强者，的确能够赚取很多积分。之前他不断战斗，积累了近1400万积分，竟还赶不上这一次的收获。不过，此次情况有些特殊，他击杀的风轮曾经杀了一个从其他城市来的超级强者，得到了超过1000万的积分。

“看来，得到积分最快的方法，是击杀超级强者。最好是去一个个城市猎杀超级强者。”罗峰心中暗道。

罗峰击杀了风轮后，排名从102名直接跃升到51名，这引起了乾巫宇宙国很多势力和组织的关注。之前罗峰冲进前1001名时，关注他的主要是黑龙山帝国的公民。可是，如今他冲到了前51名，自然就不一样了。

排名越靠前，表明实力越强。

排名高低，跟一个人的选择有关。

就拿罗峰和风轮来说，如果这两个人不是龟缩在自己的城市中，而是在整个世界区的91个城市中进行闯荡，猎杀超级强者，或许会碰到难啃的硬骨头，可是，更大的可能性是，很快冲到本世界区前10名。

“搜集罗峰的详细资料。”

“罗峰排名第51，应该是达到了领域八九重的战斗型天才，或者是领悟了本源法则的超级天才。”

“黑龙山帝国那种旮旯地方，竟然也有能进前51的天才！”

“的确很少见，黑龙山帝国是我们乾巫宇宙国诸多属国中综合实力中等偏下的国度。”

此刻，那艘集结了黑龙山帝国统治阶层的宇宙飞船的豪奢大厅内。

“恭喜陛下！”

“大喜啊！”

“陛下，罗峰的排名是第51，这可是两位数的排名啊！”

大厅内的数千号人都沸腾了。

三位数排名、两位数排名、个位数排名代表的荣誉是不一样的。

此刻，黑龙山帝国暂时入选的三人的排名如下：

洪的排名是第999；

纳比尼的排名是第860；

罗峰的排名是第51。

一看就知道，洪和纳比尼算得上是黑龙山星域的顶级天才，而罗峰算是能够在乾巫宇宙国排得上名号的超级强者。

“两位数的排名啊！”

“陛下，现在整个黑龙山岛屿的公民都无比兴奋。”

端坐在最上面的帝皇很开心，朗声说道：“这一次预选淘汰赛，我们帝国的强者表现得都很不错，看情形，很可能有3个强者入选。洪和纳比尼都是很优秀的，至于罗峰，他简直是我们黑龙山帝国的骄傲啊！”

“罗峰立了大功啊！”帝皇的声音更加洪亮，“必须奖励，重赏！”

第397章

特使

当罗峰躲在一栋居民楼中，静等预选淘汰赛结束的时候，在第72世界区星球大厦中的洪依旧在拼命战斗。

现如今洪的排名是第999，他丝毫不敢松懈，因为最后一天的厮杀非常残酷。

特别是排名在1000左右的人，他们的排名随时可能提升，也随时可能下跌。

“我必须保证自己活着，否则，我一死，会损失一半积分，肯定会跌出前1001名。”一个门窗碎裂的破烂屋子内，一身黑衣的洪站在那里，闭着眼睛，“同时，尽量再杀几个高手，让自己的排名再靠前一点。”

洪脑海中掠过诸多念头，表面却显得无比平静。

他无比放松，但凡周遭有一丝动静，都能提前发现。

地球的三个强者中，他和雷神经历了很多。雷神虽然对内家拳有所领悟，但重点修炼的是古瑜伽术，在大涅槃时期之前，他就是一个武痴，有一颗赤子之心，容易与天地契合，达到了古瑜伽术天人合一的境界。

洪就不一样了，他从小被当成杀手训练。杀手对于力量的操控很精细，而内家拳对身体内在控制、心境控制都非常重视。而后，他经历了大涅槃时期、基地市时期、金角巨兽侵袭地球时期，这些经历都让他对力量的操控更强。

三人中，罗峰的岁数最小，他的天赋、悟性、毅力等样样都不差。不过，他没受过内家拳等的熏陶，近身战时，他对力量的操控不如洪和雷神。不过，他是三人中整体实力最强的。原因有二：一，他的天赋很高，令他成了陨墨星一脉的传人；二，他不惜舍弃性命，燃烧灵魂，和金角巨兽拼死一战，最后夺舍金角巨兽。

自此，罗峰的实力大大提升了，可以和浩瀚宇宙中顶尖的天才相媲美。

屋内。

罗峰盘膝而坐，静等预选淘汰赛结束。

“预选淘汰赛结束倒计时，60、59、58、57、56……”一道低沉的声音回荡在100个世界区所有幸存者的脑海中。

听到这道声音，诸多世界区中的武者都有些急躁。

“我还差一点啊！”

“刚才我的排名还是第1001，现在变成了第1002了。”

“来不及了。”

“杀啊！”

“你也冲不进前1001名，只要你任我杀，等出去后，我一定重重酬谢。”

“重重酬谢？哼！少忽悠我！这种不正当的勾当，虚拟宇宙系统根本不会给予公证，你现在说得好听，等出去后，打死不承认，我有什么办法？”

在最后时刻，各个世界区都一片混乱。

而罗峰依旧默默等着。

“10、9、8……3、2、1！传送！”

100个世界区中的所有幸存者瞬间消失了。

而后，那一个个虚拟出来的世界都崩溃了，一切化为虚无。

与此同时，各个世界区中的最终排名开始对外公布。

预选淘汰赛彻底结束！

人选已经选出！

罗峰被传送到了黑龙山岛屿上空。

“嘀——”一连串提示声响起。

“罗峰，有371个通话申请，哦，现在是398个通话申请了。啊，通话申请在不断增加。”一道熟悉的声音响起。

“哈哈！巴巴塔，我好久没听到你的声音了。”罗峰悬浮在空中。

此刻，天空中有好些人影，都是从各个世界区中脱颖而出的。可是，现在活着并不代表能冲进前1001名。

“世界区所有的虚拟助手都被禁止了。”巴巴塔无奈地道，“虚拟宇宙系统实在太强了，根本无法反抗。”

“嗯。”罗峰点点头。

只要在宇宙内，意识就能瞬间接入虚拟宇宙网络，让无数人的意识进入虚拟宇宙。在虚拟宇宙中，无数秘法能够被模拟出来，甚至连本源法则都能被模拟出来，这实在是太可怕了。或许本源法则在虚拟宇宙中不再是秘密。

虚拟宇宙公司，宇宙人类五大巨头之一。

其他四大巨头都没掌握建造虚拟宇宙的技术，这是虚拟宇宙公司的独家技术，让人暗惊虚拟宇宙公司的底蕴之深厚。

“现在有453个通话申请，892封邮件。”巴巴塔说道。

“先离开虚拟宇宙。”罗峰心念一动。

他的意识回归现实，而后再次连接虚拟宇宙网络。

黑龙山岛屿，九星湾小区，罗峰住处前的草坪上。

罗峰陡然出现了。

从现实到虚拟宇宙，如果有房产，可以事先设定好，那么只要进入虚拟宇宙，就会直接出现在自家住宅的门口。

“大哥，三弟。”熟悉的声音响起。

几乎同时出现在门口的洪和罗峰都转头看去，看到雷神也回来了。

当即，罗峰和洪都走了过去。

“你们都不错啊，一个排名第982，一个排名第51。”雷神撇撇嘴，“我的运气最差，竟然碰到了我们那个世界区的‘野人’，那野人的实力实在是太强了，绝对跨入本源法则门槛了，一招就把我给解决了。”

“这么强？”罗峰、洪都有些吃惊。

“嗯。”雷神随即一笑，“如果大哥和三弟遇到野人，结果肯定比我好一点。你们都冲到了前1001名，擂台决战时，很可能碰到那个野人呢。”

“我只是刚刚好冲进了前1001名，还是老三比较强。”洪笑着看向罗峰。

“嗯，三弟的确很强啊。”雷神点点头。

洪和雷神的年纪比罗峰大得多，一直都有带着小兄弟闯荡的感觉，不过，显然这位小兄弟有着惊人的战斗力。

“三弟，好好努力。你的实力越强，将来我们地球的前途就越光明。”洪拍了拍罗峰的肩膀。

“爸！”

“罗峰！”

这时候，一群人出现在门口。

正是罗峰的家人。

预选淘汰赛结束了。每个世界区前1001名通过预选淘汰赛，100个世界区，一共有100100人通过。同时，每个世界区的第1名直接获得最终的名额。

乾巫宇宙国的前1000名有资格参加整个宇宙人类的天才巅峰战，这1000人到时候将代表乾巫宇宙国和其他宇宙国的众多天才进行对战，从而决出整个宇宙中实力最强的人物。

乾巫宇宙国有1000个名额，现在每个世界区的第1名直接获得1个名额，就夺走了100个名额，剩余的10万人将争夺900个名额。

黑龙山帝国的罗峰、洪、纳比尼会和其他强者进行比拼，10万人中只有900人有资格得到名额。

淘汰率依旧极高。

能获得最终名额的，个个都是让人羡慕的超级天才，是无数组织、势力都想笼络的精英。

至于擂台决战，则是在1个月后进行。

这1个月里，罗峰深切地体会到了名人的烦恼。

黑龙山帝国有很多势力找上门来，不单单如此，甚至连乾巫宇宙国中的一些超级组织都派人来找罗峰，希望罗峰能够加入他们，在他们的组织内挂个职也好。

“拒绝，全部拒绝。对外说，现在我在闭关修炼，准备应对即将到来的擂台决战，无法分心。”罗峰很无奈，只能使出这个办法。

预选淘汰赛结束的第16天。

太阳系。

罗峰正在火星上试验着自己的衍神兵。

“幻剑式！”

“去！”

“回来。”

罗峰操控着一把金色幻剑，金色幻剑化作一道金色剑虹破空飞去，而后又飞回来。

他还不时操控金色幻剑做出一些复杂的动作，可是，他操控起来明显有些吃力，根本无法做到游刃有余。

“擂台决战，到时候，我的对手个个都很强大，修为最低的都和大哥级别差不多，实力和我相当的不少，甚至有些无比强大。我恐怕得一开始就拿出衍神兵了。”罗峰在心中暗道。

擂台决战时，个个都是强者，他必须一开始就拿出衍神兵。

他希望自己能冲进前1000名，只有那样，才有资格和其他宇宙国的超级强者交手。

“罗峰，赶紧进入虚拟宇宙。”巴巴塔的声音响起。

“哦？”罗峰疑惑。

虚拟宇宙，黑龙山岛屿，九星湾小区。

当罗峰出现在自家门口的时候，一眼就看到门敞开着，大厅中坐着不少客人。

“哥，洪和雷神正在里面接待客人，你赶紧进去吧。”罗华看到罗峰回来，连忙说道。

“什么人？”罗峰疑惑地道。

他不是拒绝任何组织的人来这里吗？

“这是黑龙山帝国帝皇派来的特使队伍。”罗华压低声音道，“听说这支特使队伍还带着帝皇亲自下达的命令。特使队伍为首者是一名界主级强者，地位极高，此外，特使队伍中还有宇宙初等文明国度银蓝帝国的皇帝。”

“银蓝帝国的皇帝？！”罗峰闻言一惊。

银蓝帝国是统领银河系等八大星系的宇宙国度，皇帝竟然跟随特使队伍来了。

“他们这次主要就是为了哥来这里的。”罗华说道。

“我进去看看。”罗峰直接大步朝客厅走去。

第398章

帝国的期待

客厅内一共有11人。

雷神、洪和另外9个罗峰不认识的人，都坐在长餐桌旁。

“老三。”

“三弟。”

雷神、洪都站了起来。

而另外9人连忙转头看来，有8人站起身来，唯有坐在中间位置的一名银色长发老者没有动，他仔细地打量着罗峰。

银发老者脸上露出一丝笑容：“罗峰，我是布特阿什卡，代表黑龙山帝国的帝皇而来。”

“见过布特阿什卡大人。”罗峰连忙恭敬行礼。

罗峰去过乾巫拍卖会，见过很多界主级强者，一眼就判定出这名银发老者是界主级强者。

“都坐下。”布特阿什卡笑道。

罗峰走过去，坐在了洪和雷神的旁边。

“罗峰，这次我来，一是很想看看我们黑龙山帝国的了不起的天才，”布特阿什卡须发皆白，整个人显得很和善，让人不由得心生亲切之感，“二是因为陛下对你非常关注，还说要好好奖励你。”

罗峰愕然。

黑龙山帝国的那位帝皇恐怕不知道自己和九皇子有过节吧。

“布特阿什卡大人，其实我没做什么大事，只是做了一些自己能做的小事而已。”罗峰连忙说道。

“不！”布特阿什卡摇摇头，“罗峰，你这次给我们黑龙山帝国赢得了莫大的荣誉，黑龙山帝国的公民都以你为荣！你立了大功！”

“大功？”罗峰认真地听着。

“嗯！本来帝皇要给予你奖励的。”布特阿什卡看着罗峰，“不过，经我提议，暂时不给予你奖励。”

罗峰看着眼前这个界主级强者，更加不懂了。

“我向帝皇提议，如果你能够冲进乾巫宇宙国前1000名，就赐予你一个星系。”布特阿什卡说道。

“赐予一个星系？”罗峰、洪、雷神都大吃一惊。

“据我所知，你的第一个星球领地是地球，只要你能冲进乾巫宇宙国前1000名，那么银蓝帝国麾下的银河系就归你！”布特阿什卡看着罗峰等三人，笑着说道。

如他所料，罗峰等三人都露出了震惊的表情。

银河系可是银蓝帝国的疆土。

“放心，这位就是银蓝帝国的皇帝伊韦，此事已经得到了银蓝帝国皇族的同意。”布特阿什卡看向身侧的容貌俊美的白衣男子。

白衣男子微微一笑，朝罗峰点点头：“我也早就想见罗峰先生一面了，罗峰先生如果能够管理银河系，是我们银蓝帝国的荣幸。”

“嗯？”罗峰一愣，随即便想明白了。

要进入乾巫宇宙国前1000名可不容易。乾巫宇宙国有上亿个星系，能冲进乾巫宇宙国前1000名的，恐怕大多都是领域九重的高手，有的甚至领悟出了些许本源法则。

修为达到恒星级时，实力就已经这么可怕了，这种天才只要中途不殒灭，继续成长下去，达到界主级几乎没问题。而这种天才若是能得到重点培养，将来会成为界主级强者中的顶级强者。

一个界主级强者是能轻易得到一个星系领地的。现在等于是给罗峰这个未来的界主级强者一个星系领地，假设罗峰殒灭，黑龙山帝国和银蓝帝国自然有很多办法收回银河系。

“这、这奖励太大了，而且，冲进乾巫宇宙国前1000名，难度很大。”罗峰面露难色。

“对。”布特阿什卡点点头，感叹一声，“的确很难，我们属国的武力比宇宙国直属星域要弱一些，上一届，我们连宇宙国前1万名都没冲进去，更别提前1000名了。不过，罗峰，你有冲进前1000名的希望。”

“这是我们帝国搜集的一些资料。”布特阿什卡面前浮现出一块屏幕，他轻轻地点击屏幕，“我这就把资料发送给你。”

“资料？”罗峰疑惑。

与此同时，巴巴塔提醒他收到了一封邮件，邮件有附件。

“虽然预选淘汰赛没有进行转播，可是，根据排行榜上的名字，我们搜集到了不少资料。”布特阿什卡笑着看向罗峰，“这次预选淘汰赛中，过关的超级天才有827位，都是乾巫宇宙国中很有名气的，你先看看，擂台战时，对你或许有帮助。”

“哦？”罗峰眼睛一亮。

这可是好东西！

知己知彼，百战不殆。提前知道别人的撒手锏，这样一来，战斗的时候就有准备，胜算更大。

“谢谢。”罗峰感激道。

“不用谢。”布特阿什卡看着罗峰，“如果你能冲进乾巫宇宙国的前1000名，我反而要感谢你。”

“我会努力的。”罗峰点点头。

“嗯，你是我们黑龙山帝国的希望！冲进乾巫宇宙国的前1000名，就能和其他宇宙国的众多天才交手。好歹我们黑龙山帝国也出了一个有实力的人物。”布特阿什卡眼中有着期待。

他是界主级强者，可是，界主级强者也是不一样的。他和将天辰相比，地位、实力都相差很大。

而将天辰如果和虚拟宇宙公司等势力精心培养的超级天才相比，地位又差得多。虚拟宇宙公司等势力不单单是想培养出不朽级强者，更是想培养出不朽级强者中的超级强者。

当然，这一切还很遥远。从恒星级到不朽级，是很难的。许多绝世天才的修为停留在界主级巅峰千万年，直至老死，都没有突破。

“好好努力，此次参加乾巫宇宙国的擂台战，你代表的是黑龙山帝国。日后，你和诸多宇宙国的高手进行巅峰之战时，代表的也是我们黑龙山帝国。”布特阿什卡叮嘱道。

“嗯。”罗峰微微点头。

……

罗峰、洪、雷神三人聚在一起，花了3天时间，才看完诸多强者的资料。

“第八世界区排名第3，此人的实力比我强。”洪表情严肃。

前方的屏幕上正播放着一个视频，视频中，一个额头有着金色鳞片的金发男子手持一把巨剑，当他挥动巨剑时，周围的一切都变得十分迷幻。明明巨剑在那里，当对手反击时，却往往扑空。

金发男子能一剑击杀对手。

这人的光线领域比洪还要强。

“这就是野人！的确很强！”罗峰兴奋地道。

“对，就是他。”雷神连连点头。

“他的实力确实很强。”洪的表情更加凝重。

一个个视频播放完，他们还看了很多文字资料，这些都是黑龙山帝国搜集的超级天才的相关资料，很多超级天才之前就有极大的名气，早就被一些组织抢先招纳了。

“这家伙……”雷神瞪大了眼睛。

视频中，一个光头壮汉竟然用一双拳头当作武器，每一拳都威猛无比。

即将参加擂台战的罗峰和洪感觉到了巨大的压力，此次的确是强者如云。

修为仅仅达到恒星级，就领悟出了些许本源法则，的确少见，可是，乾巫宇宙国的人很多，整个国度还是能找到几百个超级强者的。

时间飞快流逝，转眼就到了进行擂台战的日子。

2266年7月16日，擂台战的前一天，虚拟宇宙，乾巫大陆上空，浮空大陆。

会议厅极大，座位整齐地排列着。

“这会议厅真大，竟然坐得下10万人。”洪笑着感叹一声，“位置也很宽敞。”

“这还好，乾巫拍卖会的每个位置都很大，而且有300万个座位，拍卖厅是一眼看不到尽头的。”罗峰压低声音对洪说道。

“安静！”一道浑厚的声音响起。

顿时，整个会议厅的人都安静下来。

只见一个穿着银色长袍的男子出现在会议厅前方的高台上，他扫视一眼下方通过预选淘汰赛的天才们。

“乾巫宇宙国通过预选淘汰赛的有100100人。”银色长袍男子指向身侧，他身侧顿时浮现出一面屏幕，屏幕上出现了一个个人影，“这100人在各自的世界区获得了第一，直接获得了最终名额，有资格代表乾巫宇宙国去参加众多宇宙国联合举办的巅峰对决，剩下的10万人角逐900个名额。”

“擂台战分为混战和一对一的对战。”银色长袍男子继续说道，“先是通过混战淘汰9万人。你们10万人会分成1000组，每组100人，在同一个擂台上进行厮杀，最后活下来的10人就算是通过了混战。经过混战，只剩下1万人，开始进行一对一的对战，900个名额的获得者就在这1万人中产生。”

下方议论声一片。

擂台混战竟然一下子就淘汰9万人，这未免太狠了吧！

洪低声道：“听说，上次黑龙山帝国派出的高手在擂台混战时全部被淘汰了，没有一人冲进前1万名。”

“嗯。”罗峰点点头。

“预选淘汰赛的时候，我堪堪冲进前1001名。这次擂台混战，淘汰率很高。”洪低声道。

罗峰轻声说道：“大哥，你还是有希望通过混战的，接下来就是要全力应对一对一的对战。”

“呼——”

忽然，每一个天才强者面前都浮现出一面屏幕，屏幕上有一连串数字，从1到1000不等。

“看到你们面前的数字了吗？这就是你们的分组！”银色长袍男子朗声说道，“明天第1组到第200组开始混战，后天第201组到第400组开始混战，依此类推，混战部分5天后结束。”

罗峰看到自己眼前的数字是382，旁边的洪的分组组号则是161。

“祝各位都能够通过擂台混战。”银色长袍男子的声音回荡在整个会议厅中，“现在我就将大家传送出去，你们都好好准备吧。”

“嗡——”

会议厅中的天才瞬间全部消失了。

第399章

淘汰

2266年7月17日，正是擂台战开始的日子。

之前在100个世界区中进行预选淘汰赛，电视没有进行转播，这令乾巫宇宙国13000多个星域的宇宙公民都焦急难耐，毕竟他们只能看到排行榜。而即将开始的擂台战，他们是可以进场观战的，所以擂台战的门票很快就售罄了。

此次擂台战分为1000组，每天进行200组的混战。

第一天是第1组到第200组。

黑龙山帝国通过预选淘汰赛的有3人，分别是纳比尼、洪、罗峰，纳比尼被分到第32组，洪被分到第161组，罗峰则被分到第382组。所以，纳比尼和洪都是在第1天就要进行擂台混战，罗峰则被排在了第2天。

……

虚拟宇宙专门开辟出的一个位面空间中，河流奔腾，这条贯穿整个位面空间的河中有许多岛屿，每一座岛屿上都有一个斗武场。

这次擂台战就是用的斗武场的场地。

01932号岛屿。

斗武场内，观众席上人山人海，一眼看不到尽头，其中就有罗峰、洪、雷神和他们的家人。

“好多人啊！爸爸，这个斗武场到底有多大啊？”罗平问道。

“斗武场的长和宽都有数千千米。”罗峰笑道，“可容纳10亿观众。”

“10亿？！”罗平和罗海听后，都惊呼起来。

要知道，地球上最大的足球场都只能容纳10万人，而这种在虚拟宇宙中开辟出的位面空间的岛屿上建造的大型斗武场，容纳10亿观众都是很轻松的。

“妹夫，”坐在后面的徐刚道，“此次举办擂台战的消息刚放出来，我就抢着购买门票，可还是没能买到，幸亏你有门票，否则我们只能看电视转播了。”

“门票的确很抢手，我们工作室的其他人都没买到票。”罗华也道。

“整个乾巫宇宙国有上亿个星系，每个星系若有10个人买到票，票就没了。”罗峰说道，“门票当然很紧张。因为我和大哥都通过了预选淘汰赛，所以有优先订票权，这才能弄到几十张门票。”

一票难求！整个斗武场的气氛无比热烈，来自各个星系的10亿人聚集在一起，这是何等热闹的场景！

幸亏是在虚拟宇宙中，若是在现实世界中，单单组织观众入场都会很麻烦。

“各位观众！”一道甜美的声音传遍整个斗武场。

观众席上的人都循声看去，只见斗武场中央站着一个身材火辣、穿着紧身战衣的棕发少女。

因为距离太远，观众们看不清楚她的模样，只能看到斗武场上空出现的虚拟投影。

“即将举行的是擂台战，第32组率先出场，我来介绍一下第32组的100个高手。第一位，隆索，来自波亚帝国，之前他在第82世界区的排名是第12。”

话落，斗武场上空的屏幕上出现了隆索的影像和一些简单的资料。

“隆索！隆索！”

整个斗武场忽然响起了欢呼声。

“第二位……”

“第三位……”

棕发少女介绍着一个个即将参战的天才。

“第86位，纳比尼，来自黑龙山帝国，之前他在第21世界区的排名是第860。”

同样的，旁边的屏幕上出现了纳比尼的影像和一些简单的资料。

“纳比尼！”

“纳比尼！”

欢呼声此起彼伏。

沉浸在这种环境下，不少人都不由得跟着高喊起来。

只见旁边的罗平和罗海小脸涨得通红，高声喊着：“纳比尼！纳比尼！”

“真疯狂！”罗峰、洪、雷神三人都笑了。

来自一个星域的观众都被安排坐在一个区域，罗峰他们周围坐的都是黑龙山星域的观众，而且，参加擂台战的天才所在星域的公民，购买门票的时候会得到特别照顾。

按理说，10亿张门票，13000多个星域，每个星域得到的门票不足10万张。可是，参战者所在的星域可以得到100万张门票。

因为纳比尼参战了，所以黑龙山星域分到了100万张门票，也就是说，观众席上有100万公民来自黑龙山帝国。

“这纳比尼还挺帅！”雷神笑道。

纳比尼身材健硕，脑后有一条辫子，整个人给人一种彪悍的感觉。

“我查过他的履历，实力很强。”洪抬起手腕，手腕上的屏幕上出现了一份履历。

“哦？”罗峰看着履历。

纳比尼本是一颗星球上的土著居民，在刀尖上讨生活，从小和怪兽搏斗。其实，那颗星球是帕里斯家族的一个星球领地，专门用来豢养一些特殊的野兽和训练一些战士。一直在暗中监察那颗星球的帕里斯家族发现，竟然有一个孩童有着惊人的战斗力，便立即派遣人马将那个孩童带走了。

那个孩童就是纳比尼，从此，他进入文明社会，很快成为帝国公民，并且成为帕里斯家族的一位少爷的跟班。

在浩瀚宇宙中，帕里斯家族很不起眼，是一个拥有十几个生命星球领地的商业家族。

然而，帕里斯家族得罪了一个强大的家族，遭到了极猛烈的攻击。对方可是有着宇宙级强者的大家族，在一个星系中，宇宙级强者简直堪称神一般的存在。

自此，帕里斯家族便开始走下坡路。然而，这一场大战引起了某个在宇宙中流浪的界主级强者的注意。那个界主级强者注意到了战斗中的纳比尼，发现其天赋惊人，立即出手终止了那场杀戮。

界主级强者出手，那敌方的家族吓得根本不敢反抗，帕里斯家族才得以保全。

那界主级强者招纳比尼为弟子，并且将纳比尼带到了圣地黑龙山，自此，纳比尼就生活在圣地黑龙山，他的实力提升得更加迅速，成了圣地黑龙山中最优秀的天才。

“土著居民？”罗峰感叹一声，“其实我们算是地球上的土著居民。”

“嗯。”洪点点头。

“我对纳比尼有好感了。”雷神嘿嘿一笑。

罗峰等人谈话的时候，那棕发少女炒热了斗武场的气氛。

她兴奋地喊着：“各位观众！各位观众！擂台战即将开始，请大家倒计时，期待这一场天才们的对决！10、9、8……3、2、1。”

斗武场一阵轰鸣，中央出现了一个个人影，正是之前介绍的来自各个星域的100名天才。

“纳比尼！”

“斯特拉克！”

“隆索！”

……

欢呼声瞬间响彻整个斗武场。

罗峰一眼就看到了纳比尼，纳比尼扎着辫子，背着两把狭长的战刀，戒备地看着其他人。

“战斗开始！”一道低沉的声音响起。

斗武场瞬间安静下来，而正中央的天才们瞬间动了。

“嗖——”一道道流光亮起，一名名天才迅速闪躲。

那弥漫开来的领域，令整个斗武场的中心出现了五颜六色的气浪，气浪不断翻滚，一名名天才或是逃命，或是交手，一切都快如闪电。

混战是非常危险的，因为必须要防备别人偷袭。

“纳比尼真狡猾。”观众席上，雷神兴奋地道。

“没用，这些天才个个都聪明绝顶。”罗峰眉头紧锁。

斗武场中心天才们的战斗空间不断缩小，逼得那些脚踏念力兵器飞行的人无法逃远，一名名天才不断被击倒，死亡的人数不断攀升。

观众席上的人长叹一声。

不过，紧张的战斗还在进行，大家尽量不发出大的声响。

……

纳比尼手持双刀，整个人化作一阵风，抵挡着对方攻来的念力兵器。

正当纳比尼和一名精神念师厮杀的时候，远处有一名天才朝他们飞来，同时操控一把锥状的念力兵器，化作一道电光，直接袭来。

“哼！”纳比尼连忙闪躲，左手持着战刀去抵挡。

在电光的轰击下，纳比尼左手上的战刀被击飞了。

他的脸上露出了震惊之色：“力量太、太强了。”

那电光紧接着直接贯穿其头颅。

纳比尼战死！

……

死亡人数迅速提升。

73……78……82……85……90。

“第32组擂台混战结束，死去的90人淘汰，剩下的10人有资格角逐900个名额。”那道低沉的声音再次响起。

观众席上这才响起叹息声、怒吼声、欢呼声。

“纳比尼被淘汰了。”雷神摇摇头。

“他的实力在这100人中属于垫底的。一半人丧命后他才死，他的表现已经很不错了，主要是他够狡猾。”洪笑着说道，“他被淘汰也正常，恐怕我也不比他好多少。”

第400章

光线

“大哥，你太谦虚了吧！”雷神笑道，“我还不了解你吗？大涅槃时期，我们都还年轻，遭遇过多次危机，每次都陷入绝境，可是，你总能化险为夷。”

“别吹捧我。”洪道。

“大哥，我说的是实话，你就让他们见识见识我们地球人的战斗技巧。”雷神又道。

罗峰也期待地看着洪。

洪看了看雷神，转头又看向罗峰。

“只能拼了。”洪露出一丝笑容。

黑龙山帝国有三人通过了预选淘汰赛，此次擂台战，三人中的纳比尼已经失败，被淘汰了。这擂台战可是通过电视进行转播的，整个黑龙山星域的人都看到了这一战，不少人愤怒地砸碎酒瓶，不少人不甘心地大声怒骂。

“那个普罗星域的家伙太阴险了，竟然偷袭纳比尼。”

“那个浑蛋！”

“纳比尼输得太冤了！”

“本来他应该冲进前1万名的。”

“没事，我们黑龙山帝国还有洪，洪一定能获胜，冲进乾巫宇宙国前1万名。”

“兄弟，洪虽然通过了预选淘汰赛，但是其排名比较靠后，想在擂台战中活下来，很难啊！依我看，罗峰通过擂台战的概率更大。”

“罗峰是肯定能通过的。至于洪，应该能通过，说不定他在预选淘汰赛中故意保留了实力。”

虚拟宇宙，10389号斗武场。

大概3个小时后，第161组擂台战才开始。

斗武场中不断地响起欢呼声，美丽的棕发少女正在介绍参加这一场战斗的100名天才。

“第93位，洪，来自黑龙山帝国，在预选淘汰赛中，是第72世界区的第982名。”

“洪！”

“洪加油！”

“洪最棒！”

……

观众席上，上百万名来自黑龙山星域的观众高声喊着。

人群中的罗峰和雷神却眉头紧皱。

“麻烦大了。”雷神低声说道，“没想到，那个野人也在。”

“嗯。”罗峰心中为洪感到担忧。

能参加擂台战的，每一个都很了不起，没想到，洪所在的组竟然有曾经击杀了雷神的野人。

场上正在倒计时，斗武场响起一阵轰鸣。

100名天才出现在斗武场中。

“大哥。”罗峰一眼就看到了洪。

斗武场内。

洪手持一杆银色长枪，戒备地扫视周围。洪所处的一小块混战的战斗空间直径有30千米，战斗过程中，战斗空间会不断缩小，逼得那些飞行速度快的人无法逃脱。大概15分钟后，战斗空间会缩小到直径仅仅1米。

所以，一场混战最多持续15分钟。

“100人中，实力最强的应该是野人。”洪扫过其他99人，脑海中迅速浮现出看过的一些资料，“还有另外三人也很强。”

“先去和实力较弱的人混战，暂时保住性命，而后再和强者厮杀。”洪的脑海中迅速浮现出对手的资料。

他很清楚，如果混战一开始，他就远远地逃开，一定会成为一些极强的天才的靶子，还不如一开始就冲进混战的人群中。

要在混战中保住性命，洪还是很有信心的。

“战斗开始！”那道低沉的声音又一次传遍整个斗武场。

方圆30千米的战斗空间开始缓缓缩小。

“轰——”狂暴的气流弥漫开来。

斗武场内100名天才迅速交战。

“接我一刀！”头发乱糟糟的魁梧青年大喝一声，一步迈出，就冲出了百米远。

他直接挥出一刀，朝一名精神念师袭去。

那名精神念师似乎没想到对方速度这么快，一边闪躲，一边操控念力兵器去抵挡。

“哐！”短刀劈下，势不可挡。

那念力兵器直接被劈飞，而后短刀直接劈中精神念师的头颅，令其当场丧命。

“哈哈！”魁梧青年朗声大笑。

他每走一步都能蹿出很远，比很多精神念师的飞行速度都要快得多。

……

“围攻他！大家联手先杀了他！”有人高声喊道。

2件念力兵器疾速袭来。

短刀随意地转动，轻易地挡下了那2件念力兵器，并且将那2件念力兵器给震飞了。

“围攻我？做梦！”魁梧青年步伐诡异，竟然轻松地行走在人群中，给那十几个想要围攻他的对手来了个措手不及。

那些人反而被魁梧青年解决了一半。

此人一出手，所向披靡。这么多人中，竟然没人能与之抗衡。

这个魁梧青年就是野人。

这一场混战中，最出彩的人无疑是野人。

然而，除了野人外，还有一个女子的表现也很出彩。

那是一个穿着铠甲的彪悍女子。从外表能判断，这是一个身材火辣的美女，可是，她身上的煞气很重，目光冷厉。

……

“咻咻——”洪手持一杆银色长枪，击倒了一名名天才。

洪脸上的表情没有一丝变化，依旧在人群中舞动着银色长枪。那银色长枪看似普普通通，可是，防御力极强，连许多念力兵器都无法破开他的防御。

时间飞快流逝。

死亡人数不断提升。

60、61、62……

因为死亡人数变多，混战的人自然少了。

“嗯？”那名彪悍的女子盯上了洪。

在宇宙中，把长枪当作兵器的强者不少。可是，一般都是选择硬度极强的长枪，洪使用的长枪却是韧性十足。

银色长枪舞动起来，仿佛一条蟒蛇，无比诡异。

“有趣！”女子手持双刀，直接飞扑向洪。

“不好！”洪脸色一变。

在混战的同时，他早就暗中观察判定这女子的实力极强，绝对能算是前三的高手，本组中也就只有野人能比这女子强一点。

没想到，这女子竟然没去攻击野人，反倒扑向自己。

不过，既然对方已经杀来，无法躲避，就只能迎战了。

随着旋转，长枪宛如水中的泥鳅，迅捷无比，直接袭向那飞扑而来的女子。

“有趣！有趣！”

女子双眸中泛着兴奋的光芒，身体周围弥漫着道道绿色气流，绿色气流环绕着2把弯刀。

她直接舞动2把弯刀，弯刀击在长枪的枪头边缘，一股无形的诡异力量传递到长枪上。

“嗯？”洪脸色一变。

长枪立即猛地缩回。

随即洪一声大喝，他高高举起手中的长枪，狠狠地袭向女子。

“砰！”女子的一把弯刀仅仅和长枪接触一下，就卸掉了那股强大的冲击力。

而后，女子朝洪不断地发起攻击。

一时间，洪仿佛陷入了旋涡中，根本逃脱不得。

“这个女子已经领悟出了些许水之本源法则，麻烦大了。”洪心中焦急。

本国古文化对于金木水火土这五行很重视，虽然洪也走的是光线领域道路，明白这个女子有多么厉害，但是能不能敌得过就是另外一回事了。

“她如水，我便化作磐石。”

洪一时间没办法，一咬牙，顿时使得周围的光线扭曲，整个人一下子变得耀眼无比。

长枪的速度立即飙升，极速舞动，仿佛在洪身前形成了一个坚硬的乌龟壳，让人无处下手。

“铛——”

女子那蕴含水之本源法则的刀法无比凌厉，让洪无法抵抗。

“不踏入本源法则的门槛，终究无用啊。”洪明白这个道理。

“洪！洪！”

斗武场中，很多来自黑龙山星域的观众都期待着。

然而，还有更多的人是通过电视转播来观战的。

虚拟宇宙，黑龙山岛屿上方的浮空岛，一座占地面积极广的庄园里。

会客厅中，穿着深红色袍子的男子坐在一旁，他的眉心有着雷电印记。

此人正是黑龙山帝国界主级强者中的顶级强者之一——将天辰，而他的旁边还坐着一名头发花白的慈祥老者。

“这个身穿黑衣的小家伙是我们黑龙山帝国的？”老者饶有兴趣地问道，“依我看，他这也就是六重领域。不过，他真是一个战斗天才，仅仅用一杆韧性十足的长枪，就将光线领域发挥到这等程度，都比得上那些领域八重的小家伙了。”

在战斗中，领域八重的高手不一定比领域七重的高手强，这要看发挥出的实力的程度。

同样的道理，领悟了些许本源法则并不代表实力就很强，将领悟的本源法则运用到战斗中的程度，决定了战斗力的强弱。就拿罗峰来说，使用遁天梭和衍神兵，实力就完全不一样，因为通过衍神兵他能将领悟出的本源法则完全发挥出来。

“是的，军主，他是我们帝国的。”将天辰恭敬地回道。

“哦。”老者微微一笑。

第401章

他叫洛

若是黑龙山帝国其他界主级强者听到“军主”这个称呼，一定会惊呆。

在三斧山中，界主级强者的称号一律为“将军”。而三斧山组织有三个创始人，只有那三个创始人才有资格被称为“军主”。

三斧山作为黑龙山星域的四大组织之首，连圣地黑龙山、圣地冰海神国都不愿意招惹它，就是因为三斧山背后有三大创始人。

三大创始人年轻时都获得了巨斧斗武场的“域主级巨斧武者”称号。

域主级巨斧武者比宇宙级巨斧武者要少。这三人分别来自不同的星域，却惺惺相惜，成了生死之交。因为三人都有域主级巨斧武者的称号，所以建立的组织名为“三斧山”。

这三人是两男一女，分别叫莱蒙托、洛、墨雷娅。其中莱蒙托和墨雷娅已经成为不朽级强者，唯有洛的修为依旧停留在界主级巅峰，不过，他算得上界主级强者中无敌的人物。

数十万年前，他在黑龙山星域消失了，再也没有人见过他，谁也不知道他是死是活。

刚刚对将天辰问话的这位军主就是洛，三斧山的三大创始人之一，来自黑龙山帝国。

“有这个小家伙的资料吗？”洛问道。

“有。”将天辰恭敬地回道。

很快，将天辰就调出了一份资料，低声说道："他叫洪，和另外两个年轻人罗峰和雷神的关系极好。据估计，他们三人应该是我们帝国银河系地球的土著居民。"

"地球的土著居民？"洛眉毛微微一挑。

"对，不过这是我们三斧山情报组织的推测。"将天辰说道，"还有，洪、罗峰、雷神三人都参加了这一届的天才战，其中最优秀的并非洪，而是罗峰。"

洛闻言，露出惊讶的表情。

"在预选淘汰赛中，雷神排在第5128名，洪排在第982名，罗峰排在第51名。"将天辰恭敬地道。

洛微微点头。

他看着前方屏幕上正在转播的擂台战，惊讶地道："关键时刻，洪竟然领悟了领域六重，突破到了领域七重。呃，那个小女孩爆发了，好厉害的刀法！洪扛不住了！哦，可惜，洪还是死了，没办法，双方实力差距实在是太大了。"

将天辰心中暗惊。

洛很少会说这么多话，看样子，洛对洪非常看重。

洛是黑龙山帝国的传奇，就算是圣地黑龙山、圣地冰海神国的两位神主，也会给洛面子，一是因为洛的两位生死之交都是不朽级强者，二是因为洛的实力的确很强。

将天辰主要是在黑龙山帝国名气较大，而洛受到乾巫宇宙国百万界主级强者敬畏。如果他不是分心领悟时间本源法则，恐怕早就成为一个不朽级强者了。

"唉！"将天辰看着当年提携他的前辈洛，心中感慨不已，"这就是命吗？军主改变了想法，不再抱有很大野心，想将光线本源法则完善并突破至不朽级，却遭遇那等横祸，一困就是80多万年，还有2万多年，就要到大限了，老天怎么能这么惩罚军主……"

想到这里，将天辰心中很不是滋味。

三大创始人中，洛是最优秀的，也是最有野心的。

奈何命运弄人。

……

第161组结束了混战，今天的擂台战彻底结束了。

观众席上响起了叹息声。

罗峰等人遥看斗武场中洪的尸身，显得有些无奈。

“还是输了。”雷神长叹一声。

罗峰摇摇头，道：“大哥领悟出了些许本源法则，实力发生了根本的变化，可对方太强了，大哥输得不冤，只是很遗憾。”

是的，的确很遗憾。

洪做的已经很好了，甚至坚持到了斗武场中只剩下20人，可还是被那女子施展绝招给杀了。

“走吧，回家。”罗峰起身。

“三弟，现在可就看你的了，黑龙山帝国通过预选淘汰赛的三人可就只剩下你了。”雷神也站起身来，低声说道。

罗峰点点头。

而后，他耳朵一动，就听到了周围的人的议论声。

这一片区域的上百万观众都是来自黑龙山星域的，看到纳比尼和洪接连失败，心中都很憋屈，现在他们唯一的希望就寄托在罗峰的身上。

“罗峰一定能赢！”

“对，预选淘汰赛，他都能冲进前51名，要在擂台战中待到最后肯定是轻而易举的。”

“罗峰可是我们黑龙山帝国最厉害的天才！”

“罗峰一定隐藏了实力，预选淘汰赛中，他的排名是后期猛地上升的，说明他一开始根本没有拼尽全力，后期才开始夺取积分。如果一开始夺取积分的话，他冲到前10名，乃至前3名都有可能。”

“说得好！就是这样！”

“明天罗峰就要参加擂台战了，我票都买好了。”

“罗峰一定能横扫全场！”

观众席上，来自黑龙山帝国的人都在议论着。

……

“老三，我输了，你可得努力。”洪如此说道。

“三弟，你看着办吧！”雷神道。

“我在虚拟游戏里都能冲到很高的排名，我爸爸可是很强的，他一定能赢！”罗海道。

“罗峰，好好努力，整个黑龙山帝国的子民都在看着你。”这是黑龙山帝国的帝皇和罗峰进行通话时说的一句话。

“罗峰！罗峰！罗峰！”

“罗峰一定能成功！”

“他一定能赢！”

“赢定了！”

……

黑龙山岛屿上住的几乎都是黑龙山帝国的公民，这天夜里，他们在酒吧、餐馆等公众场合进行聚会，统一观看转播。

罗峰如今是唯一一个有资格参加擂台战的黑龙山帝国公民，他若是胜了，便是整个黑龙山帝国的荣耀。

“好疯狂！”罗峰感觉到了压力。

“爸爸，虚拟游戏中都有国战呢，我们黑龙山帝国和其他帝国进行大战！”

“小海，你说的那是虚拟游戏。”徐欣笑道，“你老爸这可是要使出真本事。”

“嗯，若是能在星域排名第1，在我们玩的虚拟游戏中，那可都是能够名列天榜的超级强者。”罗海说道。

一直没有插话的罗峰看向罗海，问道：“你玩的是什么游戏？”

“战斗类游戏呗！”罗海嘿嘿笑道。

……

黑夜过去，白天到来。

黑龙山星域的人为即将到来的一场擂台战而疯狂，罗峰则独自去了地球的荒野区。

一群血乌鸦从高空飞过。

这座荒芜的城市中经常能看到一群群怪兽，偶尔能看到人类武者。不过，罗峰释放出了威压，自然令周围没有怪兽和人类武者敢靠近。

他在一座高楼的天台上静坐许久。

据洪和雷神所说，不管是古瑜伽术，还是内家拳，都非常重视心境。也就是说，修心很重要，不过，宇宙中根本没有修心这一说，它对战斗力的影响看似不大。

一个心境再高的普通地球人，宇宙级强者只需一口气就能将其灭掉。

暴怒，有时候能让人超水平发挥实力，可有时候，也会让人发挥失常。

这就是心境对人的影响！

在洪和雷神看来，他们能在修为达到行星级时，就拥有自己的领域，就跟心境有关。

雷神可以在一瞬间让自己进入天地合一的境界，而洪能够瞬间让心无比空灵，与自然融为一体，将各种感官、领域等都结合起来，自然能发挥出最大的威力。

他们可是修炼了数十年，才有那等心境。

罗峰却做不到。

“因为我受到金角巨兽血脉的影响，心灵深处充满了杀意。不过，二哥说得对，愤怒、悲伤、快乐、兴奋等情绪都是自然反应，只要保持一颗赤子之心，一切情绪都会自然发生，该笑就笑，该怒就怒。”罗峰心中暗道，“愤怒也是自然反应的一部分，以赤子之心去面对，去接受，就能够达到与天地合一的境界。”

这些道理罗峰都懂，可是，真正做起来是很难的。他最多能保持心境平和，不起波澜。要达到与天地合一，就很难了。

“罗峰，擂台战要开始了，你该进入虚拟宇宙了。”巴巴塔的声音陡然响起。

罗峰睁开眼睛，眼中有着一丝杀意。

他不再压制心底的杀意，而是将其自然释放出来了。

“看起来不一样了，看来修心有成果了？”巴巴塔问道。

罗峰却没有回答，而是直接说道：“接入虚拟宇宙网络。”

第402章

罗峰出场

虚拟宇宙，位面空间里有诸多斗武场。

编号29109岛屿上，斗武场的大厅内，一名名天才坐在椅子上，这些都是即将参与混战的高手。

“呼！”一个穿着深灰色战衣的黑发男子出现了。

众天才都转头看去。

黑发男子扫视周围的天才一眼，不发一言，直接寻了一个座位坐下，闭上眼睛，静守本心，等待混战开始。

下一瞬，一名名天才出现在大厅内，这些人都来自乾巫宇宙国的各个星域，长相千奇百怪。

“普西金！”

“那是普西金！在他旁边的是津刺李！”

原本安静的大厅忽然喧哗起来。

罗峰当即睁开眼睛，看了过去，只见前方的传送点出现了两人，其中一个满脸金色绒毛，足足有6米高，简直就是一个巨型猿人，一双隐隐泛着绿光的眸子十分骇人，特别是那双拳头，堪比两个巨大的铁锤。

“普西金！”罗峰脑海中迅速闪过黑龙山帝国给的资料。

普西金，乾巫宇宙国皇族培养的绝世天才，善用一双拳头，拥有进入宇宙国前1000名的能力。预选淘汰赛中，是第89世界区的第9名。

“津刺李！”罗峰瞥了那巨型猿人旁边的小不点一眼。

说是小不点，实际上，津刺李身高近一米九，比罗峰还要高。不过，他站在巨型猿人普西金面前，的确就是小不点。

津刺李的相关情报，罗峰并没有，至少黑龙山帝国给的资料中没有。

“普西金，坐这边。”津刺李面容消瘦，目光冷厉，给罗峰的感觉有点像诺岚山。

“好！”一道浑厚的声音从普西金口中传出。

津刺李和普西金直接走向罗峰，而后坐在罗峰旁边。

“砰！”普西金坐下时，椅子都略微震颤了一下。

幸好大厅中的每一个座位都很大，否则以普西金此等身高，一人就得占据六七人的座位。

津刺李瞥向身侧的罗峰，冷冷地道：“你坐远点！我不喜欢别人靠近我。”

“脑子有病！”罗峰瞥了津刺李一眼，没好气地回道。

随即他闭上眼睛，看都不看津刺李一眼。

“嗯？”津刺李死死地盯着罗峰片刻，仿佛毒蛇在盯着猎物。

不过，这里是大厅，是禁止任何人动手的。

津刺李冷哼一声，也闭上眼睛。

忽然，一道声音传入大厅。

“各位观众，接下来我给各位介绍一下第382组的100名天才。”声音刚落，紧接着便是欢呼声。

“第一位，普西金，来自乾巫宇宙国，在预选淘汰赛中的排名是第89世界区第9名。”

顿时，大厅内又响起了欢呼声。

“那个就是普西金？”

“对，就是他，他的拳头非常可怕，千万别让他近身。”

大厅中响起了议论声。

“第二位，津刺李，来自乾巫宇宙国，在预选淘汰赛中的排名是第13世界区第21名。”斗武场解说员的声音响起。

罗峰难得地睁开眼睛，瞥了一眼旁边身穿金色战衣的冷酷青年。

津刺李的排名竟然这么靠前!

他能在100人中排名第2，的确很强。

“第三位……”

“第四位……”

“第五位，罗峰，来自黑龙山帝国，预选淘汰赛中的排名是第1世界区第51名。”

黑龙山帝国的上百万观众激动欢呼起来。

黑龙山岛屿，一座豪奢的宫殿中聚集了上千人。

帝皇身穿暗金色皇袍，坐在最上面的宝座，而下面坐着的是黑龙山帝国的诸多皇族成员，因为皇族历史悠久，皇族的人口是上亿的。能够进入皇族最高宴会的，绝对是皇族中的精英。

他们或是界主级强者，或是域主级强者，或是统领一方的王侯，或是将来有希望继承皇位的皇子，还有一些地位较高的皇族女眷。

“轮到罗峰了。”

大殿中一片安静。

上千名皇族都看着大殿半空中的屏幕，屏幕正在进行转播。

屏幕上，解说员正介绍罗峰。

与此同时，解说员身侧出现了罗峰的影像和资料。

“罗峰！”

“哈哈！罗峰通过擂台战一定是轻而易举的。”

“单单看影像，这罗峰就不是一般人，眼神充满杀气啊！”

……

大殿内又响起了议论声。

人人都在说罗峰的好话。

他们敢不说好话吗？这可是皇族最高等级的宴会，此次黑龙山帝国能够参加天才战的只剩下罗峰了，如果罗峰输了，那么黑龙山帝国可就真的颜面扫地了。

连续几届，黑龙山帝国的天才都冲不进前1万名。

“哈哈……”帝皇朗声大笑。

大殿下方都在夸赞罗峰。

然而，诸多皇子中，有一个皇子眼中有着震惊和怨恨，正是九皇子——布罗林。

布罗林表面平静，心中早就掀起惊涛骇浪：“罗峰，竟、竟然真是他！”

虽然之前罗峰名气很大，但是因为预选淘汰赛没有进行转播，那些天才的很多信息，外界都是不知晓的，只有一些强大的势力能够得到相关信息。

可是，布罗林区区一个皇子，被禁止掺和帝国情报系统和信息系统，所以他不知道罗峰的真面貌。

“罗峰！他就是罗峰？！”布罗林咬咬牙，“麻烦大了。”

找罗峰麻烦？他再也不敢有这个想法，因为他心里清楚，以罗峰如今的名气，可以轻易加入一些令黑龙山帝国畏惧的超级组织，他现在可不想招惹罗峰。

他很担心，当初他派人追杀过罗峰，不知道罗峰会不会记仇。

“哼！暂时不去招惹他。我在帝都内，他也没能耐来杀我吧！”布罗林心中暗道。

大殿之上。

帝皇正和其身侧的两个界主级强者聊天。

“布特阿什卡，这罗峰有多大取胜的把握？”帝皇忍不住低声问道。

“他取胜的把握比较大，但还是挺危险的。”旁边的银色长发老者皱眉，“陛下应该知道，这次通过预选淘汰赛的有100100人，其中有近一半都是宇宙国皇族培养的精英。”

“嗯。”帝皇点点头。

乾巫宇宙国国主派上亿天才参加天才战。预选淘汰赛时，总共有8000多亿人，乾巫宇宙国的这一批人还不算显眼。可是，通过预选淘汰赛的人中，有4万多人都是乾巫宇宙国国主派出来的，由此可以看出，宇宙国皇族的底蕴很深。

“罗峰这一组，现在排第1名的是普西金，排第2名的是津刺李，前10名中有6位都是乾巫宇宙国皇族培养的。”老者摇摇头，“怕就怕罗峰会遭到这些强者的围攻。”

“皇叔，你怎么看？”帝皇看向身侧的另外一个界主级强者。

同样穿着暗金色皇袍的皇叔淡淡一笑，道：“陛下，现在担心也没用，而且，罗峰的真正实力到底如何，我们并不清楚。先看着，擂台战马上就要开始了。”

“先看着？”帝皇只能点点头。

编号29109的岛屿上，斗武场上早就人山人海。

“爸爸是第5名，妈妈，前面4人难道都比爸爸强？”罗平疑惑地道。

“那只是排名。”徐欣笑道，“前面4人的排名比你爸爸高，实力不一定比他强。”

“哦。”罗平点点头。

旁边的罗海则嘀咕道：“爸爸是最强的，他是最强的。”

“老三，一定要赢啊！”洪盯着远处斗武场中央的罗峰。

雷神也紧紧地盯着罗峰。

三兄弟中，只剩下罗峰一人有资格参与天才战。

“6、5、4、3、2、1！”解说员兴奋地高喊。

整个斗武场的气氛一下子达到高潮。

“轰！”斗武场中心震荡起来，解说员瞬间消失了。

同一时刻，100道人影出现在斗武场上，正是之前被解说员介绍的100名天才。

“普西金！”

“坤！”

“罗峰！”

欢呼声骤起，好似要将整个斗武场给震碎。

斗武场内。

听到欢呼声，包括罗峰在内的100名天才心情激荡，环顾周围看台。

看台上都是人，来自各个星域。

罗峰辨别出有些欢呼声是给自己的，迅速辨清方向。

“那边都是黑龙山帝国的人。”罗峰看了那片区域一眼，只见那片区域坐着很多人。

战斗空间内却一片安静。

“战斗开始！”一道低沉的声音瞬间响彻斗武场。

第403章

石破天惊

“普西金！”

“普西金！”

……

观众们激动地喊出一个个名字，呼喊普西金的观众最多。

看台上，一群强壮的猿人高声吼叫着。它们的声音粗狂，上百万猿人一边挥拳一边怒吼，场面相当热闹。

相比之下，黑龙山帝国上百万人的呼喊声明显要弱得多。

“轰——”斗武场内的各色气流猛地弥漫开来。

100名天才中，有48人是属于乾巫宇宙国皇族一方的，不过，最终只有10人能幸存，这意味着内部必须进行混战。

不过，这群人毕竟认识，特别是实力很强的普西金和津刺李，此时当然得互相帮衬。

“奥菲修斯、喀山，你们俩去杀了那个黑发小子。”津刺李周围黑色气流环绕，他用原力传音道，同时拔出了两把狭长的战刀。

“明白。”

“这是小事，包在我们身上。”

奥菲修斯和喀山应下，瞬间朝罗峰逼近。

这一刻，整个斗武场内部的天才已经开始混战了。

“嗖！”一道电光射向奥菲修斯。

“浑蛋！”奥菲修斯、喀山两人只能停下，先解决这个招惹他们的家伙。

穿着原力战甲的普西金，高大魁梧，仿佛一尊战神，他那比铁锤还大的两只拳头都戴着拳套，他周围有土黄色的气流环绕，一迈步，直接冲入混战的天才群中，那巨大的铁拳直接砸向一名身材单薄的天才。

“砰！”一拳砸飞了对方的战刀，第二拳直接击中对方的头颅。

“去死吧！”

普西金挥舞着双拳，一拳接一拳，不仅力道重如山，而且拳法非常诡异，一旦被其近身，简直就是一场噩梦。

一眨眼的工夫，他就接连击毙两名天才，吓得其他天才远远避让开来，然而他的身法快得很，每一步都能蹿出很远。

此刻，不单单是普西金，津刺李等人也动手了。

远处。

脚踏遁天梭的罗峰背着一根粗壮的暗金色长棍，在一群高大的天才中显得十分瘦小，却有着让人心悸的煞气。

罗峰两眼微眯，心中暗道：“现在高手极多，没时间可以浪费，速战速决，直接将他们击杀！”

“杀！”

这时，一名身体周围弥漫着青色气流的青年手持盾牌和斧头，直接冲向离他最近的罗峰。

“找死！”

悬浮在半空中的罗峰怒喝一声，背上的暗金色长棍突然发出一道金光，金光飞出的瞬间，大量复杂的金色丝线串联，蕴含着奇异的金之本源法则，一把金色幻剑瞬间形成。

金色的气浪环绕在罗峰周围，金色幻剑瞬间疾速飞出。

“幻剑式！”罗峰全力操控，发挥出这一剑最大的威力。

自进入擂台混战，这是他第一次出手，他已经拿出了最强的实力。

“轰！”

一道金色剑虹瞬间撞击在那青年匆忙用来抵挡的盾牌上，随着一声巨响，青年的手臂被震得断裂。

“怎么会这样？”青年眼中有着惊骇之色。

可是，那道金色剑虹很快转了个方向，直接射穿他的头颅。

“噗！”金色剑虹射穿这名天才的头颅后，强劲的冲击力丝毫不减，借着惯性，直接冲向后面的另外一名天才。

“什么？”那名妖异的紫发少女连忙操控念力兵器抵挡。

“铛！”金色剑虹强悍无比，直接撞飞那匆忙袭来的兵器，而后，划过那紫发少女的头颅。这时候，金色剑虹才转了一个弯，飞回罗峰身边，停了下来。

原来是一把虚幻的金剑。

“天哪！”

“这人竟然这么强！”

其他天才都脸色大变。

一招出手，就接连击杀两名天才。要知道，能通过预选淘汰赛的，个个都是实力超强的天才，每一个在同级同阶强者中都算是顶尖的人物。

即便是普西金，也是全力以赴，解决完一个才会接着去解决第二个。

而现在眼前这黑发青年仅仅发出一道金光，就瞬间接连击杀两人。

“他的实力怎么这么强？”

“他绝对领悟出了本源法则。”

“津刺李那浑蛋，还让我们两个来杀他，我们怎么可能杀得了他。”

原本飞向罗峰，却因为被其他天才围攻的奥菲修斯和喀山，刚刚解决对手，准备冲向罗峰时，就看到罗峰发出一道金光，接连击杀了两名天才。

他们连忙停下。

“走！”两人掉头就走，哪里敢再去招惹罗峰？

很显然，这个黑发青年是跨入本源法则门槛的强者，实力恐怕比普西金还要强得多。

“就他们两个。”罗峰刚解决了两人，目光一扫，就发现了离自己最近的奥菲修斯和喀山。

当即，他脚踏遁天梭迅速飞了过去。

作为踏入本源法则门槛的强者，他操纵遁天梭的速度快得惊人。

“他来了！”奥菲修斯和喀山脸色大变。

一道金色剑虹疾速袭了过来，在后面飞的喀山一咬牙，使出手中的巨斧。

“哐！”

喀山感觉到一股无比惊人的力量通过巨斧传递过来，震得他右手手臂发麻，都快握不住巨斧了。

那道金色剑虹贯穿了喀山的头颅，而后继续袭向想要逃逸的奥菲修斯。

金色幻剑的速度太快，而奥菲修斯还没跑远。

“完了。”奥菲修斯眼眸中满是惊恐。

而后，他愤恨地看了远处震惊的津刺李一眼，传音道：“津刺李！”

“噗！”

金色幻剑蕴含了些许金之本源法则，至阳至刚，锋利无匹。

虽然奥菲修斯在预选淘汰赛世界区排名极高，但还是被罗峰杀了。

观众席上一片寂静。

普西金纵横无敌是众人预料中的事，毕竟这一组中普西金在预选淘汰赛中的排名是最高的。可是，来自其他星域的近10亿观众根本没有想到，预选淘汰赛中排名第5的罗峰，实力竟然也这么强，甚至比普西金还要强。

“罗峰！”

“罗峰！”

黑龙山帝国的上百万观众激动地嘶吼。

罗峰给黑龙山帝国的人们带来了意外的惊喜。

之前，他们嘴上喊着罗峰必胜，夸赞罗峰多么厉害，其实心里是没底的，因为之前黑龙山帝国的天才的成绩一向较差。

然而，罗峰表现得如此出色，他们自然激动不已。

“爸爸！”

“爸爸！”

罗海和罗平都站起来，欢呼起来。

“老三。”洪和雷神也站了起来。

“哥真厉害。”罗华忍不住说道。

“我这妹夫的确厉害！”徐刚的眼睛瞪得滚圆。

旁边的徐欣面带笑容，紧紧地盯着斗武场。

黑龙山岛屿的豪奢宫殿内，皇族的人正紧紧地盯着屏幕。

当看到罗峰瞬间击杀两名天才，而后又解决了两名天才，其他天才吓得连连避开，不敢靠近时，宫殿内一下子就沸腾了。

帝皇猛地一拍皇座，大喝道：“好！”

“恭喜陛下！贺喜陛下！”下方立即有人站起来，大声喊道。

“父皇，罗峰显然是最强的一个，这一战后，谁还敢说我们黑龙山帝国天才的实力弱？”三皇子第一个站起身来，朗声说道。

“衍神兵。”布特阿什卡道。

“没错，是衍神兵。”旁边的皇叔连连点头。

“衍神兵？”帝皇大吃一惊，“掌控者的九大神兵之一衍神兵？我一开始还以为那暗金色长棍只是一件用来近战的棍状兵器呢。”

布特阿什卡道：“刚才罗峰施展的是衍神兵的第一重幻剑式，看他如此游刃有余，显然已经掌握了第一重。他的修为只达到恒星级，就能施展出第一重，在恒星级同阶强者中绝对堪称无敌的存在。在乾巫宇宙国，能敌得过罗峰的同级同阶的强者也是极少的。”

“对，要施展出第一重，必须对金之本源法则有所领悟。”旁边的皇叔点点头，“也就是说，罗峰是跨入了本源法则门槛的天才。而根据估算，乾巫宇宙国内，这次天才战中跨入本源法则门槛的天才有数百名。”

“参加擂台混战的强者被分成了1000组，平均每组出现一个领悟本源法则的，算不得了了。除非有超级强者像罗峰这样，在预选淘汰赛中没有爆发出全部的实力。就拿上次洪参加的那一组来说，那个女子明明跨入了本源法则门槛，可是，在预选淘汰赛中排在几十名，这才造成那一组有两个领悟了本源法则的强者。”皇叔郑重地道。

的确，当初100个世界区举行预选淘汰赛，每个世界区都有几个领悟本源法则的，比如罗峰、风轮，他们都乖乖待在自己所在的城市，如果两人都去猎杀其他城市的绝顶强者，以他们的实力，都有资格冲进本世界区前10。

一旦冲进前10，按照分组规则，罗峰和普西金不可能被分到同一组。

第404章

避而不战

斗武场内。

津刺李耳边还回荡着奥菲修斯死前的怒吼。此时，他已经没时间想奥菲修斯的死了，他眼中只有远处的罗峰。

“这个张狂的小子，竟然……”

而刚刚击杀两名天才的罗峰一转头，目光落在津刺李的身上。

因为周围已经没有其他天才了，那些天才完全被罗峰的实力给震慑住了，一个个都远远地躲开了。

罗峰只能另找目标，他目光一扫，就看到远处的津刺李。

津刺李正好看了过来。

既然如此，罗峰的下个猎物就是他。

“杀！”罗峰眼眸中涌现出杀气。

“嗖！”他脚踏遁天梭，化作一道流光，直接袭向津刺李。

“浑蛋，怎么这么厉害。”津刺李心中暗恨。

作为乾巫宇宙国皇族培养的精英，他很清楚跨入本源法则门槛的同阶对手是多么可怕。

他一咬牙，转头就飞走了：“普西金！普西金！”

普西金眉头一皱。

“那个黑发小子要杀我。”津刺李连忙传音，“帮我挡住他。”

“你还真是能惹事。”普西金低沉的声音在津刺李的耳边响起。

这一组按照排名，普西金第1，津刺李第2，他们又是来自同一个组织，所以津刺李早就拉拢了普西金，并且和普西金约定好，同心协力通过擂台混战。本来，第1名和第2名相互帮衬，通过擂台战是板上钉钉的事情。

奈何津刺李招惹了罗峰。在此之前，罗峰虽然实力很强，但是还不至于去对付排名第1和第2的两个强者，毕竟擂台混战有10个晋级名额，没必要拼命。

可现在——

普西金一下子就蹿到了津刺李的前方，泛着绿光的眼睛盯着前方的罗峰，传音喝道：“津刺李是不对，不过，你和我们没必要厮杀。你饶津刺李一命，我们一起通过擂台混战，如何？”

罗峰脚踏遁天梭，看着眼前的普西金。

普西金堪比两层楼高，站在他面前的罗峰宛若小不点。

“普西金！”罗峰冷冷地盯着对手，传音喝道，“让开！”

普西金眼中露出一丝怒意，准备说点什么。

“哼！”罗峰冷哼一声。

“轰！”金色幻剑直接袭了过去。

普西金脸色一变，挥出土黄色气流笼罩的右拳，他的挥拳速度看似缓慢，但竟然抵挡住了罗峰的金色幻剑。

只听得轰隆一声，普西金连忙后退十余米，而后盯着罗峰。

“嗯？”罗峰心中一动，“情报上没有写普西金踏入了本源法则门槛，现在看来，他的确没有领悟本源法则。可是，他仅仅拥有领域九重，竟然能发挥出这么强的战斗力。”

和罗峰一样，洪同样是领域六重的强者，却能击杀领域七重的对手。由此可见，决定战斗能力的因素除了原力、境界、本源法则，还有意志、心态、经验等。一个人若是没有斗志，恐怕都发挥不出自己一半的实力，而如果斗志高昂，便可能超水平发挥。

而普西金拥有领域九重，在预选淘汰赛中，能在第89世界区冲到第9名，其战斗力的确惊人。不过，没有跨入本源法则门槛和跨入本源法则门槛的天才的战斗力，差别很大。

“普西金，你不是我的对手，快让开，否则你连擂台战都通不过。”罗峰怒视普西金，传音喝道。

要杀普西金，估计得花点时间，时间越久，周围的人死得越多，一旦只剩下十人，混战就算结束了。这样一来，那津刺李很可能逃掉。

普西金双拳紧握，泛着绿光的双眸盯着罗峰，一咬牙，猛地朝远处的人群冲去。

“普西金！”躲在其后方的津刺李焦急地传音。

“啊——”普西金低吼，挥舞着重拳，去追杀一名名天才。

“哼！”罗峰看向津刺李。

一切都在他的预料之中。

100名天才中，只有自己踏入了本源法则门槛，而且，自己使用的是衍神兵。他看得出来，刚刚仅仅出了一招，就让普西金受了伤。如果继续下去，普西金绝对必死无疑。

罗峰不想再在普西金身上浪费时间。

普西金不想为了保护津刺李而死，所以选择避而不战，这是很正常的。

“浑蛋！”津刺李心中暗骂，连忙逃窜。

“想逃？”罗峰脚踏遁天梭迅速追去。

“这家伙的速度竟然这么快！”津刺李脸色大变。

罗峰领悟了些许本源法则，攻击、防御、速度、身法等方面都会有很大的进步。

几乎眨眼的工夫，津刺李就被罗峰追上了。

津刺李转头，黑色气流绕体，手上出现两把狭长的战刀。

他面目狰狞，怒喝一声：“去死！”

“呼！”他一个迈步，瞬间就冲到罗峰面前。

“光线领域？！”罗峰惊呼出声，瞬间暴退。

“幻剑式！”罗峰大喝一声。

同样跨入了本源法则门槛，罗峰却比其他人要强大，因为他将领悟的本源法则通过衍神兵完全爆发出来了。

“轰！”金色剑虹瞬间袭向津刺李。

“锵！”津刺李手上的双刀交叉，同时顶上去，来了一次硬碰硬的撞击。

津刺李身体一颤，喷出了一口血。

“这小子和乾巫秘境中那些超级天才一样，领悟了金之本源法则，实力很强。”

“竟然挡住了！”罗峰眉毛一挑。

“轰！”金色剑虹再次袭了过去。

“不能硬挡，可是，没办法，对方的攻击速度太快了，我根本来不及闪躲。”津刺李心中无奈，只能硬撑着再次用双刀去抵挡。

然而，他的双臂发软，刚才硬挡了一下，身体已经受创。

“砰！”两把战刀直接脱手，被击飞了。

金色剑虹猛地一转，直接贯穿脸色苍白的津刺李的头颅。

津刺李当场丧命！

淘汰！

看到这一幕，远处的普西金的脸部肌肉抽搐着：“津刺李竟然只能硬挡一下，第二次硬挡就没命了，而奥菲修斯他们连一下都抵挡不住，那家伙实在是太强了，恐怕我最多能抵挡四五下。”

金，至阳至刚、锋利无匹！

论硬碰硬，的确是领悟金之本源法则的人最厉害。

……

整场战斗持续了5分钟，活着的人只剩下10个。

战斗结束！

“疯子，那家伙是个疯子。”

“那黑发的家伙到底是谁？”

幸存的天才们看向罗峰，目光都隐含忌惮。

他们大多都不知道罗峰的名字。之前斗武场的解说员介绍的时候，他们都在大厅，并没看到罗峰的影像。

其实，罗峰也不知道大多数人的名字，他只认识普西金和津刺李，毕竟这两人的名气较大。

“第382组擂台战结束，死去的90名天才淘汰，剩下的10名天才有资格角逐900个名额。”那道低沉的声音再次在斗武场中响起。

幸存的其他9名天才，包括普西金，都定定地看着背着暗金色长棍的罗峰。

若说洪那一组实力最强的是野人，那么这一组实力最强的无疑是罗峰。

“罗峰！”

“罗峰！”

“罗峰！”

……

来自黑龙山星域的上百万观众歇斯底里地大吼。

“他就是罗峰？”

在被传送出斗武场时，幸存的其他9名天才都暗自想着。

黑龙山帝国皇宫沸腾了！

整个黑龙山岛屿沸腾了！

黑龙山星域8000多个星系的人看着转播，也沸腾了！

“太精彩了！”

“罗峰太强了。”

“他是我们黑龙山星域的超级天才！”

黑龙山帝国的人欣喜若狂。

在过去数十万年乃至数百万年，黑龙山帝国冲进前1万名的天才不少，也是值得骄傲的。可是，在擂台战中，黑龙山帝国已经很久没有出现实力这么强大的高手了。

“罗峰太厉害了！”

“他的实力的确很强，简直就是无可阻挡啊！面对那些实力弱的，一招就能解决。”

“听说罗峰使用的是衍神兵，那可是精神念师掌控者一脉的九大神兵之一。”

“擂台战结束了，接下来就是一对一的对战，以罗峰的实力，绝对能夺得900个名额中的一个。”

“罗峰一定能代表乾巫宇宙国和其他宇宙国的众多绝世天才交手。哈哈！罗峰可是我们黑龙山帝国的骄傲啊！”

很多关于罗峰的专题报道传开了，还有很多支持罗峰的崇拜者组织迅速组建，很多虚拟游戏中出现了“罗峰我爱你”“罗峰的师父”“我是罗峰的师兄”“罗峰本尊”等昵称。

这一战，罗峰展示了强大的实力，征服了亿万人。

第405章

命运的抉择

黑龙山岛屿，豪奢宫殿。

“罗峰前途无量啊！”布特阿什卡感叹一声，“他的未来难以预判啊！”

“嗯！”皇叔点点头。

“难道我们无法将他招进圣地？”帝皇压低声音问道。

然而，旁边的两个界主级强者都摇头，其中的布特阿什卡解释道：“陛下，他的修为才达到恒星级，就跨入了金之本源法则门槛，这种绝世天才深受各方势力青睐，是轮不到我们黑龙山圣地笼络的。”

“哦？”帝皇闻言一怔。

自创立宇宙国亿万年来，乾巫宇宙国的国主都没有换过人。而黑龙山帝国的帝皇到了一定时间就会更换，所以，有许多秘辛帝皇还真是不知道。

“陛下，你没看见，宇宙国境内只有一个乾巫道场，并禁止其他势力开设武馆？”布特阿什卡反问道。

“乾巫宇宙国的确很重视底层人才。”帝皇点点头。

“正是如此。像罗峰这种超级天才，就算我们重视，也未必能招揽他，最终他会加入乾巫宇宙国。”布特阿什卡摇摇头，“而且，我们还不敢有任何怨言。当然，不管怎么讲，罗峰也是从我们黑龙山星域出去的，将来他有所成就，对我们黑龙山星域也有益处。”

“如此超级天才，还是结交为好。待万年，乃至十万年过去，谁也不知道他的成就会达到怎样的地步。”布特阿什卡郑重地道。

“我明白。”帝皇点点头。

拥有如此高的天赋，只要不殒灭，成为界主级强者是板上钉钉的事。而且，罗峰的修为仅仅达到恒星级，就跨入了金之本源法则门槛，日后成为界主级强者，也会是界主级强者中极强的存在。一旦突破成为不朽级强者，那可就真的无敌了。

在黑龙山帝国，现如今有两个不朽级强者，一个是黑龙山圣地的神主，一个是冰海神国的神主，黑龙山帝国是不敢轻易得罪不朽级强者的。

神国。

山脉连绵起伏，一座座火山分散在大陆各地，时而爆发，整个神国都是一片暗红色，硫磺味弥漫整个神国。

一座高耸入云的山峰上，有一座古老的宫殿，宫殿表面的墙壁上有着各种复杂的雕刻。

大殿内。

一个穿着暗红色长袍的红瞳男子坐在王座上，他的身体周围隐隐有黑色火焰在燃烧，他目光冷厉，让人心悸。

王座下方左右两侧各有四个宝座，正坐着三人，个个散发着让天地震颤的能量，仿佛举手投足间就能毁灭天地。

“神主，这个叫罗峰的小家伙才达到恒星级，就领悟出了些许金之本源法则，最适合当我的弟子。”

一个穿着黄金色战甲的强者说道。

他的全身隐隐有让人心悸的能量，那是代表金之本源法则的能量，比罗峰的能量要强数倍。

“沃特，我的兄弟！”神主口中发出了沙哑的声音，“我知道，你现在急需找一个弟子，不过，我们是争不过乾巫宇宙国的。”

其他两人都看向沃特。

“我的寿命临近大限，”沃特淡淡地道，“现在我的那些弟子虽说天赋还行，但想继承我的秘法极难。我很快就要死了，这是无法改变的，我只想找一个传人，在我死之前，能看到数亿年才创造出的秘法延续下去，这是我现在最大的希望。”

其他几人闻言，都沉默了。

不朽级强者，的确是永恒的存在，可不代表就一定不死，比如陨墨星主人，还不是照样殒灭。不朽级强者的生命力极强，即使肉身和灵魂毁灭，照样能重新凝聚，只是有些伤势无法改变。

“沃特，我会尽全力帮你寻找优秀的弟子。”神主郑重地道，“至于罗峰那小家伙，只要不傻，他肯定会选择加入乾巫宇宙国，或者加入更强大的虚拟宇宙公司。即便是绝世天才，也需要最好的外部条件，还有最好的教导，才能有最辉煌的成就。论实力和环境，我们的确没法和乾巫宇宙国相比。”

沃特没有吭声。

数亿年来，他最骄傲的事就是自己创造出了秘法，活着的时候，他把秘法当成珍宝，绝对不外传。就算是弟子，也只是稍微传授一点。然而，当知道自己必死无疑时，他的想法就完全变了，他很想在死前看到有弟子能练成自己留下的秘法。实在不行，他只能将秘法留给朋友或者兄弟，让他们代为教导弟子了。

“神主。”沃特站起身来。

“沃特。”神主也站了起来。

其他两人都站起身来。

“我累了，想回家乡了。”沃特叹息一声，“在死亡来临之前，我想回家乡好好看看。”

说完，他转头，飞离了大殿。

作为不朽级强者，他活了很多年，而他的至亲们早就消失在时间长河中。

其他三人一阵沉默。

“沃特，我会帮你找到能够延续秘法的弟子的。”神主的声音传入了百万里外的沃特的脑海中。

大殿内，三人彼此相视一眼。

“假的，我们被骗了。昆沙罗这个浑蛋，我一定会找他算账，就是因为他，沃特活不了多久了。他竟然敢卖假的秘境地图给我！”神主愤怒地咆哮着，周围空间都震颤起来。

“昆沙罗是乾巫国主的属下，我们很难找到对付他的机会。”

“即便要等10亿年，乃至100亿年，只要有机会，我蒙火一定会亲手杀了他。他敢用一张假的秘境地图换走我的宝物和金钱，还害得我的一位兄弟即将丢掉性命，我一定要让他死！他有本事，就一辈子躲在乾巫国主的庇护下。”神主怒吼。

黑色火焰猛地冲天而起，宫殿瞬间被焚烧殆尽。

他的吼声回荡在浩瀚无边的神国中。

黑龙山岛屿。

罗峰真的是一战成名了！

这一战不单单震撼了黑龙山帝国，也震撼了乾巫宇宙国。

“爸爸，整个黑龙山岛屿的人都知道你长什么样了，你一出去，很快就会被认出来。”罗海拍着手，显得很得意。

“嗯！以后出去得伪装了。”罗峰摸了摸罗海的脑袋。

“说来还真怪呢。”旁边的徐欣为罗峰倒了一杯茶，笑道，“上一次你通过预选淘汰赛，很多组织都派人来招揽你。这次擂台战中，你的表现又那么抢眼，我以为会有更多的组织派人来我们这里，可是到现在，一个拜访的人都没有。”

“是挺怪的。”罗峰点头。

忽然——

“哈哈！罗峰！”一道爽朗的声音响起。

“咦，刚才说没人来拜访，一下子就有人来了。”徐欣看过去，压低声音道，

“是三斧山组织的人。”

罗峰一看，还真是。

只见远处走来三人，中间的是头发花白的老者，左侧的是穿着深红色战袍的男子，右侧则是魁梧大汉冥昱。

据罗峰判断，那身穿深红色战袍的男子绝对是界主级强者。而且，那男子眉心有雷电印记，显然是得到了雷电本源法则认可的界主级强者，绝对属于界主级巅峰的存在。

至于那老者，罗峰看不出其实力。不过，老者走在最中间，估计地位是最高的。

“冥昱大人。”罗峰连忙起身。

“哈哈！我可算不上什么大人。罗峰，我给你介绍一下。”冥昱指着身穿深红色战袍的男子，“这位是我们三斧山的将天辰将军，在黑龙山星域的诸多界主级强者中，他绝对算得上是最顶尖的强者。”

“见过将军。”罗峰恭敬地道。

将天辰微微点头。

“这位……”冥昱转而介绍老者，声调微微变了，“是我们三斧山三大创始人之一的军主大人。”

“军主大人。”罗峰连忙行礼，心中则掀起滔天巨浪。

军主？

据他所知，三斧山的三大创始人中，两个是不朽级强者，还有一个早已经失踪。眼前这位是哪位创始人？

“嗯。”老者微微点头。

“洪呢。”冥昱说道，“军主想见他。”

“稍等，我去找他。”罗峰连忙说道。

……

罗峰、雷神、冥昱和将天辰四人都站在屋外，屋内只有那位军主和洪。

“三弟，那位军主找大哥有什么事？”雷神问道。

“不知道。”罗峰摇头。

“好事。”旁边的冥昱神秘一笑。

“希望他不要让军主失望。”旁边的将天辰却冷冷地道。

第406章

两条路

屋内，洪和军主面对面站着。

“什么？！”洪惊讶地看着眼前的老者，“军主大人，您……”

这位传奇人物刚说了几句话，吓了洪一跳。

“你的天赋很不错，性格和当年的我比较像。我虽然没有成为不朽级强者，但是领悟了光线本源法则，足以当你的老师。”老者摇摇头，又道，“不过，有一件事情我必须提前告诉你，我的寿命不长了，只能活2万多年了。”

“只能活2万多年了？”洪有些惊讶。

界主级强者寿命有千万年，眼前这位军主竟然大限已近。

“唉！”老者叹息一声，声音蕴含着无尽的苦涩，“洪，说起来，你跟我很有缘。”

“你的名字叫洪，我的名字叫洛，都是一个字。此外，你的修为达到行星级时，就拥有了自己的领悟，我也是。我无惧生死，向往成为强者，想要攀登生命的巅峰，甚至在巨斧斗武场中连战千场，获得了‘域主级巨斧武者’称号。”洛心里很感慨，“而后，我和两位同样获得了‘域主级巨斧武者’称号的好友墨雷娅、莱蒙托共同建立了三斧山。”

“当初，以我为首，他们两人为辅，后来他们成了不朽级强者，我却一直是界主级强者。我满怀野心，如果我的计划能够成功，一旦成为不朽级强者，我将会是不朽级强者中的超级强者。”洛眼中有着无比强烈的渴望，“比如，加入乾巫宇宙国，我就能成为乾巫国主麾下顶尖的不朽级强者。”

“乾巫国主麾下顶尖的不朽级强者？！”洪闻言一怔。

“黑龙山星域有几个不朽级强者？”洛问道。

“两个。”洪道。

冰海神国的主人和圣地黑龙山的主人都是不朽级强者，罗峰、洪、雷神都是知道的。

“乾巫宇宙国有多少星域？”洛又问道。

“13000多个星域。”洪道。

假设每个星域中有两个不朽级强者，加起来的话，那简直太吓人了。

“哈哈！”洛笑了，“乾巫国主麾下的不朽级强者超过1万。还有更多不朽级强者属于虚拟宇宙公司、巨斧斗武场、宇宙第一银行、宇宙星河银行、宇宙佣兵联盟这五大势力。”

“上万？”洪大吃一惊。

“不必这么惊讶，你也不看看宇宙国是何等浩瀚。不朽级强者看起来挺多，可毕竟是无数年累积起来的。要知道，界主级强者中产生不朽级强者的概率太小了。

“界主级强者寿命有千万年。乾巫宇宙国的界主级强者有数百万，每千万年换一茬，无数年累积下来，才有那些不朽级强者。

“我看开了，人得脚踏实地，不能有太大野心。界主级强者成为不朽级强者是很难的。我还浪费了数百万年，不是很蠢吗？当我想开的时候，不承想造化弄人……

“不说其他了，我的事大概都告诉你了。光线和时间这两大本源法则，我都能教你，我也会尽量帮你。在这乾巫宇宙国数百万界主级强者中，虽然我不敢说是第一，但是进入前三绝对没问题，面对不朽级强者，我也有逃命的把握。”

洪惊讶地看着洛。

洛在乾巫宇宙国都算得上是一个传奇，连不朽级强者都会给他面子。

“你如果愿意拜我为师，就得做好跟我流浪的准备。”洛郑重地道，“我刚刚脱困，仅剩2万多年寿命，死之前想去很多地方看看。你如果拜我为师，当我的传人，自然要跟着我走。此外，我不会就这么放弃修炼。最后这2万多年，我依旧会拼一把，我想要看看，大限到来之前，能不能突破命运的桎梏，成为不朽级强者。”

洛看着洪，继续道：“所以，我随时有可能闭关，无法照料你，到时候给你安排护卫就是。一旦拜我为师，你得有思想准备。”

洪眉头一皱，道：“我得跟着你流浪2万多年？”

“对。”洛点点头。

“现在不用急着回答，你好好想想，我给你10天时间考虑，10天后你再给我答复。”

洛说完，就直接起身，朝外面走去。

能成为超级强者的，都是追求生命巅峰的。在这条道路上，他们会创造出属于自己的秘法，这些秘法凝聚了他们一生的心血和汗水。在死之前，这些超级强者都不舍得自己辛辛苦苦创造出来的秘法就此失传。

找到一个优秀弟子，传承下去，是很多将死之人的心愿。

九星湾小区。

罗峰、雷神、洪目送老者、将天辰、冥昱离去。

“大哥，”雷神连忙问道，“军主找你做什么？”

罗峰也看着洪。

“他要收我为弟子。”洪笑道，“说起来，我在地球上也算是一代宗师，而在宇宙中，别人竟然要收我当弟子，不得不说，宇宙中的强者很多方面的确比我们强得多，有资格当我们的老师。刚才我都准备拜师了。”

“没拜成？”罗峰惊讶地道。

“嗯。”洪点点头，“我拜师的话，就得跟着他流浪，离开地球，离开黑龙山星域，在宇宙中流浪2万多年。”

“流浪2万多年？”雷神瞪大了眼睛。

“我在犹豫要不要拜师。”洪眉头微皱，“其实，跟着他在宇宙中流浪也不是坏事，我能通过虚拟宇宙网络和家人，还有你们见面。可是，离开地球2万多年，我总感觉……”

洪要跟着洛在宇宙中流浪2万多年，对于年龄不足百岁的洪而言，的确有点难以接受。

“当然得拜师。”罗峰肩膀上的虚拟助手巴巴塔伸出小手，指着洪，“你个白痴，那可是洛，三斧山组织的创始人之一，人称‘时光界主’。很多不朽级强者都和他交好，不少界主级强者都希望得到他的指点，那可是黑龙山星域了不起的人物。”

“时光界主？”罗峰和雷神听了，都很震惊。

“时光界主，很厉害的称呼啊！”雷神肩膀上的虚拟助手雾大人瞥了巴巴塔一眼，“小屁孩就会吹牛，刚才那个老头也敢号称时光界主。”

“你这个被关押了千万年的老东西，知道什么。”巴巴塔指着雾大人，“洛可是千万年来一等一的大人物，那时候你还被关在界中界，什么都不知道。你有什么发言权，还是乖乖听本恶魔大人的。”

“你个小屁孩！”雾大人咆哮起来。

“我跟随主人数千万年，活得比你久。”巴巴塔指着雾大人说道。

罗峰和雷神都摸摸脑袋，有些不知所措。

天哪！这两个智能生命一见面就掐架，这可如何是好？

“我会好好想想的。”洪沉默了。

“听我的准没错。”巴巴塔又道。

另一边，擂台战的一组组天才正在进行激烈的战斗。

5天后，1000组擂台混战全部结束，淘汰了9万人，还剩下1万人，这1万人有资格角逐最后的900个名额。

得到名额，即可代表乾巫宇宙国去和其他宇宙国的绝世天才进行比拼。

擂台战刚刚结束，黑龙山岛屿九星湾小区就迎来了两位客人。

“罗峰。”一道熟悉的声音响起。

罗峰转头一看，来人正是须发皆白的老者——布特阿什卡。

此刻，布特阿什卡正站在一个面白无须，拥有紫色瞳孔的男子身旁，男子的眉心有一只竖着的眼睛，此刻正看着罗峰。

一股无形的威压随之而来。

“嗯？”罗峰心中一惊。

来人拥有好强的意志。

“不错。”紫色瞳孔男子微微点头。

“罗峰，我给你介绍一下，这位是来自乾巫宇宙国的不朽级强者——神主昆沙罗。”布特阿什卡介绍道。

罗峰震惊万分。

这么多年来，他还没见过不朽级强者。

不朽级强者啊，这是何等高贵的存在！或许在乾巫宇宙国这种高等文明的庞大国度面前需要低头，可是，其他的帝国都不敢招惹不朽级强者。

此刻，不朽级强者竟然主动来见自己。

“拜见神主。”罗峰恭敬行礼。

“嗯。”昆沙罗微微点头。

昆沙罗虽然是男人，但是给罗峰的感觉很诡异，仿佛是个无比柔媚的女人。只是，那只竖眼让人心悸。

“罗峰，我来这里，是来传达国主之令。”昆沙罗淡淡地道。

罗峰心中一惊。

“乾巫国主？”

“嗯！乾巫国主派我来见你，代表他对你很重视。”昆沙罗顿了顿，继续说道，“这次天才战，最终我们乾巫宇宙国会派出1000名实力极强的天才，去和其他宇宙国的天才进行巅峰对决，整个宇宙共有1008个宇宙国，参加巅峰对决的天才会有100多万人，而虚拟宇宙公司最后只会招揽巅峰对决中的前1000名。”

昆沙罗看着罗峰，道：“也就是说，平均下来，一个宇宙国差不多只能得到一个名额。我们乾巫宇宙国派出1000名天才，都不一定能夺到一个名额。”

罗峰点点头。

想进入宇宙总排名前1000，是非常难的，连巴巴塔都认为罗峰没希望。

上千个庞大的宇宙国，最终只招揽前1000名，这虚拟宇宙公司招收人才的条件真苛刻。

“的确！作为宇宙人类中的巨头之一，虚拟宇宙公司培养天才有很好的条件，比如初始宇宙、诸多秘境、神奇宝物、最好的导师……”昆沙罗看着罗峰，“不过，只有进入总排名前1000，才能得到虚拟宇宙公司的培养。按照国主之令，如果冲进宇宙总排名前1000，加入虚拟宇宙公司，成为虚拟宇宙公司的内部核心成员，我们乾巫宇宙国也有重奖。

“如果失败，则必须加入乾巫宇宙国。以你现在的天赋，有资格进入乾巫宇宙国的禁地——乾巫秘境。”昆沙罗微微一笑，继续说道，“在乾巫秘境中，你同样可以得到精心培养。”

昆沙罗扫视罗峰一眼，道：“小家伙，进入宇宙总排名前1000是很难的，我劝你还是别奢望了。能进入乾巫宇宙国的禁地乾巫秘境，这已经是无数人梦寐以求的。”

话落，昆沙罗直接消失了。

“罗峰，恭喜。”布特阿什卡笑道，“对了。不朽级强者大多脾气很怪，你别太在意。”

“我不会在意的。”罗峰淡淡一笑，“我哪敢在意？”

“能派不朽级强者来找你，说明乾巫国主对你们这些人才很重视。”布特阿什卡缓缓地道，“据我所知，这一批参战的天才，得到通知有资格进入乾巫秘境的，都是跨入了本源法则门槛的。”

罗峰点点头。

很快，布特阿什卡也离开了。

罗峰则坐在自家门口外的椅子上，默默地思忖着。

“现在你面前有两条路，一条是进入乾巫宇宙国核心，另外一条是进入虚拟宇宙公司核心。”

罗峰肩膀上的巴巴塔打了个哈欠：“别想了，虚拟宇宙公司可是超级巨头，资源极其丰富，能得到其重视，不惜耗费无数珍贵资源培养的，个个都是宇宙中的顶尖天才，本身天赋极高，只要在接受培养的过程中没有死掉，成就都很惊人。”

“什么？”罗峰大吃一惊，“那些可是从1008个宇宙国选出的顶尖天才，怎么会轻易死掉？”

“为了培养出最优秀的天才，就要淘汰实力弱的，那些人丧命，不是很正常吗？”巴巴塔摇头，“无论是谁，不经历生死危机，怎么可能蜕变，而经历生死危机，怎么可能没有死伤？”

罗峰不由得点点头。

“别想了，人家和你不是一路人。昆沙罗说得对，最好的是进入乾巫秘境。乾巫宇宙国在宇宙中也算是数得上的大势力，乾巫国主更是足以震慑宇宙的超级存在。

“进入乾巫秘境，得到很好的培养，将来你的成就会很高。当年，你的老师就吃亏在是独行侠，假设你的老师背后有乾巫国主这种大人物，那个浑蛋怎么敢杀你的老师。”

“乾巫国主比我的老师厉害很多？”罗峰震惊。

“当然！乾巫国主可是开创了一个宇宙国，坐镇宇宙国亿万年，堪称无敌的存在。”巴巴塔没好气地说道，“当然，和虚拟宇宙公司这种超级巨头不好比，据说初始宇宙就是虚拟宇宙公司的，想塞人进入初始宇宙进行参悟，是很容易的。”

罗峰眼睛一亮。

“在宇宙中，还有更厉害的高手，一山还比一山高呢！即便进入虚拟宇宙公司核心，竞争也会很激烈。每隔1万年，会举办1届天才战，每届招收1000名超级天才。你算算，虚拟宇宙公司有多少超级天才。所以，即便进入虚拟宇宙公司，也是强者如云，实力不够强，一样会被人瞧不起。

“当然，你是进不去的，还是安心待在乾巫秘境吧，乾巫秘境如今是无数人想进入的圣地。我说这么多，就是想告诉你，进入乾巫秘境后，即使你算是优秀的，也别骄傲，因为虚拟宇宙公司中还有无数强者比你更优秀。”

罗峰无奈一笑。

这个巴巴塔未免太打击人了。

第407章

唯一的对手

罗峰坐在椅子上，为自己倒了一杯茶，脑海中浮现出诸多念头。

“巴巴塔说得没错，我现在的实力的确远远不如一些超级天才，想要冲进宇宙总排名前1000，很有难度。

“我的身法、念力兵器操控技巧、战斗经验、意志、心态等都算不错，可是，若和宇宙中顶尖的天才相比，却不算什么。

“一些厉害的强者，比如我的老师和洛，到了后期，都是自创一套秘法。当然，不管干什么，都得一步步来，我得先学会前人所创的秘法，而后，再慢慢创造属于自己的秘法。而现在，我才刚刚开始。

“要进就进入虚拟宇宙公司的核心，我现在的实力的确很弱。可是，主要是因为我修炼的时间太短，这次天才战持续的时间很长，我还有时间提升自己的实力。”

罗峰眉头紧锁。

虚拟宇宙公司核心每隔1万年就招纳1000名超级天才，一代代累积下来，那里有了数以百万计的绝世天才。而且，那边不朽级强者的数量也会远远超过乾巫宇宙国的。

那里才是最巅峰的势力！

“要斗，就和最强的天才斗！我的修炼时间很短，随着不断修炼，我的实力会赶上他们的。我一定要努力修炼。现在我要先得到乾巫宇宙国内的1000个名额中的一个。”

罗峰当即做出了决定，并没有告诉巴巴塔。

从小到大，他从来没有认输过。

当初，面对无比强大的金角巨兽，罗峰都没低过头。

如果说罗华喜欢在宇宙金融市场中竞争，一次次赚取财富，那罗峰就是喜欢追求生命的巅峰，不断突破自己，一次又一次将一个个对手击败。哪天他真的站在巅峰，没有对手，恐怕会很寂寞。

在地球上时，罗峰就尝过那种寂寞的滋味，他很不喜欢那种感觉。

“闯荡吧！我要看看自己能闯到什么地步！”罗峰眼中有着期待。

擂台战一共持续了5天，结束后，通过擂台混战的1万名天才可以休息一天。

在这一天中，举办方虚拟宇宙公司将接下来的擂台决战分组情况告知了每一位参战者。

2266年7月22日晚。

虚拟宇宙，黑龙山岛屿，九星湾小区，罗峰家的客厅。

罗峰、洪、雷神等十几人聚集在一起。

“擂台决战是怎么分组的？”

“对啊，妹夫，你第一战跟谁打？”

“1万名天才争夺900个名额，怎么争？”

……

一群人议论起来。

“安静！”罗峰指着前方，餐桌上方出现了一面大屏幕，大屏幕上出现了一个列表，“这是1万名天才的擂台决战列表。”

“哦！”

“字太小了。”

其他人当即都凑近去看。

“放大。”罗峰指着屏幕的角落，顿时屏幕上的列表的其中一处不断放大，那里有罗峰的名字。

“哥，你先跟塞瓦罗决战，赢下一场后，和另外一组的胜利者进行决战？”罗华问道。

“嗯！”罗峰点点头。

“擂台决战的规则很简单。一对一，胜者继续决战，输者则被分到战败组。1万人两两配对，组成5000对，第一战后，产生5000名胜者，5000名输者则被分进战败组。

“那5000名胜者也两两配对，第二战后，还剩下2500名胜者。以此类推，第三战后，还剩下1250名胜者；第四战后，还剩下625名胜者，将得到900个名额中的625个。”

“妹夫，那不是还剩下275个名额吗？”徐刚疑惑地问道。

旁边的罗华笑道：“我哥之前不是说了嘛，输掉的人被分到战败组，我估计那275个名额就归战败组的人。”

雷神笑道：“没错，罗华就是聪明。两两配对决出胜者的确很快，可是，有个很大的漏洞，那就是很可能让两个超级强者进行对决，这样一来，总要淘汰一个，很容易漏掉绝世天才。”

“嗯。”罗峰点点头，“所以设置了战败组。1万人中，625人为战胜者，那么战败组就有9375人，这9375人将会进行残酷而漫长的轮回战，争夺最后275个名额。”

“残酷的轮回战？为什么这么说？”

“漫长？需要多长时间？”

一群人都看着罗峰。

“所谓轮回战，就是指战败组的9375人都要进行一对一战斗，也就是说，每个人都要战斗9374场，胜则得一分，输或者两者同归于尽，都是零分，最终按照积分高低进行排名。排在前275名的，能得到最后的275个名额。”罗峰解释道。

“天哪！”徐刚瞪大了眼睛。

罗海问道：“9374场战斗？这要打到什么时候啊？”

“是啊，这得花多少时间啊？9374场战斗打下来，肯定要很久。”

一群人唏嘘不已。

要知道，那可是生死战斗，如果持续进行生死战斗，整个人心力耗尽、精神疲劳，实力会急剧减弱。所以，即使每场生死战消耗的时间短，也不可能每天进行很多场生死战。

“虚拟宇宙公司规定败者要进行轮回战，每个人每天要战斗10场，要持续近3年的时间。”罗峰缓缓地说道，“天才战中，乾巫宇宙国这个区域的选拔战耗费时间最长的就是轮回战。”

“什么？近3年的时间？”

“这时间的确够长的。”

……

好在擂台决战很快，每一战都会淘汰一半参战者，只需要连续赢得4场战斗，就能夺得名额。

深夜。

九星湾，罗峰住宅的天台上。

罗峰、洪、雷神都坐在圆桌旁。

“老三，你的情况不妙啊。”洪郑重地道。

“1万名参战者中，踏入本源法则门槛的一共有521人，擂台决战四轮后，仅仅625人晋级，按道理，这521个踏入本源法则门槛的强者都应该能够得到名额。”雷神嘀咕道，“可是，虚拟宇宙公司的分组很奇特，竟然让这些强者对决。”

雷神分析得没错。

根据擂台混战的实况录像可以判断出，跨入本源法则门槛的有521人，如果虚拟宇宙公司分配得好的话，可以让这521人都不碰面，每人就都能得到一个名额。

可是，虚拟宇宙公司并没有这么做。大部分踏入本源法则门槛的强者连续战斗4场，并不需要和别的领悟本源法则的强者碰面，可是，还有近百名领悟本源法则的强者会彼此碰面。

就拿罗峰来说，按照分配表战斗下去，前3场他都有把握，可是第4场就比较吃力了。

根据列表，罗峰能推断出来，只要那位领悟本源法则的强者中途不跌跟头，那么，第4场时，罗峰的对手就是那个领悟了本源法则的强者。

他的名字叫戎钧，外号正是“野人”。

戎钧是当初击杀了雷神的超级强者，在擂台战中，也是横扫一众强者的厉害人物。

“按照这样的分组，近百名领悟本源法则的强者会在第4场碰面。”洪神情凝重，“而且，这近百人都是在擂台混战中表现突出的人物。”

无论是戎钧，还是罗峰，在擂台战中，都是横扫对手的，无可抵挡。

“论实力，这近百人应该属于领悟了本源法则强者中排上层的。”洪郑重地道，“虚拟宇宙公司安排他们碰面，显然是要好好考验他们。并且，战败者还有机会进行轮回战。进入轮回战的领悟了本源法则的强者不足50人，而属于战败组的名额会有275个，这些领悟了本源法则的强者在第4场中就算输了，通过轮回战，也依旧能得到名额。”

罗峰和雷神都点点头。

洪说得有道理。

虚拟宇宙公司举办这次决战，就是为了选出最厉害的天才，所以考验一下表现优异的强者。

“老三，”洪看着罗峰，“前3场，你都没有任何问题，你唯一的对手就是第4场很可能对上戎钧，他的实力我是见识过的，非常强大，比普西金强多了。”

“我跟他交过手，他只出一招，就把我击败了。”雷神连忙说道，“他的确很强，特别是一刀劈下，力道非常大。”

“我知道。”罗峰点点头。

他想要早点得到名额，只有击败戎钧。戎钧参加擂台战时，他在斗武场现场观看了，戎钧的实力的确很强。

“谁让三弟表现那么好。”雷神笑道，“正因为你的表现很好，横扫其他天才，虚拟宇宙公司才会很重视你，所以给你安排了戎钧这个对手，让你们强强相争。”

第408章

连胜

2266年7月23日。

虚拟宇宙，巨斧斗武场，位面空间，编号29904号岛屿。

一场天才的对决即将开始。

“各位，现在站在擂台上的正是来自龙角星域的天才塞瓦罗。”一道响亮的声音回荡在斗武场上空。

观众席上立即响起了欢呼声。

“塞瓦罗！”

“你是最强的！”

来自龙角星域的公民激动不已。

擂台决战双方的所属星域都能分到1亿张门票，所以今天观战的10亿观众中有2亿分别来自龙角星域和黑龙山星域。

“接下来，即将上场的是各位期待已久的来自黑龙山帝国的绝世天才——罗峰！”解说员的声音比之前更加洪亮，显然他偏向于罗峰。

“罗峰！”

“罗峰！”

“罗峰！”

来自黑龙山帝国的上亿观众激动欢呼，就连来自乾巫宇宙国其他星域的观众都在欢呼着罗峰的名字。

同样通过了擂台战，可是，罗峰显然赢得了乾巫宇宙国更多人的喜爱。

在亿万人期待的目光中，罗峰走进了斗武场内的擂台。

欢呼声顿时更大了。

擂台上站着两个青年，正是背着暗金色长棍，穿着深灰色战衣的黑色短发青年罗峰和脚踏巨型踏板、面带微笑的青年塞瓦罗。

“罗峰，请多多指教。”塞瓦罗躬身行了一礼。

罗峰站在那里，没有一点反应。

虽然塞瓦罗很客气，但是罗峰对他莫名的反感，至于为什么反感，罗峰也说不出理由。

“两位，”解说员走上擂台，对罗峰和塞瓦罗说道，“决战和擂台战有一点很相似，随着战斗不断进行，你们所在的战斗空间会不断缩小，只需要5分钟，战斗空间就会缩小到直径只有1米，所以这一场战斗最多持续5分钟。”

“谢谢。”塞瓦罗笑着看向解说员。

罗峰只是淡淡地应了一声。

“那好，战斗正式开始！”解说员道。

话落，他直接消失了，擂台上顿时又只剩下罗峰和塞瓦罗。

“嗖！”塞瓦罗脚踏巨型踏板，迅速朝远处飞去。

“想躲？”罗峰眉头微皱，脚踏遁天梭，瞬间化为一道金光，明显比塞瓦罗更快。

战斗空间原先的直径是30千米，随着时间流逝，战斗空间不断缩小。

而罗峰和塞瓦罗的速度极快，几乎眨眼工夫，他们就冲到了战斗空间的边缘。

“就是这时候。”塞瓦罗猛地掉头，同时速度锐减。

而罗峰仍在疾速冲来，一下子和塞瓦罗靠得很近。

塞瓦罗眼中涌现杀意。

“去吧！杀了他！”

他脚下的巨型踏板射出一道银光，这道银光缠绕着他周身的青色气流，一道银光自动变成9支银色箭矢，同时射向罗峰。

“嗖——”9支银色箭矢瞬间射向罗峰。

“衍神兵虽然厉害，但是也有弱点。”塞瓦罗双眸中有着对胜利的渴望，“那就是防御力很弱。”

“这家伙实力不算强，竟敢分成9道攻击。”罗峰冷哼一声，“他还真的以为我没有防御手段？”

罗峰心念一动。

他脚下的遁天梭顿时飞出道道流光，迅速在周围组合成16面奇异的盾牌，盾牌之间有根根金丝串联。其中8面盾牌在外围，8面盾牌在内围，内外盾牌同时旋转，速度不一。

此招名唤剑矩阵！

遁天梭第二形态中的防御招数——剑矩阵。

遁天梭一共有三大形态：

第一形态，攻击武器为钻山锥，防御武器为重山盾。

第二形态，攻击招数为剑鱼阵，防御招数为剑矩阵。

至于第三形态，必须达到宇宙级，才能使用。罗峰现在还不能使用遁天梭的第三形态，最多使用剑矩阵和剑鱼阵。

8面盾牌在罗峰的身体周围悬浮，还有8面盾牌在外面的一层悬浮。内外两层盾牌，围绕着他缓缓旋转，上下微微起伏，彼此之间由金色丝线连接，一股莫名的气息弥漫开来。盾牌蕴含了罗峰对金之本源法则的理解，防御力堪称完美。

当那9支银色箭矢袭来时，这16面盾牌略微变速，便再也没有任何空当。

“铛——”一连串撞击声响起。

9支威力本来不算大的箭矢根本无法破坏这16面盾牌的防御。

其实，念力兵器不像遁天梭这般功能很多，一般情况下，威力越大的念力兵器，功能会越单一。

有纯粹攻击型的念力兵器，也有纯粹防御型的念力兵器，还有纯粹飞行型的念力兵器。

金，至阳至刚。衍神兵当然就是纯粹的攻击型念力兵器，霸道无比。

凝聚，攻击力才强，分散，攻击力则会变弱。

而塞瓦罗自知斗不过罗峰，就赌罗峰没有携带防御型的念力兵器，所以同时操控9支箭矢袭击罗峰。

分别操控9支箭矢，令意识分散在9道攻击力上，威力会比较小。他就是赌了一把，以博取一线生机。

面对9支箭矢的袭击，罗峰使出幻剑式，最多抵挡住两三支箭矢，这样一来，塞瓦罗就有获胜的机会。

可惜，他赌输了，罗峰拥有防御型的念力兵器，也就是遁天梭。遁天梭兼有飞行、防御以及特殊情况下进攻等诸多功能。

罗峰一直在研究它，所以，他觉得使用遁天梭的防御招数剑矩阵是明智的选择。或许有更好的防御型念力兵器，可是，他没有足够多的时间去研究。

“完了。”塞瓦罗脸色大变。

“噗！”金色幻剑化作一道金色剑虹，直接击飞塞瓦罗的念力兵器，而后直接贯穿了他的头颅。

第一战，罗峰胜！

……

第二战。

“罗峰，我知道我不是你的对手，可我还是要和你比一场。”对手刚刚上场就承认实力不如罗峰。

很快，他就败给了罗峰。

罗峰还是轻松获胜了。

……

第三战。

对手的实力非常强，堪比普西金，特别是一把巨斧的威力极为惊人。

之前面对9支箭矢时，罗峰的幻剑式是没法子全部抵挡住。可是，面对一把巨斧，罗峰却能轻易操控金色幻剑去抵挡。

远处，他脚踏遁天梭，遥遥操控金色幻剑，连续攻击6次，就让魁梧大汉的双臂被震得碎裂，口吐鲜血，毫无还手之力。

罗峰再次获胜。

黑龙山岛屿，九星湾小区，罗峰自家门口。

罗峰和布特阿什卡相对而坐。

“三战三胜，现在黑龙山岛屿上的人都在议论你啊！”布特阿什卡笑道，“虚拟宇宙网络中的许多娱乐节目和新闻节目都很关注你。”

罗峰淡淡一笑。

坐在家里，他都能听到小区外一些人的欢呼声。

因为罗峰获胜，他们很激动，正在喝酒庆祝。

“布特阿什卡大人，你来我这里，不会就是为了说这些事吧？”罗峰笑着看向布特阿什卡。

“我是奉陛下的命令来传话的。”布特阿什卡看着罗峰，“明天将进行第4场，只要你赢得第4场，就能获得名额。陛下希望你好好准备，千万别大意，你的对手很强。”

“我知道。”罗峰点头，脑海中浮现出了对手的模样。

正是那个头发乱糟糟、喜欢赤脚的戎钧。

“击败他！”罗峰心中默默道。

乾巫宇宙国，浩瀚星域。

一艘飞碟形的D6级飞船正停在一颗矿物星球的卫星上。

飞船内部的一个休息舱中，赤裸着脚丫，头发乱糟糟，身高3米多的壮汉背着短刀，正盘腿坐在地面上。

他抬起头，看着墙壁上悬挂的一张照片，只见一个黑乎乎的壮小伙和一名魁梧大汉搭着肩膀。

“父亲！”戎钧喃喃道，“你虽然不是我的亲生父亲，但是……”

戎钧有些哽咽，低声说道："我图蛮发誓，一定会杀了那个浑蛋。"

说到这里，他的眼眸中涌现出杀意。

"他是不朽级强者，又是创立了帝国的帝皇，可是，我一定会杀了他。父亲，你看着，我会在天才战中冲进宇宙总排名前1000，进入虚拟宇宙公司，甚至成为虚拟宇宙公司中同一代强者中最强的那个。当我杀了他的那一天，就是恢复'图蛮'这个名字的那一天。"

第409章

强强对决

“是疯子！”

“那个疯子来了！快逃！”

屏幕上，身穿深灰色战衣的短发青年缓缓走在街道上，一条金色鱼儿屠戮了一群天才，鲜血染红了街道。

预选淘汰赛中，罗峰战斗的一幕幕场景不断播放着。

“他就是让无数天才畏惧，被称为‘疯子’的绝世天才——罗峰。他一直隐藏实力，直到进入擂台战，才使出衍神兵，一路横扫。”

……

“野人。”

“我承认我不是你的对手，我不想和你交战。”

“不想战也得战！”一道浑厚的声音响起。

戎钧一闪身，就靠近对手，手中看似轻飘飘的战刀威力极大，直接冲破对方的防御，将对方击杀。

戎钧战斗的一幕幕场景也在不断播放。

“他就是单单靠气势就令无数天才畏惧，外号‘野人’的绝世天才戎钧，从预选淘汰赛到擂台战，再到擂台决战，他手持一把战刀，所向披靡，至今没有任何人能够抵挡住他。”

……

“罗峰和戎钧将在擂台决战第4战碰面，到时在编号00001号岛屿上会进行一场巅峰对决。

“一个外号疯子，一个外号野人，谁的实力更强呢？

“到底是疯子将野人歼灭，还是野人将疯子击杀？

“敬请期待擂台决战第4战！”

一支长达15分钟的宣传片，出现在虚拟宇宙公司官网乾巫网站的首页上，能够弄到预选淘汰赛中的战斗视频，也就只有虚拟宇宙公司了。

这个宣传片一出来，顿时引起了乾巫宇宙国无数人的关注，迅速传遍了整个宇宙国。

整个乾巫宇宙国沸腾了！

无数人去抢购这一场战斗的门票。

虽然擂台决战第4轮有很多场对决，但是，真正让人期待的是第49场。参加第49场的都是跨入了本源法则门槛的绝世天才，罗峰和戎钧更是其中的佼佼者。

他们被安排在00001号岛屿上进行决战，此场战斗的门票也是最贵的，而想要购买这一场战斗门票的人也是最多的。

2266年7月26日。

虚拟宇宙，巨斧斗武场的位面空间，编号00001号岛屿。

一场绝世天才的对决即将开始，对战双方分别是罗峰和戎钧。

“疯子！”

“野人！”

斗武场有10亿个座位，此时竟然座无虚席。

战斗还没开始，斗武场中央的大屏幕上正在播放宣传片。

很多观众激动地为自己崇拜的人欢呼。

特别是来自黑龙山帝国和金剑帝国的观众，兴奋不已。

同一时刻，斗武场的大厅中。

罗峰依旧穿着深灰色战衣，背着暗金色长棍。

大厅中只有两个座位，一旁的侍者看到罗峰，连忙走上前来，热情地道："罗峰先生，请这边休息，待会儿战斗就要开始了。"

罗峰点头，直接走到座位前面，缓缓坐下。

他能够清楚地听到斗武场那边传来的欢呼声。

"呼！"一道人影突然出现。

罗峰当即看去，那是一个魁梧的壮汉，依旧赤裸着脚丫，头发乱糟糟的。

可是，他只是站在那里，便气势逼人！

罗峰眉头微皱，心中暗道："之前，我是在斗武场的观众席遥看此人战斗，后来又观看了他战斗的视频。此刻面对面，没想到，这人的气势如此强。"

在地球上，普通人遇到一个体格魁梧、面目狰狞的悍匪，能够感觉到对方给自己带来的压力。事实上，一个人拥有强大的意志和实力，无形中就会产生极强的气势。

就拿罗峰来说，他在地球上的荒野区静修时，自然散发出的气势，使得再厉害的怪兽都不敢靠近他。

"戎钧先生，请这边休息，待会儿战斗就要开始了。"侍者连忙上前迎接。

"嗯。"戎钧直接坐在罗峰对面的座位上。

两人相对而坐。

戎钧一双虎目大睁着，仿佛有两道电芒射出，让人不敢与之对视。

而罗峰坐在那里，闭着双眼，仿佛一座死火山，寂静、冷漠、隐隐散发煞气，让人不敢靠近。

"你就是疯子？"戎钧问道。

闭眼静坐的罗峰闻言，睁开眼睛，看向戎钧。

如果有人对照罗峰和金角巨兽就会发现，罗峰的眼神和金角巨兽几乎一模一样，冰冷而充满杀意。

戎钧心中暗惊："这个疯子身上的煞气好重！"

“有事？”罗峰开口。

“是！”戎钧点点头，盯着罗峰，“我对轮回战很感兴趣。9374场轮回战，这种高频率的对决对我的修炼很有用处，我一定会参加。”

罗峰眉头微皱。

戎钧对他说自己要参加轮回战，这是什么意思？

“你要认输？”罗峰看着戎钧。

“不！”戎钧摇摇头，“我从来没有认输的想法。我的意思是，我会先击败你，然后自杀，去参加轮回战。”

“击败我，再自杀？”罗峰瞳孔一缩。

“嗯！对于我来说，得到那个名额没有任何难度。”戎钧心中有着强烈的战意，“我需要的是进行一场场战斗，不断磨炼自己，增强自己的实力。罗峰，希望你不要让我失望，别一下子就被我击败。”

罗峰又闭上眼睛，冷冷地道：“放心，我会直接杀了你，送你去参加轮回战的。”

“哦？我很期待！”戎钧咧嘴一笑。

罗峰听到这句话，嘴角也露出了一丝笑容。

一番简单的对话，罗峰和戎钧对彼此有了好感。他们算是同一种人，自信满满，不轻易认输，百折不挠。

“罗峰先生、戎钧先生，请到通道做准备，马上就要进入斗武场了。”侍者走了过来，小心翼翼地道。

“嗯。”罗峰和戎钧同时站起身来，应道。

两人相视一眼，都感觉到对方眼中隐含的强烈战意，随即直接朝通道走去。

斗武场内座无虚席。

“来自黑龙山帝国的疯子罗峰，来自金剑帝国的野人戎钧，他们俩正一道走来。”此次的解说员是一个年轻男子，声音洪亮。

“疯子！”

“野人！”

观众们兴奋地欢呼着。

相比本名，外号更受到观众们的喜欢。

场内，罗峰和戎钧遥遥相对。

“擂台决战的规则两位都知道吧？”解说员分别看向两人，“这是决出最终名额的一战，胜者可以得到一个名额，而败者会被打入战败组，进行漫长的轮回战。两位都明白了吧？”

罗峰和戎钧都点点头。

“好的！现在战斗正式开始！”

解说员的声音回荡在整个斗武场中，而他瞬间消失不见了。

整个斗武场瞬间鸦雀无声。

观众席上的人都盯着斗武场中央的两人。

当听到“开始”的号令，一直控制自己的罗峰和戎钧几乎同时爆发出煞气。

强者平常都是收敛自己的煞气。罗峰和家人生活在一起，怎么可能随便爆发出煞气？

拿界主级强者来说，就算收敛了煞气，可是，一个眼神就能令恒星级强者的灵魂承受不了。

强者决战，斗的就是信念和意志。凭借强大的气势直接压迫对手，使之心生恐惧，这样一来，当然对自己战斗有利。

不管是戎钧还是罗峰，之前都没遇到这么强大的对手，所以两人不约而同都迸发出了自己的煞气，想要从气势上直接战胜对方，让对方感到畏惧。

只要影响到对方的情绪，对方的实力便只能发挥出六七成。

“轰！”

罗峰目光变得冷厉，一股让人心惊的煞气弥漫开去。

蕴含了罗峰强烈意志的煞气直接压迫远处的对手。

戎钧恍惚间感觉罗峰仿佛一头绝世凶兽，正盘踞在那里，冷冷地看着自己。

“哈哈！”戎钧忽然发出爽朗的笑声，目光锁定罗峰，“罗峰，我们好好打一场吧！”

“轰——”

一道道耀眼的金色气流和一道道土黄色气流，分别以罗峰、戎钧这两大高手为中心散发开来。

第410章

野蛮

“战吧！战吧！”戎钧咆哮着，双眸隐隐泛红。

在戎钧的影响下，罗峰的目光越发冷厉。

拔刀！冲刺！

戎钧赤裸着脚丫，每一步都好像有千万斤重，使得直径超过10千米的擂台震颤起来。

仅仅迈出两步，他就已经到了罗峰面前，那把蕴含着土黄色气流的战刀直接劈向罗峰。

脚踏遁天梭的罗峰猛地后退，口中喊出一个字：“杀！”

“嗖！”一道金光从罗峰背上的暗金色长棍中飞出。

那9把金色小剑上面的秘纹迅速流动，一根根金丝形成一个整体，而后迅速组合成一把金色幻剑。

和2个月前参加预选淘汰赛时不同的是，现如今罗峰操控起金色幻剑来明显更加熟练。

“轰！”一道金色剑虹袭向戎钧。

“破！”戎钧面目狰狞，低吼一声，战刀直接向金色剑虹劈去。

在戎钧周围土黄色气流的压制下，罗峰的金色剑虹瞬间变向，欲躲开这一刀。

“铛！”

眼看就要躲开了，可是那战刀仿佛瞬间横移数寸，狠狠击在金色剑虹上。

金色剑虹震颤了一下，像要散架似的。

戎钧不由得后退一步，握住战刀的手也松了松。

“大哥和二哥说得对，这家伙的刀的力道还真重，在此之前，还没有一个人能一刀劈得我的金色幻剑差点散架。”远处，半空中遥控金色幻剑的罗峰脸色微变。

“金，至阳至刚！”戎钧眼睛一亮，随即仰头咆哮一声，似乎极其兴奋。

“野人！”

“野人！”

斗武场上的观众被气氛感染，个个声嘶力竭地咆哮起来。

场内。

“去死吧！”罗峰冷哼一声。

顿时，悬浮着的金色幻剑再一次猛地加速，化作一道金色剑虹，袭向戎钧。

戎钧没有躲避，反而迈着大步，冲了过来。

他的步伐变幻莫测，身法诡异，一次次闪躲开剑锋，同时迅速逼近罗峰。

“无论如何，不能让他近身。”罗峰脚踏遁天梭，拉开自己和对手的距离。

金色剑虹一次次袭向戎钧。

“铛——”一次次硬碰硬，撞击声骤然响起。

戎钧却借助碰撞的反冲力改变前进方向，再次朝罗峰逼近。

须知，他们的实力很强，一闪身就能跨过数百米，乃至上千米距离。

而罗峰不能离得太远，离得太远的话，操控念力兵器会很吃力，这就令戎钧有机会近身攻击罗峰。没办法，罗峰毕竟是掌控者，擅长远攻，而非近战。

“好厉害的身法！”罗峰一次次闪躲，处境非常危险。

幸好他凭借对金之本源法则的领悟，现在能更加熟练地操控遁天梭。

“这个罗峰逃得好快！”戎钧心中也很焦急，“平常我能瞬间近身击杀掌控者，可是，罗峰脚踏念力兵器移动的速度非常快。眼看就要追上了，却又被他逃掉了。”

观众席上的人都惊呆了。

这两个人的实力都很强，戎钧强大、野蛮，横冲直撞、步伐诡异，仿佛是无可匹敌的战神，一次次追杀罗峰，而罗峰仿佛深藏不露的大师，一次次避开对手的近身攻击，让对手一直在做无用功，同时操控念力兵器进行一次次击杀。

这两人完全是两个风格，一个擅长野蛮追杀，一个擅长远程攻击。

“野人太强了，疯子若是闪躲得慢一点，被一刀劈中，恐怕就完蛋了。”

“疯子也很强，每一次硬碰硬，野人的身体都受到了反震力，恐怕早就受伤了。再这样下去，野人肯定完蛋。”

……

罗峰和戎钧都明白对方很难缠。

这次对攻持续了仅仅一分钟，便停下来了。

戎钧站在擂台上，默默看着远处的罗峰，而罗峰也停下来了，没有继续进攻。

“我的手！”戎钧眉头微皱，感觉到整个右臂酸疼，右手的虎口已经裂开。

一次次硬碰硬，每次产生的冲击力是非常强的。

若换作其他天才，单单一次硬碰硬，估计手臂就会被震碎。

作为九大神兵之一的衍神兵，结合罗峰领悟的金之本源法则施展出的攻击，那威力是何等可怕？

而戎钧以野蛮凶悍出名，每一刀的威力极大，能直接将对手的手臂震裂，甚至使之当场丧命。

两个如此强硬的人对决，连续数十次撞击，杀伤力是极大的。

“不能这么下去了，再这么下去，我的右手就废掉了。”戎钧死死地盯着罗峰，“每一次战斗的反震力我都承受着，而他是精神念师，反震力根本作用不到他的身上，还是我比较吃亏。”

罗峰心中暗惊：“连续数十次全力轰击，他竟然一点事都没有。我使用衍神兵，全力攻击，非常消耗念力。我发出了数十次轰击，念力已消耗了大半。”

如果是在现实世界中，金角巨兽的原核会供应念力，根本不需要担心念力会消耗殆尽。可是，现在是在虚拟宇宙中，身体是虚拟宇宙公司设定的，每个人的身体和念力都一样。

虽然每时每刻念力都在自动恢复，补充了一些，可是，这是属于恒星级九阶精神念师补充念力的正常速度，是无法和金角巨兽原核补充念力的速度相比的。

戎钧的右手受伤了，不敢再硬碰硬，而罗峰的念力消耗大半，也不敢再硬碰硬了。

两人遥遥相对，没有任何动作。

斗武场内死一般地寂静。

观众席上的人也安静下来。

乾巫宇宙国中，正在观看转播节目的人更是屏息以待。

虚拟宇宙，乾巫大陆上空的一座巨大的浮空岛上，有一座高大的建筑。

建筑中有一个大厅，大厅的地面是用一种黝黑色的奇异晶石铺成的，晶石表面闪烁着魅惑人心的光泽，令整个大厅散发着一种奇异的气息，一切都显得那么不真实。

无数王座有序地排列开来。

大厅最前方有一面屏幕，屏幕上正播放罗峰和戎钧对战的视频。

“虚拟宇宙公司把他们安排在00001号岛上对决，这两个小家伙的实力还行。不过，他们应该都算不上我们乾巫宇宙国这一届天才战选手的顶尖水准吧。”

“这点实力，排不到前10。不过，排在前100差不多。”

王座上坐着一些人，或男或女，或高大或矮小，气息或炽热或冰冷，这一群人的寿命都很长。

此刻，坐在显眼位置的一群强者随意谈论着。

“没意思。”

“我还以为能有点惊喜呢。”

“这跟往届天才战的选手水准差不多，一般般。”

斗武场。

罗峰和戎钧只是沉默了一下。因为擂台决战最多持续5分钟，时间拖得越久，战斗空间越小，对于需要不断闪躲来拉开距离的罗峰而言，将会非常不利。

“衍神兵连续轰击，你竟然都能抵挡住。”罗峰嘴角微微勾起，“我佩服你，所以……”

罗峰双手虚伸，遥指戎钧，一道道金光从其背上的暗金色长棍飞出，而后在半空中迅速组合。

看到这一幕，斗武场上和观看转播的无数观众，甚至一些不朽级强者都眼睛一亮。

“什么？”戎钧脸上露出震惊之色，“你竟然还有一把金色幻剑！”

罗峰面前悬浮着一把金色幻剑，此刻，半空中又出现了一把金色幻剑。

“成！”罗峰咬牙，面色狰狞，意识分别控制两把金色幻剑，全力支撑着两把金色幻剑。

衍神兵本名为九重浑天衍，施展起来时，一共分为九重。

第一重：幻剑式。

第二重：刺天式。

第一重是最简单的，就算是不懂得金之本源法则的域主级强者，也能凭借强大的念力强行组合而成。当然，念力不够强的时候，就需要足够强的意识，或者领悟出了金之本源法则。

在预选淘汰赛之前，罗峰在现实世界中就已经能勉强施展第一重幻剑式了。

第二重刺天式的难度要大百倍。因为施展刺天式，需要同时施展出九把金色幻剑，然后将九把金色幻剑凝聚为一体，形成一把金色真剑。不同于迷蒙的金色幻剑，金色真剑只有一尺多长，威力却极大。

罗峰早就开始尝试施展出九把金色幻剑，毕竟只有施展出九把金色幻剑，才有资格让其凝聚为一体，使虚幻成为真实，而后施展出刺天式。

“现实世界中，我仅仅是恒星级七阶精神念师，念力强度不够，无法施展出金色幻剑和金色真剑。可是，现在是在虚拟宇宙中，我的念力达到了恒星级九阶，比现实中要强得多。

“这样一来，我施展衍神兵就更有把握了。预选淘汰赛到如今，2个多月的时间，我不断苦修，在此次擂台决战开始之前，我已经有把握施展出金色幻剑和金色真剑了。”

罗峰看向戎钧，猛地大喝：“野人，接招！”

“轰！轰！”金色幻剑和金色真剑化为两道金色剑虹，一左一右袭向远处的戎钧。

第411章

站着和倒下

“疯子！”

“罗峰！”

看到这一幕，观众们都激动地欢呼起来。

自从罗峰和戎钧两人对决的宣传片一出来，很多高手在虚拟宇宙网络上分析了这两人的优势和劣势。

罗峰的衍神兵自然也被提到了，所以很多观众都知道施展衍神兵是很难的。

罗峰施展出了金色幻剑，已经堪称无敌，而现在他竟然同时施展出了金色真剑，太厉害了！

“啊！”戎钧一声低吼，一步就蹿出千米远。

“轰！轰！”两道金色剑虹轰击而来。

“给我破开！”戎钧面色狰狞，战刀劈向其中一道金色剑虹。

“铛！”

劈中的瞬间，战刀略微变向，同时戎钧瞬间转身，借助撞击之力，就是一个绕体挥刀。

“铛！”

战刀又抵挡住了第二道金色剑虹的攻击。

“噗！”戎钧口中喷出鲜血。

他连退两步，面色略微发白，双眸中却有着强烈的战意，传音道：“罗峰，金色幻剑和金色真剑的确厉害，不过，你分心操控两把剑，每一把剑的威力都只有之前的九成。”

“没错，它们都只能发挥出九成威力，但是，两把剑联合起来，威力可是极大的，你能挡住一次，算你厉害。我倒要看看，你还能挡住几次。”

罗峰瞳孔一缩，传音喝道：“再来！”

“哈哈！”戎钧忽然大笑起来，同时猛地一甩手中的战刀。

“嗖！”战刀宛如一道暗器，直接射向半空中的罗峰。

“嗯？”罗峰眉头一皱。

其中一道金色剑虹被拦截住了。

“铛”的一声，戎钧的那把战刀直接被击飞了，落在远处的地面上。

“怎么回事？”

“他怎么扔掉了兵器？”

“难道野人要认输了？”

“嗯，来自黑龙山星域的疯子施展出了两道金色剑虹，野人自知敌不过，所以认输了，这也不奇怪。”

“不拼死大战一场，就这么认输了？”

观众席上响起了喧哗声。

武者扔掉手中的兵器，无异于将自己的手给斩断，简直是自寻死路。

而斗武场内一片寂静。

罗峰微微皱眉，冷冷地看着远处的戎钧。

他和戎钧交流虽然不多，但是一番交手后，他非常确信戎钧是个极其骄傲的人，而且有着绝对的信心，就算有可能会输，也会拼死一战，不可能主动认输的。

“罗峰，”戎钧嘴角还有着血迹，朗声大笑道，“乾巫宇宙国内部的选拔战，我根本没在意过，我的最低目标是宇宙总排名前1000，我的最高目标是宇宙总排名第1。”

罗峰愕然。

观众们都惊呆了。

宇宙国的许多天才参加了此次天才战，比拼下来，一个宇宙国都不到一个人能进入宇宙总排名前1000。

戎钧竟然敢说最低目标是宇宙总排名前1000，最高目标是宇宙总排名第1，这已经不能简简单单地称之为狂妄了。

他简直是疯了！

“你……”罗峰也很震惊。

戎钧手一翻，手中出现了一把新战刀，这是一把黑色的巨型战刀，比之前那把战刀明显大很多。

“我没想到，只是在乾巫宇宙国的擂台决战中争夺一个名额，竟然会被逼得拿出裂地刀。”戎钧整个人的气势都发生了变化。他手持巨型战刀，仿佛瞬间化为了蛮荒战神。

罗峰大喝一声：“你有什么绝招，都使出来吧！”

“轰！轰！”两道金色剑虹直接袭去。

“哈哈……”戎钧大笑起来。

擂台上出现了两个戎钧，这两道人影都以极快的速度朝罗峰冲过去。

“什么？！”操控着两道金色剑虹的罗峰大吃一惊。

身为精神念师掌控者，最怕的就是无法确定目标。

“出现了两个戎钧，肯定有一个是假的，可是，我用念力探察了一番，发现两个竟然都是真的。怎么可能呢？”

强者变出分身是非常简单的。罗峰此等强者拥有惊人的移动速度，在普通人的眼里，因为视觉暂留，会产生一道幻影。实际上，他们只是移动得很快，依旧只是一个人。

罗峰再次用念力一扫。

“弧光！弧光！”罗峰心中震惊。

金角巨兽钻研两大秘法，其中之一就是绝对空间秘法。

绝对空间秘法第一层：弧光。一旦练成，身体移动时，会令空间发生扭曲，从而产生两个人影的效果。

绝对空间秘法第二层：千变万化。一旦完全练成，一定范围内会出现成千上万个人影。

绝对空间秘法第三层：瞬移。到了这个地步，在不朽级强者中堪称无敌的存在。

可是，即便是罗峰的老师陨墨星主人，也没达到第三层，就连历代金角巨兽中都只有极少数能够做到瞬移。

如果是一些领悟了空间法则的强者，同样能够施展出有弧光效果的身法，身体沿着奇异弧线移动，爆发出极快的速度，从而产生两个人影的效果。

……

虚拟宇宙，乾巫大陆上空浮空岛的巨大建筑中。

那些端坐在王座上的超级强者，之前还一副不屑的样子，此刻却都瞪大了眼睛。

“空间本源法则！”

“嗯！那小子对空间本源法则的领悟还挺高的，丝毫不比他对土之本源法则的领悟低，竟然能令空间发生扭曲，从而产生分身效果。”

“我们乾巫宇宙国多少年没有出现过这种绝世天才了。”

“那小子够狂！难怪他敢说自己的最低目标是宇宙总排名前1000，最高目标是宇宙总排名第1，他对于土和空间这两大法则的领悟都这么高，领域更是达到了九重。这种绝世天才到底是谁培养出来的？”

这些超级强者都震惊了。

要知道，宇宙级强者如果能跨入本源法则门槛，已经算是了不起的天才了，不过，那种属于星系级天才。

纳比尼、洪这种则属于星域级天才。

罗峰则属于宇宙国级天才。他能施展出金色幻剑和金色真剑，堪称宇宙国级天才中的佼佼者。

至于戎钧，同时领悟了土和空间这两种本源法则，而且领悟都挺高，他属于宇宙人类级天才，而且还是其中顶尖的。

……

“弧光！”罗峰瞬间明白对方的两道人影是怎么回事了。

“给我去死！”罗峰指向戎钧，喝道。

“轰！轰！”两道金色剑虹分别袭向一道人影。

无论是肉眼观看，还是念力横扫，罗峰看到的都是戎钧，实际上，终究只有戎钧一人，只是因为他周围的空间已经发生扭曲，才会出现分身的效果。

“哈哈！”戎钧大笑，丝毫不惧朝自己射来的两道金色剑虹。

他直接闪身，冲向罗峰。

“裂！”远处空中的罗峰大喝一声。

他一直在研究并修炼绝对空间秘法，对于第一层练成后展示出来的威力很清楚，正因为如此，他知道即使射出两道金色剑虹，也伤不了戎钧。

此时，他最该做的就是使两道金色剑虹分裂成18把金色小剑，让它们朝四面八方射去。

“嗖——”

顿时，有2把金色小剑射在戎钧身上。

虽然金色剑虹解体后，威力变得较小，可是，还是破解了戎钧的身法。

“去死吧！”

罗峰俯冲而下，身侧的两个遁天梭同时射出两道金光，金光化为两条金色鱼儿。

他不仅解体了金色剑虹，还施展出了剑鱼阵。

两条金色鱼儿袭向身法被破的戎钧。

戎钧心中暗惊：“我领悟了空间本源法则，身法极强，瞬间爆发出的速度惊人，他那金色剑虹在稍微远一点的地方解体，我都能轻易避开。可是，此刻……”

如果两三把金色小剑在近距离袭击，根本算不得什么。可是，罗峰有18把金色小剑，这完全影响了戎钧的发挥，破解了他的身法。

“呼！呼！”两条金色鱼儿已经到了眼前。

“铛！铛！”戎钧劈出巨型战刀，直接劈飞两条金色鱼儿。

而后，他高高举起巨型战刀，朝罗峰当头劈去。

戎钧一刀劈下，领域和其领悟的空间法则结合，完全压制住了罗峰。

“去死吧！”罗峰咆哮一声。

“轰！轰！”远处的18把金色小剑在戎钧身后迅速组合成两把金色幻剑，在戎钧一刀劈向罗峰时，那2把金色幻剑袭向戎钧。

通过领域察觉到危险的戎钧不但不逃，反而大喝一声：“去死吧！”

“嗖！”戎钧的刀快如闪电。

罗峰手持盾牌，只感觉仿佛被一座大山砸中，瞬间不省人事了。

戎钧劈出一刀后，再拼命闪躲，然而已经错过最佳的时机。

“嗖！嗖！”

在惯性的作用下，一把金色幻剑擦过戎钧的身体，而另外一把射穿其胸膛。

“咚！”戎钧落地，胸口鲜血直流，宛如重伤的战神。

可他依旧撑着身体，站在那里，盯着罗峰的尸身。

此刻，2把金色幻剑再次解体，形成的18把金色小剑从半空坠落，砸落在擂台上。

“铛——”一连串撞击声回响在整个斗武场上。

观众席上一片寂静，众人都看着擂台中的两名绝世天才。

一个站在那里。

一个躺在地上。

第412章

实力评定

此刻，戎钧仍旧站在那里，默默看着地面上罗峰的尸身。

“罗峰，”戎钧喃喃道，“我之前的计划是击败你，再自杀，然后去进行高强度的轮回战。

“不过，你的实力很强，远远超过我的想象，我不拿出最强的实力，根本无法击败你。相较于没有挑战性，只有锻炼效果的高强度轮回战，击败你是更重要的。然而，你拼死战斗，我做不到仅仅击败你而不杀你。”

戎钧回忆起之前的一幕，依旧感到震撼。

罗峰的反应太快了。

按照戎钧的想象，他一旦施展出全部实力，领悟的土和空间本源法则全部爆发，空间瞬间发生扭曲，出现分身，就会让罗峰惊慌失措。即使罗峰用金色幻剑攻击他，他也能避开，然后他瞬间近身，一刀劈下，罗峰抵抗不了，自然会身受重伤。

最后，他收手，选择自杀。

一切会很顺利。

可是，实际发生的跟他想象的不一样，在他身法爆发的瞬间，罗峰施展出了最致命的攻击手段——两道金色剑虹在极近的距离下瞬间解体，18把金色小剑四散迸射，覆盖了周围空间，直接破解了他的身法。

同一时刻，两条金色鱼儿攻击他。

两人对战的瞬间，罗峰又操控那18把金色小剑迅速组合成金色幻剑，从后方疾速射向他。

“一环连一环，从我爆发出全部的实力到结束战斗，不足1秒。金色幻剑解体，18把金色小剑迸射而出，破解我的身法，用遁天梭攻击我，再用金色幻剑反击，时间安排得非常好，如果你中间稍微迟疑一下，让我抓住空当，你就完蛋了。在短短时间内，你不但想好了一切，还完美地施展出来，你很冷静！”戎钧看着罗峰的尸身，心里很佩服，“我做不到像你这么冷静。”

的确，罗峰和罗华兄弟两人都是非常冷静的人。

在地球上，罗峰数次经历生死，特别是夺舍金角巨兽那次，他都以为自己要死了。有过这般惊险的经历，日后就算再危险，他也能保持冷静。

而且，金角巨兽的血脉也影响了他，金角巨兽的特征就是冷酷、强悍，加上洪和雷神教导他修炼心境，他的心态已经变得足够好了。

论冷静，乾巫宇宙国数百名跨入本源法则门槛的天才中，罗峰当数第一。

其实，地球的三大强者都很了不得。论天人合一、心空灵等境界，罗峰不如洪和雷神，但罗峰十分冷静，本身沉稳的性格加上受到金角巨兽血脉的影响，已经能媲美心性修炼到地球古文化记载中的最高层次的洪和雷神了。

罗峰的心性比他们弱一些，可比根本不修炼心性的宇宙中的其他天才要强得多。

“恭喜戎钧！当然，也感谢罗峰，他和戎钧为我们乾巫宇宙国奉上了一场精彩绝伦的巅峰决战，这绝对是这一届天才战举行到现在最让人震撼的一战。”一道响亮的声音回荡在整个斗武场，“不过，决战终有输赢。这一战，戎钧赢了，他获得了乾巫宇宙国的一个名额，有资格代表乾巫宇宙国和其他宇宙国的天才们进行巅峰对决，让我们期待戎钧在接下来的对决中夺得更高的荣誉。”

“轰！”整个斗武场响起了欢呼声，有欢呼戎钧的，也有欢呼罗峰的。

这一战绝对比很多观众预料中的还要精彩。

罗峰爆发实力，让很多人以为这一战将会是他获胜。不承想，戎钧的实力更强，竟然使得身体变幻成两个。

罗峰死了，戎钧身受重伤。

虚拟宇宙，乾巫大陆，大型宫殿群。

其中一座大型宫殿中，近千名青年聚集在这里，都抬头看着前方的屏幕，屏幕显示罗峰和戎钧的战斗刚刚结束。

“你们这些人中，有的人已经获得名额，有的人马上就要参加第四战。”屏幕下方，一个独眼男子低吼道，“你们是我们乾巫宇宙国年轻一代中最优秀的，都以为自己多了不起。看看他们两个，你们都给我好好反省反省。”

说完，男子走出大殿。

大殿内。

一群青年男女大多表情复杂。

“比我强，这两个都比我强得多。”一个有着猫耳的青年摇摇头。

“那个疯子有金色幻剑和金色真剑，我根本抵挡不住。”

“两人都太强了！”

“疯子竟然能施展出金色幻剑和金色真剑，我勉强才能施展出一把。”

“击败罗峰，我还是有信心的。按照老师所说，那戎钧领悟了空间法则，身法极强，那一刀的威力极大，这就不好对付了……”一名足有8米高的青年低声喃喃，不断摇头。

乾巫大陆上空，浮空岛屿。

一个个超级强者都在议论刚才那一战。

“我们乾巫宇宙国举行过数次天才战，多久没看过这么精彩的战斗了？”

“300多届天才战之前，铁军主还只是恒星级七阶强者，那一战的精彩程度能媲美这一战。”

“是啊！转眼，300万年过去了。”

“哈哈！当年我那一战的确勉强能与这一战媲美。这么多年过去了，我成了不朽级强者。不过，当初的对手的实力丝毫不比我差，只可惜，他成为域主级强者后，去了域外战场进行生死历练，不幸殒灭了。”一道铿锵有力的声音响起。

“成为不朽级强者之路无比艰难，途中充满危机，殒灭的天才不计其数。那些殒灭的天才大多只能在一个星系或者星域内被称为天才，而罗峰、戎钧这种超级天才殒灭的概率就小多了。”

“也是！若是在我们乾巫秘境，这种超级天才肯定会受到重视，我们自然会想办法降低其殒灭的概率。不过，如果在虚拟宇宙公司，那里的超级天才很多，竞争激烈，淘汰率更高，殒灭的天才可比我们乾巫秘境的多得多，他们需要的是真正的绝顶强者。”

“嗯！这次戎钧在我们乾巫宇宙国肯定能排第1，而进入宇宙总排名前1000绝对没问题。至于冲到宇宙总排名第1，估计可能性不大，冲进前10还是有可能的。”

“没错！戎钧是我们乾巫宇宙国天才中的第1，罗峰应该能进乾巫宇宙国前10。”

“嗯，罗峰那小家伙很冷静，我很看好他。他这么冷静，以后殒灭的概率也小一点。”

地球上，罗峰家的书房中。

罗峰还不知道，乾巫宇宙国的一群不朽级强者正在给他和戎钧进行实力评定，他的意识回归了现实，正在想着之前的战斗。

“我的灵活度不够。精神念师掌控者脚踏念力兵器，本来就适合远距离作战，一旦被武者近身，那简直就是死路一条。如果我足够灵活，让戎钧无法碰到我，至少能先立于不败之地。

“嗯，戎钧领悟了空间本源法则，而我还没入门。不过，我长期苦修绝对空间秘法，本身瞬间爆发速度方面也有很大提升，回头我得找一件适合我的飞行型的念力兵器，遁天梭还是不够专精。”

……

每场战斗结束后，罗峰都会反省，这是他在极限武馆当学员的时候就养成的习惯。

半个多小时后，他才进入虚拟宇宙。

虚拟宇宙，黑龙山岛屿，九星湾小区。

“三弟，你怎么到现在才回来？战斗结束后，你去哪了？”雷神站在罗峰家的草地上，一直等着。

此外，还有徐欣等人。

“爸爸！”

“爸爸，你太厉害了！”

罗海和罗平连忙冲上去，抱住罗峰。

“哥，此战打得真漂亮！”罗华面露喜色，“现在整个乾巫宇宙国都轰动了，很多人都在议论你们。你去虚拟宇宙公司的官网上看看，很多人留言说你和野人是乾巫宇宙国数一数二的天才。”

徐刚点点头，感叹道：“妹夫，虽然你输了比赛，但是整个黑龙山岛屿的人都很兴奋，就像你赢了一样热闹。”

宇宙中，很多人看不懂罗峰和戎钧此次决战的奥妙，可是，这一战刚刚结束，戎钧就被一大群超级强者公认为是乾巫宇宙国天才中的第一高手，而且，是数百届天才战以来最强的。

戎钧名声大噪，而实力仅次于他的罗峰也受到很多人的追捧。

“大哥呢？”罗峰疑惑地问道。

“大哥在自己家呢。”雷神指向远处洪的住所，“你和戎钧决战之后，过了大概10分钟，三斧山的那位创始人，就是号称时光界主的洛就来了。”

“时光界主来了？！”罗峰不由得心中一动。

第413章

三年的地狱训练

会客厅中。

头发花白的洛坐在那里，对面坐的就是洪。

“你不后悔？”洛看着洪，“跟我走，2万多年都没法回来。”

“嗯。”洪轻轻地点头，脸上的表情很坚定，没有丝毫犹豫。

“能不能告诉我，我给你的期限还没到，你为什么突然决定拜我为师？”洛饶有兴趣地看着洪，“你做的这个决定和你三弟输掉第4场比赛有关吗？”

“嗯。”洪点点头，“老三和戎钧的这一战让我醒悟了。我没想到，一转眼，我和老三的实力差距已经这么大了。”

他一直都知道罗峰的实力很强，可是，没想到会强到这个地步。

“再这么故步自封，没有老师教导，我想我和老三的实力差距会越来越大。”洪淡淡一笑，“其实，不单单是老三，我也感觉到老二给我带来了很大的压力，自从他得到了传承秘法，实力明显提升了。”

洛点点头，笑道：“你知道就好。这样吧，你准备一下，然后乘坐宇宙飞船与我会合。我给你一天时间，你可以和家人好好告别。”

“嗯。”洪点点头。

洛离开后不久，罗峰和雷神就找来了。

“你们来了，快坐吧！”洪指着旁边的两个座位，笑道。

“大哥，怎么回事？”雷神盯着洪，“三斧山组织的创始人怎么突然来了，不是给了你10天时间考虑吗，还有两三天呢。”

罗峰也看着洪，心中不禁有些紧张。

“是我主动找老师的。”洪说道。

“老师？”罗峰、雷神脸色一变。

“你真的决定跟他走？”雷神顿时急了，“大哥，你这一走可是2万多年啊！2万多年是什么概念？你要离开地球，离开我们，2万多年后才会回来，这简直……”

“我们不是还能在虚拟宇宙中见面嘛。”洪笑道。

“不一样的。”雷神连连摇头。

罗峰看到洪脸上坚定的表情，不由得轻声问道：“大哥，你决定了？”

洪看过来，点了点头：“决定了！“

“这一走，可就2万多年看不到地球，看不到家乡了。”罗峰看着洪。

“既然走上这条追求巅峰境界的路，还有什么不能舍弃的？”洪摇头失笑，“我的儿女早已经成家，我无牵无挂，而且平常在虚拟宇宙中也能见见儿女。至于家乡，那是生我养我的地方，就存放在记忆中吧！有得必有失！”

“当我妻子死去，儿女成家后，我生命中最重要的就是武道。流浪宇宙，见识宇宙的万千奇妙，追求生命巅峰，那种生活才是我喜欢的。”洪说着，两眼放光，“浩瀚宇宙中，强者如云，我的目标正是立足于宇宙强者之林，不单单如此，我还要成为其中最强的。”

罗峰和雷神相视一眼，他们都感觉到洪心中的渴望。

真正能够在武道上有很高成就的强者，首先就得有强烈的渴望，这样才能静下心来努力修炼。

“老二、老三，”洪转头看着两人，不由得笑了起来，“你们该为我感到高兴。你们俩都得到了传承，大哥怎么能一个人闭门造车？”

“呃……”雷神闻言一怔，随即哈哈大笑起来，“大哥，说得好！我和三弟各有传承，你就跟随那时光界主去宇宙中闯荡一番。等你回来后，我们三兄弟就比比，看看到底谁更强。”

“比就比！”洪也笑了。

“大哥、二哥，我的实力可是暂时领先的。”罗峰笑了起来。

“老三，你可不能松懈，否则我和你二哥说不定一转眼就赶上你了。”洪看向罗峰。

雷神也道：“对对对，三弟，我和大哥主要是一开始没有好的老师教导，待得到老师的教导，实力立即飙升。而且，大哥悟性极高，你可得小心啊！”

“你们有本事的话，尽管超过我啊！”罗峰朗声大笑。

三兄弟说着说着，不知不觉间眼角都湿润了。

银河系，地球，洪宁基地市。

傍晚，夕阳还未落山，天空红通通的，一艘深蓝色飞碟形宇宙飞船正悬浮在洪宁基地市的上空。

极限武馆的许多高层，还有洪及其亲人都聚集在这里。

和亲人、朋友依依惜别后，洪独自飞入了宇宙飞船中。

“再见了！”

“哈哈，你们别这样，回头可以在虚拟宇宙中见面。”

话落，宇宙飞船猛地加速，直接一飞冲天。

“大哥，一路顺风！”雷神站在半空中，忍不住大喊道。

同样站在半空中的罗峰，仰头看着宇宙飞船离去，喃喃道：“一路顺风。”

2266年7月27日，地球上三大强者之一的洪乘坐宇宙飞船离开了家乡，这一去，不知何年何月才会回来。

……

天才战的擂台决战一共四轮，罗峰和戎钧决战完，擂台决战就完全结束了，一共选出了625名胜利者。

至于9375名被打入战败组的参战者，休息3天，就要开始进行高强度、高密度的轮回战。

每人都要战斗9374场，就是为了争夺那剩下的275个名额。

地球，JN基地市，Y城。

“大哥走了，”罗峰坐在自家别墅的阳台上，手中端着一杯茶，“大哥跟随那时光界主去宇宙中流浪了……”

他的脑海中浮现出过往的一幕幕场景，耳边还回荡着昨天三兄弟的笑声和誓言。

“数千年后，或者是数万年后，我们三兄弟再比一场。”

“对，比一场！”

“比就比，谁怕谁！”

不管是洪、雷神，还是罗峰，都走在这条前往生命巅峰的道路上。而这条道路充满坎坷和危险，一不小心就可能丧命。

罗峰放下茶杯，心中暗道：“大哥，你去了宇宙中闯荡，我也不会松懈！”

“巴巴塔，进入虚拟宇宙！”罗峰立即传音道。

而后，罗峰分出一丝意识，让其进入虚拟宇宙中。

虚拟宇宙，杀戮场的杀戮空间中。

这是一片浩瀚的星空。

罗峰站在星空中。

“哈哈！”巴巴塔调侃道，“罗峰，擂台决战刚结束，你有3天时间休息，这才第一天，你就来了杀戮场，可真勤奋啊！说吧，想要什么样的对手，我帮你搞定。嘿嘿，我最喜欢训练你了。”

“我需要念力兵器。”罗峰郑重地道，“而且得是专门飞行的念力兵器，必须擅长在小范围内闪避、腾挪。”

和戎钧一战，他明显感觉到对方的速度极快，而自己的灵活性太弱。

“哦！你终于察觉到自己的弱点了！”巴巴塔小手摸着下巴，看着罗峰，“你是想要长久一点的，还是短时间内见效的。”

罗峰眉头微皱。

巴巴塔微微一笑，又道：“所谓短时间见效，就是想办法令你的灵活性最大化，只需要十天甚至半个月就行。至于长久一点的，那就是打好基础，一步步来，同时念力兵器也要是能够陪伴你很久的。”

“长久一点的。”罗峰郑重地道，“我不缺时间。”

“很好！”巴巴塔打了个响指，微微昂头，“你的选择很明智！”

“那么我为你选择的飞行型念力兵器，是最适合领悟了金和空间这两种本源法则强者的五阶念力兵器——暗云梭。”巴巴塔道，“当然，一开始，你使用暗云梭的效果恐怕赶不上遁天梭的，不过，别着急，我会好好训练你的。”

“据你估计，需要多久，我的灵活度能有较大的提升？”罗峰问道。

“这得看你的悟性。”巴巴塔道，“悟性高，领悟本源法则速度快，经过我安排的一系列训练，估计1年就能合格；如果你的悟性差，又不够努力，100年也不能合格。”

“一系列训练？”罗峰眉头微皱。

“嘿嘿！”巴巴塔咧嘴一笑，“慢慢来，咱们有的是时间，我会好好训练你的。”

从2266年7月30日这天开始，高强度的轮回战开始了，说是高强度，实际上一天仅仅战斗10场。

以罗峰的速度，一分钟内就能解决一场战斗。对于其他选手来说，每天的轮回战很消耗心力，可是，对于罗峰来说，十分轻松，反而能让他锻炼自己的战斗技巧。

毕竟在整个乾巫宇宙国的天才战中，他的实力能排前10。虽然他现在进入了战败组，目前战败组一共有49名跨入本源法则门槛的强者，但是能和罗峰一比的，也就一两个人而已。

虚拟空间。

此刻，一片大草原上空的无数血鸟飞向罗峰。

“躲！躲！躲！别和它们碰到！”

“快，快躲！”

“你参加了这个测试，是有得到满分的可能性的！”

巴巴塔咆哮起来。

罗峰脚踏一件黝黑的梭状念力兵器，正是暗云梭。

暗云梭自然延伸出道道黑色皮膜，直接包裹住罗峰的战靴。罗峰整个人化作一道幻影，在铺天盖地的血鸟的袭击下，不断地闪躲。

“噗！噗！噗！”陆续有血鸟被碰上。

当碰到三次后——

“轰！”所有血鸟全部消失了。

“你又失败了！”巴巴塔盯着罗峰，咆哮道，“继续进行基础训练！我没见过你这么笨的人！”

它一挥手，顿时大草原消失了，出现了一个巨大的机械工厂，机械工厂内有很多复杂的器械。

“开始！”巴巴塔再次咆哮起来。

罗峰一直很冷静，似乎巴巴塔的话根本影响不到他。

在巴巴塔地狱般的训练下，罗峰整个人的战斗力都变强了。巴巴塔从刚开始骂他是笨蛋，到说他一般般，后来则说他还不错。

第414章

三年后的“疯子”

时间飞快流逝。

即便是完全掌控时间本源法则的伟大存在，或许能短时间内让时间暂停，乃至倒退，可是，宇宙本身有着自动校正并恢复正常的本能，再厉害的存在，也无法强行改变宇宙的运转。

轮回战仿佛电视剧一样不断地被转播。

毕竟有9000多名参战者，难免出一些特殊情况，从而令轮回战的总体时间拖延了几天。

2269年3月2日，轮回战的最后一天。

虚拟宇宙，乾巫大陆，浮空岛。

那高大建筑的一间雅致的会客厅中，穿着素净白袍的老者站在那里，微微行礼：“刀锋神侯。”

他身侧站着一个穿着黄金色战甲的男子，男子脸上满是黄金色鳞片，额头长着一根宛如弯刀的金角。即使是在虚拟宇宙中，那男子的威压也足以令宇宙级强者的意识崩溃。

如果罗峰看到这人，一定会惊呼道：“此人长得这么像百卡罗，仅仅脸上的鳞甲从青色变成金色而已。”

“这就是你说的罗峰？”男子看着屏幕。

屏幕上正转播一场即将进行的对决。

“是的！今天是轮回战的最后一天，而这一战应该是今天最精彩的一战。”白袍老者笑道。

“哦？你特意介绍他，你的意思是这个小家伙有资格冲进宇宙总排名前1000？”男子反问道。

“刀锋神侯，你看看就知道了。”白袍老者说道。

屏幕上，穿着深灰色战衣，背着暗金色长棍的罗峰，和对面的一名手持两把战刀的矮小青年交战了。

青年瞬间就冲到了罗峰面前。

面色冷峻的罗峰脚踏暗云梭，金色气流缠绕其上，瞬间化为一道金光，轻易地避让开去。

“去！”

一道金色剑虹出现在半空中，在弥漫开来的金色气流中，速度飙升，瞬间袭向青年。

青年低吼一声，身体迸发出绿色气流，两把战刀施展开来，迎接那道金色剑虹。

“哧！”金色剑虹逼近对方的瞬间，划过一道S形的轨迹，擦着对方战刀的边缘，直接击中了对方的头颅。

罗峰，胜！

会客厅。

“怎么样？”白袍老者笑着问道。

“嗯，不错，真不错！”男子连连点头，“这个小子已经掌握了精神念师掌控者的精髓。他使用五阶念力兵器暗云梭竟然这么轻松，而且，他闪躲时瞬间爆发的速度非常快。”

“那衍神兵融入了金之本源法则，至阳至刚，一般最多勉强改变方向，可是，在极短的距离中，他竟然让衍神兵轻松地做出S形这种复杂的轨迹，显然第一重幻剑式已经大成！”

“基本功非常好。”男子连连点头，随即皱眉，“不过，据我估计，他最多冲到宇宙总排名的3000名到5000名吧。”

此次可是有1008个宇宙国的强者参战，百万绝世天才齐聚。

罗峰要冲到前1000名实在是太难了。

“哈哈！你再看看这个。”白袍老者指向屏幕，迅速调出了罗峰和戎钧对战的场景。

“戎钧？我听说过他，据说是你们乾巫宇宙国最优秀的。”男子看着屏幕，“这个戎钧的确很强，不过，以他这实力，要拿第一，根本没有希望，进入宇宙总排名前10还是有点把握的。”

“根本没有希望？”白袍老者大吃一惊。

“嗯，这届天才战中有一个超级天才。”男子忍不住感叹道，“他比历届天才战中的第一名都要厉害，他对空间法则的领悟超越了大部分界主级强者。”

“什么？”白袍老者震惊了。

“至于罗峰，我知道你为什么让我看他战斗的视频了。”男子感叹一声，“他真的让我很惊讶。他和戎钧决战，闪躲时明显很吃力，控制力也一般，纯粹是靠着念力强行控制方向。而刚才看到的轮回战直播，他控制暗云梭非常轻松，对衍神兵的操控，进步也很惊人，他对于本源法则的领悟应该提高了不少。”

“对了，你们乾巫宇宙国的内部选拔，轮回战持续了多久？”男子问道。

“不足三年。”白袍老者回道。

“不到三年时间？”男子忍不住说道，“罗峰和戎钧决战的时候，是不是隐藏了实力？”

“没有，他参加的轮回战一共有9374场，一场场打过来，他的进步非常明显。”白袍老者感慨，“进行轮回战之前，他最多能进入我们乾巫宇宙国排名前10，然而，三年不到，现在恐怕仅仅戎钧能压他一头，我们乾巫秘境的很多不朽级强者都很关注他，他的进步速度实在是太惊人了。”

“而且，在这么多场轮回战中，他的对手都不算强，所以无法逼他施展出最强的实力，我甚至于怀疑他真正的实力要更强一些。”白袍老者说道，“而且，现在距离巅峰总对决还有比较长的时间，他还会不断进步。”

“嗯。”男子咧嘴一笑，“罗峰不断进步的话，或许有机会冲进1008个宇宙国的诸多天才巅峰对决的前1000名。不过，这很难。”

当乾巫秘境和虚拟宇宙公司的两个不朽级强者议论罗峰的时候，罗峰来到了编号00001号斗武场的准备厅。

“他就是罗峰！”

“这个罗峰的进步怎么那么快啊？”

“乾巫秘境中的老师都说，罗峰现在是我们宇宙国天才中的第二名。”

当穿着深灰色战衣的罗峰出现在准备厅时，顿时吸引了众人的目光。

进行轮回战的三年中，罗峰的实力进步速度惊人，吸引了很多强者的注意。

“疯子！”一道浑厚的声音响起。

罗峰转头看去，来人正是戎钧。

“野人！”罗峰打了招呼。

“哈哈哈……”戎钧大笑起来。

罗峰的脸上也浮现出一丝笑容。

他们两人之前交谈都是直呼其名，此时叫起了各自的外号，纯属开玩笑。

“罗峰，你的进步可真大！这三年来，你可一点都没松懈啊！”戎钧很佩服罗峰。

再厉害的天才，天赋再高，如果不努力，依旧会被淘汰。罗峰的进步这么大，可想而知，他暗地里肯定拼命修炼了。

罗峰摇摇头，调侃道：“有你这么个厉害的对手，我怎么敢松懈？”

“哈哈！”戎钧朗声大笑。

“各位，进入斗武场吧！”虚拟宇宙公司的组织人员大声喊道。

顿时，1000名天才沿着通道朝斗武场内走去。

今天，斗武场内没有任何观众。

来自乾巫宇宙国各个星系的绝世天才站在那里，看着前方的一个巨人。这个巨人身高8米多，高大的戎钧站在他面前，就跟小娃娃似的。

巨人穿着鳞甲战袍，戴着战盔，整个人散发着恐怖的气息，不发一言，紧紧地盯着一群天才。

众天才屏息以待，额头都渗出了冷汗。

“在虚拟宇宙中，单单意识就这么可怕？”

罗峰不由得紧张起来，额头也渗出了冷汗。

“恭喜你们！”一道冷冷的声音回荡在斗武场。

“你们是乾巫宇宙国选拔出来的天才，有资格代表我们乾巫宇宙国和其他宇宙国的天才进行比拼。不过，我要提醒你们，巅峰对决比你们之前经历的任何一场战斗都要难得多。

“有1008个宇宙国参加此次巅峰对决，其中有的宇宙国比我们乾巫宇宙国的疆域还要辽阔，星系还要多得多。各个宇宙国的情况不一样，内部选拔战进行的时间也不同。所以，整个宇宙人类天才的巅峰对决将会在一年半后才真正开始。这一年半的时间，你们可以抓紧提升自己的实力。”

罗峰回到黑龙山岛屿的九星湾小区。

“轮回战终于结束了！”罗峰感慨道。

“轮回战是结束了，可是你的训练还没有结束。”巴巴塔郑重地说道，“罗峰，在拼命的情况下，你也只能同时施展出5把金色幻剑，而且还很勉强。反而同时施展出3把金色幻剑，威力最大。”

一个人能勉强挥动100斤的刀。可是，当他挥动30斤的刀时，攻击力反而是最强的。

同一个道理，同时操控5把金色幻剑的难度比3把要大得多，因此不能发挥出最大的攻击力。

“明白。”罗峰点点头，随即笑了。

这三年，自己的确进步很大，让很多人感到震惊。

当初他参加预选淘汰赛，金角巨兽达到宇宙级仅仅两年多，也就是说，五重领域、跨入金之本源法则等都是这三年的成果。

“我的第二分身即将孕育成功。”罗峰心里十分期待。

他一直盼望着自己的第二分身——魔杀族分身诞生。

第415章

暗流汹涌

乾巫宇宙国的内部选拔战刚刚结束，距离乾巫宇宙国极其遥远的另外一个人类宇宙国——荒蛮宇宙国，正在进行内部选拔战。

荒蛮宇宙国之所以如此命名，是因为这个宇宙国中有两个非常可怕的人类种群——蛮卡星人和荒神族人，这两个种群都是宇宙人类血统中能排前10的，即使不修炼，成年后也能轻易成为域主级强者。

能让种群血统进化到这种地步，蛮卡星人和荒神族人的先辈都实力不俗，自然诞生了很多不朽级强者。

这两大种群的人口非常少，却是整个荒蛮宇宙国的核心，是高高在上的皇族。

曾经有一个界主级强者劫掠一名蛮卡星族的幼儿，被发现后，遭到了蛮卡星族派出的一群不朽级强者的攻击，那界主级强者所在的组织被毁灭了，连组织中的两个不朽级强者都被杀了。

至于那个胆敢劫掠蛮卡星族的幼儿的界主级强者，则受到数百万年的折磨，直至大限到来，才痛苦地死去。

蛮卡星人和荒神族人都很有傲气，战死对他们而言是荣耀。谁敢劫掠他们的幼儿，利用他们的血统，那就是得罪整个族群。

蛮卡星作为蛮卡星人的家乡，整个星球都被转移到了神国中。

蛮卡星。

站在城堡门口守护的都是宇宙级战士。

“恭喜殿下！贺喜殿下！”

两个界主级强者看着随意坐在餐桌前，大吃大喝的少年。

少年有着蛮卡星人特有的俊美面容，他有着一头乌黑的头发，穿着银色战衣，一边低头吃着，一边嘀咕道：“这有什么好恭喜的，不就是得到一个名额吗，简直不费吹灰之力。”

两个界主级强者闻言，相视一笑。

“殿下，”其中稍胖一点的界主级强者笑道，“乾巫宇宙国的内部选拔战已经结束了。”

“乾巫宇宙国？”少年抬起头，眉头一皱，“我听父王说过，那乾巫国主非常厉害，不过，之前上百届天才战中，乾巫宇宙国没有出什么了不起的人物吧。”

“这一届天才战中有个人的实力很强，需要重视。”那个界主级强者恭敬地回道。

“哦，他有多强，你给我说说！”少年说着，又低下头，飞速扫荡餐桌上的食物。

两个界主级强者四目相对，再次笑了。

他们这位殿下继承了蛮卡星人优良的传统：爱吃，爱战斗，就是大大咧咧的。

蛮卡星人虽然大大咧咧的，但脑域阔度极高，所以还是很聪明的，这样才能和荒神族联手，统领整个荒蛮宇宙国。

“殿下，”那个界主级强者微微一笑，“乾巫宇宙国出的绝世天才名唤戎钧，他在领悟土和空间本源法则方面的成就极高，已经达到能在空间留下幻身的层次。”

“留下幻身？”少年猛地抬头。

“对。”两个界主级强者同时点头。

“这下麻烦了。”少年一拍桌子，站了起来，“能在空间留下幻身，这可不是单单爆发出的速度极快了，还得在领悟土之本源法则方面有所成就。这两者结合，使得他的攻击力非常强。”

“是的。”两个界主级强者又点点头。

这个少年是现在蛮卡星年轻一代中最优秀的天才，从小就得到了很多不朽级强者的指导，眼界非常高。只需稍微听一点情报，其脑海中就能模拟出对方大概的战斗风格。

当然，蛮卡星上修为处于恒星级的少年都不足1000个，他算是蛮卡星上年轻一代中最优秀的，在其他国度就不一定了。

“殿下，根据我们搜集到的情报判断，戎钧有实力冲击总排名前10，而且，他一直隐藏实力，最后一战说不定没有爆发出最强的实力。”那个界主级强者继续说道，“他还说自己的最高目标是宇宙总排名第1。”

少年瞪大了眼睛，道：“那家伙还挺嚣张，不过，他的实力的确很强。此次参与巅峰对决的是1008个宇宙国的强者，说不定都是一群嚣张的家伙，但是，到时候他们全部会被我横扫，宇宙第1名是我的。”

两个界主级强者听后，无奈地笑了。

他们这位殿下战意十足，可是，这次毕竟是宇宙中所有人类种群的天才巅峰对决。参加此次对决的有高等血统的种群天才，而血统差一点的种群的人口基数非常大，在百亿乃至百万亿中挑一个，一般都比从数百个少年中选出的一个要强。

“殿下，乾巫宇宙国除了戎钧外，还有一个名为罗峰的。”那个界主级强者说道。

“又一个强者？”少年心中一惊。

“不。”那个界主级强者摇摇头，“他的实力比戎钧弱很多。不过，需要注意的是，他和三年前相比，进步非常大。据我们猜测，他有可能冲进前1000名，而且他战斗时非常冷静，说不定能超常发挥，击败比他强的天才，所以殿下千万不能大意。”

少年嗤笑一声，道：“胖叔，你说他有可能冲进前1000名，实力不怎么样啊。

对我来说，这种小人物一点挑战性都没有。”

“要知道，宇宙前1000名和第1名的待遇是完全不一样的，我的目标可是第1名，到时可是一步登天，可以直接进入虚拟宇宙公司核心的最高层，也就是原始秘境，所以我让你关注能冲击前10名的天才，至于那个罗峰，就别管了，到时我一招就能把他给解决了。”

两个界主级强者相视一眼，无奈一笑，道：“那我们就等着殿下进入原始秘境。”

……

浩瀚宇宙中，人类是优秀的族群之一，掌控着非常庞大的地域范围。

此时，不少宇宙国正在进行天才选拔战，而一些宇宙国已经完成了内部选拔。那些在所属宇宙国名列前茅的天才，稍微有点能耐的，都在搜集其他宇宙国中对自己有威胁的对手的情报。

乾巫宇宙国。

一个巨人正站在浩瀚的星空中，周围的空间完全发生了扭曲，别人根本无法辨别出他的容貌。

“吾让你们在乾巫秘境培养年轻一代，在整个宇宙国内选拔出上亿天才，然后在最好的地方，创造最好的条件培养他们。可是，最后选拔出的优秀天才戎钧和罗峰，竟然都不是乾巫秘境培养出来的。”一道冷冷的声音骤然响起。

三个穿着素净白袍的不朽级强者躬身，额头渗出了冷汗。

“要你们还有何用？”

三个不朽级强者脸色惨白，同时跪伏下来。

“他们比乾巫秘境培养的天才都要强，说明两人都很优秀。特别是戎钧，极大可能进入宇宙总排名前10，实力极强。这也不失为一件好事！吾希望他能进入原始秘境，将来对我们乾巫宇宙国也是大有益处。”此时，那道声音中蕴含的怒气明显减少了。

“培养年轻一代，浪费了你们不少时间，你们就先好好修炼，提升自己的实力。至于培养年轻一代的事情，吾会安排其他人去做。”

“是，国主！”三人恭敬应道。

“去吧！”巨人挥挥手。

三个不朽级强者这才松了一口气，当即离去。

乾巫宇宙国获得参与巅峰决战资格的天才们有一年半的休息时间，当然，所有人都不可能完全放松下来。

这一年半的时间，不管是戎钧、罗峰，还是那些乾巫宇宙国皇族培养的天才，个个都在努力修炼。

戎钧想成为最强者！

罗峰则不甘心只是战斗一场就打道回府。

至于乾巫宇宙国皇族培养的天才们，一直被戎钧、罗峰这两个修炼条件没他们好的人给压制着，心里自然憋着气，誓要扳回一局。

……

“输了！”

“罗峰，你又输了！”

“唉，还是输了。”

“好了，今天和戎钧的三战到此结束。”

杀戮空间的沙漠上，巴巴塔一挥手，旁边站着的戎钧瞬间消失了，这是它模拟出来的戎钧。至于实力、智慧、经验，自然是按照真正的戎钧设定的。

罗峰眉头紧皱：“我又输了。”

“罗峰，别泄气。你斗不过戎钧，主要是在领悟本源法则方面的差距太大。你领悟了金之本源法则，虽然进步不少，但是戎钧领悟了土之本源法则，进步程度不亚于你。空间本源法则同样高深，而你们本身的实力相差很大，你输给他也不奇怪。”巴巴塔说道。

罗峰微微点头。

在杀戮空间中，可以将模拟出的对手的经验、智慧设定得很高。巴巴塔模拟出的戎钧因为知道罗峰的一些绝招，自然能更加轻易地击败罗峰。

“戎钧的防守实在太强了。他领悟的是土之本源法则，本就重视防御。”罗峰感慨一声，“而他领悟的空间法则融入领域后，令他对周围的空间的控制力更强。即便我同时控制3把金色幻剑，也奈何不了他。”

罗峰本来很自信的，可是一个戎钧就把他难住了。

“对了，罗峰，还有3天，你的魔杀族分身就孕育出来了吧？”巴巴塔问道。

“嗯！”罗峰脸上露出期待之色。

第416章

魔杀族分身

地球，C国，Y城。

清晨，罗峰脚踏暗云梭，化作一道金色光芒，瞬间消失在东方天际。

海域上空。

罗峰站在暗云梭上，看着东方，海平线上慢慢升起红通通的太阳。

“这五阶念力兵器和三阶念力兵器的确不一样。”罗峰低头看了看脚下的暗云梭，心中暗道。这是在上一届乾巫拍卖会上买下来的，乾巫拍卖会每隔3年举行一次，第一次是2265年年底，那次自己可是花了不少钱。

2268年年底，又举行了一届乾巫拍卖会。

那时，罗峰正在进行轮回战，其间他专门申请休息10天，去参加了拍卖会。

参加轮回战的时间是可以调整的。因为参加的人数很多，3年的时间，说不定会发生什么特别的事情，所以场次是灵活变化的。

按理说，那10天应该进行100场战斗，当时，罗峰和一个个对手协商后，对手都同意了，举办方这才同意了他的申请，让他有机会参加那场乾巫拍卖会。

“一件暗云梭，还有两枚澜可果实，就花了我一个混元单位。”罗峰感慨道，“幸好有弟弟投资赚的钱。”

2265年的乾巫拍卖会，罗峰因为购买魔杀族族人的皮肤、衍神兵、澜可果实，手上的资金只剩下数千亿宇宙币，都不足一个混元单位。

这3年，他根本没赚钱。幸好上次拍卖会结束时，罗华那里就有超过2万亿的宇宙币。经过3年的运作，虽然也亏过，但是总体还是赚了，资产变成了6个混元单位。

仅仅3年的时间，赚取近200%的利润。要知道，操纵的资金越多，反而越难赚到钱。罗华在投资方面的能力很突出，就连很多大组织，乃至宇宙第一银行、宇宙星河银行旗下的一些分部的投资部门都向罗华递过橄榄枝。

然而，罗华都拒绝了。

“自己投资，由自己做主，多爽啊！我若是加入那些组织，还得听上面人的指示，多麻烦，我才不去呢！”这是罗华对罗峰说的。

……

“钱还是不够啊！金角巨兽、摩云藤，乃至魔杀族分身日后要有进步，都需要花费大量金钱去培养。而且，我也一样需要花钱。”罗峰眉头微皱。

从理论上而言，金角巨兽应该算是罗峰本尊的身体，不过，潜意识中，罗峰还是以地球人身体为本尊。

金角巨兽的修为现在是宇宙级，单单进化，吞噬金属，花钱还不多。可是，它要修炼本尊天地秘法，需要吞噬金属组合，那简直是个无底洞。

至于摩云藤，越进化就越难。现在它吞噬澜可果实后，效果很好，可是，随着它越来越强大，投入的澜可果实会更多，花费的金钱也更多。当初，呼延博为了让摩云藤达到不朽级，付出的代价可是极大的。

对于魔杀族分身，他现在知道的还很少。

单单罗峰的地球人本尊在得到衍神兵、暗云梭、营养舱等方面就砸了巨额资金，还只能使他的修为达到恒星级。随着境界越来越高，恐怕日后的花费会更惊人。

在拍卖会上，罗峰看到了一些宇宙绝世珍宝，一件就值数千混元单位。

“金角巨兽，宇宙级七阶；摩云藤，宇宙级六阶；我本尊达到恒星级九阶。”罗峰心中暗道，“从现在起，本尊停止修炼。”

金角巨兽从宇宙级一阶达到三阶需要15年，四阶达到六阶每阶需要20年，而七阶达到九阶每阶需要120年。至于从宇宙级九阶跨入域主级，需要500年。整个宇宙级的过程十分漫长，按理说要持续近千年。

从2255年踏入宇宙级六阶，到2259年10月，已经差不多4年时间了。

金角巨兽有最好的金属组合来供应体内空间需要的东西，进化效率达到了之前的56倍，堪比224年，而罗峰跨入七阶和八阶，需要240年，所以，现在只是宇宙级七阶，还差一点，才能达到宇宙级八阶。

……

至于摩云藤，在界中界时就达到了宇宙级二阶，而且，当时，摩云藤就蕴含了些许没能完全消化的生命果实的能量，加上吃了超过100颗澜可果实，早就成长到宇宙级六阶了。只是，从宇宙级六阶到七阶的难度一下子变大了而已。

……

“魔杀族分身就快孕育出来了。”罗峰眉头微皱。

“轰！”这时，天空中突然出现一艘三角形的黑色宇宙飞船。

罗峰脚踏暗云梭迅速进入宇宙飞船中。

而后，宇宙飞船加速，一飞冲天，穿过大气层，离开地球，朝火星的方向飞去。

太阳系，宇宙飞船降落在火星地表的某个巨大深坑中。

罗峰盘膝静坐在休息室中，意识完全进入体内世界。

金色雾气笼罩的金色大陆上，一只有十余里长的金角巨兽仰着头，暗金色眸子正看着天空中的那颗椭圆形金蛋。

“差不多了。”金角巨兽的眼眸中有着一丝期待。

“咔！咔！咔！”

椭圆形金蛋突然裂开，随后直接从半空中坠落下去，露出了一颗无比奇异的黑色晶核。这颗黑色晶核足足被切割出了10081个面，同时每个面都有着无比复杂的金色秘纹。

这正是魔杀族族人的核心——生命晶核！

“现！”一声低喝回荡在金色大陆中。

“呼呼呼——”

一道道黑色气流迅速从生命晶核中涌出，而后迅速凝结成形，一个黄皮肤、黑色短发、穿着黑衣的男子出现。

此人和罗峰长得一模一样。

火星，沙砾漫天的地表。

穿着深红色战衣的罗峰、穿着黑衣的罗峰以及巨大的金角巨兽都站在地表。

“有意思，有意思。”两个罗峰和金角巨兽彼此相视一眼。

至于真正的生命核心，也就是原核，可以瞬间出现在本尊体内，也能出现在金角巨兽体内，还能出现在魔杀族分身体内。

“收！”金角巨兽消失，只剩下两个罗峰。

“收！”身穿深红色战衣的罗峰消失。

“收！”穿着黑衣的罗峰也消失了。

金角巨兽和两个罗峰都进入了体内世界，而外界只剩下一颗透明的晶球，晶球表面有着无比复杂的金色秘纹，隐隐散发着金光。

“嗖！”黑衣罗峰猛地出现。

“生命晶核独自在外界，很不安全啊。”罗峰心中暗道，“至于魔杀族分身……”

“变！”

只见黑衣罗峰迅速变成了高大的戎钧，而后，又变成了一头只有十余米长的金角巨兽。紧接着，变成一棵粗壮的柳树，最后又变回了黑衣罗峰。

“能量生命的确奇特。”罗峰笑道。

魔杀族是能量生命，并没有固定的外形，可以随意变化。当然，如果想变成巨人，且身体防御度堪比宇宙级二阶强者，消耗的能量会很多，所以，一般会变化成体形不是太大的。

“魔杀族被称为最强暗杀族群，原来是因为这个。”罗峰感应到魔杀族分身和其他身体的区别。

“空间的宠儿，果然不假。”

拥有第三个身体——魔杀族分身后，罗峰就自然而然知晓了魔杀族的天赋秘法——复制。

在生命形态上，魔杀族和人类、金角巨兽完全不一样，人类和金角巨兽至少还是血肉类生命，可魔杀族作为能量类生命，甚至没有灵魂。准确地说，生命晶体就是它的灵魂，也是它的能量来源。

所以，魔杀族不怕精神力攻击，但也无法施展出念力攻击，更别说控物了，魔杀族都是走的武者流。

而复制这种天赋秘法让魔杀族人能够复制目标的生命气息、灵魂气息等，他们本身可以自由变形，一旦通过天赋秘法复制出对方的灵魂气息，就是不朽级强者，除非让念力钻入它的体内进行探察，否则通过外表或者感应气息都无法发现魔杀族的伪装。

这已经不是伪装，而是复制！

看似简单的天赋秘法，却让魔杀族成为宇宙中最可怕的暗杀族群。魔杀族人能够变成任何一种生命，能够伪装出任何生命的灵魂气息。

"好奇特！"

魔杀族分身能够隐隐感觉到周围的空间发出丝丝波动，而地球人的身体、金角巨兽，是根本感觉不到的。

"绝对空间！"

罗峰猛地施展出了身法，同时他体内那颗有着10081个切面的黑色晶核也微微旋转，晶核表面的复杂金色秘纹隐隐波动，似乎是在回应着宇宙空间的波动。

"嗖——"

火星上瞬间出现了两个罗峰。

而后，渐渐地出现了更多罗峰……

下一瞬，罗峰猛地停下。

"太奇特了！魔杀族分身飞行或者闪躲时，太轻松了，简直不可思议。"罗峰的脸上满是震惊之色，"我对绝对空间领悟得很少，这3年，也只能算是触到空间本源法则的门槛，却还算不上入门。”

“可是，明明领悟得很少，用魔杀族分身施展起来，速度却更快、更诡异，我都能感受到空间的波动。”罗峰惊叹不已。

“切换！”魔杀族分身消失了，身穿深红色战衣的罗峰出现了。

此时的他拥有的是地球人的身体。

“嗯？”罗峰看向周围，根本没有之前的奇妙感觉了，一切变得很普通。

火星依旧是火星，宇宙依旧是宇宙，没有之前那种感应到宇宙空间波动的美妙感觉了。

罗峰施展出身法，诡异莫测，快得惊人。可是，仅仅如此，根本无法令空间发生扭曲，产生幻身。

“我感觉魔杀族分身在空间中游刃有余，就仿佛鱼儿在水中一样。”罗峰暗道。

人类在水中游的速度绝对赶不上在陆地上奔跑的速度，而鱼儿在陆地上蹦跳的速度绝对赶不上在水中游动的速度。

同一个道理，魔杀族分身天生就是空间本源的宠儿，在宇宙空间中如鱼得水，即使领悟同样很低，魔杀族分身施展起身法来，也比其他族群高了数个层次。

“这未免太强了吧！”罗峰忍不住赞叹。

“那还用说，那可是最强的暗杀族群。能量生命、血肉生命、机械生命、金属生命、植物生命等生命形态都有亿万族群，能在无数族群中称得上最强暗杀族群，那是开玩笑的吗？

“复制仅仅是一种天赋秘法，实际上，魔杀族分身最厉害的是能感应到空间波动。魔杀族人和空间本源天生契合，这使他们施展空间类秘法时，威力大增。同时，领悟空间法则也比人类容易得多。

“任何一个魔杀族人都跨入了空间本源法则的门槛。他们的身法诡异、变化万千，可以变成任何一个人或任何一种形态。因为伪装达到极致，攻击也强，一击不成后，可以迅速逃之夭夭，所以称得上是最强暗杀族群。”

听了巴巴塔的话，罗峰深吸了一口气。

难怪魔杀族人残缺的皮肤就能卖那么贵。魔杀族人正常变化时，表面是没有秘纹的。而他们大多是晶核碎裂而死，身体消散，只剩下残缺的晶核，不会有秘纹出现在皮肤上。只有一种情况，才能让生命晶核中的空间本源玄奥秘纹出现在皮肤上。

那的确是真正蕴含空间本源法则的秘纹，所以他们的皮肤昂贵无比。

“可是，此次天才巅峰决战，我只能用虚拟宇宙统一分配的身体去战斗，而不能用魔杀族分身。”罗峰很是苦恼。

“现在是10月份，距离宇宙天才巅峰决战只剩下不到一年的时间。你现在能做的，就是将魔杀族分身模拟成金角巨兽的形态，然后去研究绝对空间秘法。”巴巴塔缓缓地道。

绝对空间秘法的修炼过程复杂，只适合金角巨兽的形态去施展。当然，修炼有成的话，对空间的领悟较深，各个分身都是能用的，毕竟是同一个意识。

“嗯。”罗峰点点头。

“只有不到一年的时间了。”罗峰深吸一口气，“对了，巴巴塔，我现在应该能用魔杀族分身，去取老师留给我的资金了吧？”

第417章

万线流秘法

陨墨星主人将遗产分到了三个银行账号里，分别是弟子的修为达到恒星级、宇宙级、域主级时才能取的。

这三个银行账号里面的资金相差极大，资金最多的就是达到域主级时才能得到的银行账号。那银行账号里面有陨墨星主人五星级账户剩下的所有资金。

“很抱歉，不能！”巴巴塔道。

“我这魔杀族分身可是达到了宇宙级二阶。”罗峰忍不住道。

“罗峰，你忘了，你老师留下三个银行账号，不单单对你的实力有要求，还对你的念力有要求。因为你要在现实世界中开启银行账户，而开启银行账户的时候，是需要检测念力的，必须是陨墨星一脉的念力。”巴巴塔道。

罗峰皱眉，道：“魔杀族分身可以轻易拥有我的念力吧！”

“不可以！魔杀族分身是能量生命，它真正的形态是一颗生命晶核，根本没有念力，怎么可能拥有你的念力？”巴巴塔没好气地道。

“啊！”罗峰傻眼了。

不管是人类，还是星空巨兽，都有灵魂和念力。念力就是灵魂的组成部分。然而，能量生命的形态不一样，核心是生命晶核，根本就没有念力。

又比如机械生命，本质上个个都是智能生命，同样没有念力。

当初，陨墨星号飞船上，陨墨星主人呼延博和他麾下的不朽级仆从，最后全部死去了。只有巴巴塔没死，因为巴巴塔是智能生命。

生命形态不一，连寿命都有长短的区别。智能生命即使不是不朽级强者，依旧可以不断生存下去，比如雾大人。

“我还以为……”罗峰摇摇头，“你可真让我失望啊！”

“你这家伙，别得了便宜又卖乖！”巴巴塔连忙说道，“你夺舍了金角巨兽，金角巨兽可是具有宇宙最厉害的血统。你的一个分身是魔杀族人，这可是号称最强暗杀族群的族人。你简直占了大便宜，还失望什么。要知道，我之前都没想过你能拥有这么强大的分身。”

“哈哈！”罗峰笑了。

的确，金角巨兽和魔杀族人都是宇宙中极其罕见的，很多不朽级强者都没看到过。罗峰能得到两者，的确是占了大便宜。

“好，继续练习飞行！”罗峰笑笑，化作一道流光，飞入火星地表深坑中的宇宙飞船中。

进入宇宙飞船后，他的意识连接了虚拟宇宙网络。

虚拟宇宙，黑龙山岛屿，杀戮空间。

“显！”巴巴塔一挥手，顿时周围空间变幻，出现了一个大型的机械厂房。

机械厂房中，各种机械陷阱早就准备就绪。一眼看去，整个厂房仿佛蜂窝，机关密密麻麻的，在这厂房内飞行，一不小心就可能碰到机关。

“这是万线流秘法的第一层一线流的考核。”巴巴塔指着眼前仿佛天罗地网般的机械厂房，“如果你能将厂房中的3189颗红球全部拿到手，并且，不碰到这些机械装置，那么你就算达到一线流了。”

“明白。”罗峰点头。

自从和戎钧一战失败后，罗峰思考了一番，认识到了作为一名强大的精神念师掌控者，飞行方面必须要很强。毕竟人的精力有限，不可能精神念师和武者兼顾，一般都是专精一脉，自然要将精力花在这上面，重视飞行。

战斗有秘法，有幻术师的战斗秘法，比如《魂印》秘籍中的一些战斗技能，还有掌控者的战斗秘法，其实衍神兵的九重境界就是一种修炼秘法。

防御也有秘法，比如注重灵魂修炼方面的《虚空之塔》秘籍中的秘法，而身体防御可以靠兵器，也可以靠战衣。

至于身法，武者闪避、腾挪时，也有各种秘法。

精神念师脚踏念力兵器飞行，也有秘法。

……

就连驯兽、夺舍、奴役、分身术等都有各种玄妙的秘法。

所谓本源法则，就只有那么多，可是，本源法则相当于文化知识，懂得了同样的文化知识，有的人能够功成名就，有的人却泯然众人。

而秘法就是将本源法则的威力尽量发挥出来的方法。

衍神兵能够发挥出本源法则的战斗力。

魂印秘法也能！

虚空之塔秘法也能！

绝对空间秘法也能！

万线流秘法同样也可以！

当初罗峰被戎钧击败，他首先采取了巴巴塔的建议，选择了五阶念力兵器暗云梭，而后又选择了精神念师飞行秘法中的万线流秘法。

陨墨星主人作为一名强大的精神念师，知道的飞行秘法不少。不过，罗峰选择的秘法和他老师的不一样，当初陨墨星主人呼延博修炼的是掌控空间这种飞行秘法。

论威力，二者没有区别。而论珍稀程度，掌控空间这种飞行秘法更加珍贵，万线流秘法则流传较广，知道这种秘法的不朽级强者有很多。但是，流传广，不代表威力小。

“咦！听你这么一说，我怎么感觉万线流秘法和绝对空间秘法很像啊？”罗峰这样问过。

当时巴巴塔回道：“的确很像，你的绝对空间秘法修炼到了第二层千变万化，相当于万线流秘法最高层万线流，传说中，万线流秘法还有更高一层瞬移，可是，修炼的方法没人知道。”

绝对空间秘法分为三层，第一层名为弧光，第二层名为千变万化，第三层名为瞬移。

万线流秘法则分为四层：

第一层名为一线流，堪比绝对空间秘法的第一层弧光。

第二层名为九线流。

第三层名为百线流。

第四层名为万线流。这时候就堪比绝对空间秘法第二层千变万化大成了。

传说，还有最高层瞬移。可是，外界流传的秘法并没有最后的修炼方法。这也是当初巴巴塔知道绝对空间秘法竟然有完整的瞬移的修炼之法而震惊的原因。毕竟领悟本源法则之路很艰难，如果有明确的方法，会节省很多时间和精力。

“你说得很有道理，万线流秘法和我的绝对空间秘法走的是一条路，只是修炼方法不一样，彼此相互对照，我修炼起来会事半功倍，就是它了。”罗峰当即选择了这套飞行秘法。

3年多来，万线流秘法的基础训练，罗峰早已经合格。

他脚踏暗云梭，飞行起来已经非常完美。可是，万线流秘法的第一层一线流他依旧没修炼成功。

“噗！”一根钢丝触到罗峰的后背。

“噗！”三根钉子射过来了，有一根触到了罗峰的小腿。

“失败！”巴巴塔喊道。

漫天的暗器中，罗峰化作一道诡异的幻影，瞬间飞回巴巴塔身边。

他摇摇头，道：“一线流的考核太难了。如果我能使用魔杀族分身，就能轻易躲开了。”

“你想使用魔杀族分身，这是不可能的，其一，虚拟宇宙公司会给天才们统一分配身体；其二，魔杀族是能量生命，不是人类，是无法参加巅峰天才战的。”巴巴塔竖起两根手指，郑重地说着，“我现在给你一个建议，回到现实世界中，让魔杀族分身变成金角巨兽的模样，而后去修炼绝对空间秘法。”

“嗯。”罗峰点点头。

太阳系，火星地表。

黑衣罗峰在席卷天地的红色沙尘暴中，瞬间变成了一头仅仅12米长的金角巨兽，而其样貌跟真的金角巨兽一模一样。这样小的身子，只能算是金角巨兽幼兽。

它体内那有着10081个切面的黑色晶核微微旋转，晶核上面无比复杂的金色秘纹隐隐和空间契合。

“这种感觉太美妙了！”小金角巨兽眼眸中有着一丝兴奋之色。

它能清晰地感觉到空间的波动是那般熟悉、美妙，让它仿佛回到了母亲的怀抱。

“开始吧！”

“轰！”小金角巨兽立即按照绝对空间秘法的指引，开始练习起来。

它的鳞甲、翅膀、蹄爪、尾巴都是需要被用到的，特别是长长的尾巴，可以轻易地做出极为细微的方向改变。

下一瞬，周围出现了一头头小金角巨兽。

1头、2头、3头、4头、5头……

仅仅片刻，周围就出现了9头小金角巨兽。

“这金角巨兽的身体结构很奇特，还真是最适合修炼绝对空间秘法。这魔杀族分身用人类形态只能施展出5个分身，而用金角巨兽形态能施展出9个分身。”

小金角巨兽完全沉浸在绝对空间秘法的修炼中。

这套秘法是金角巨兽的某一代先辈中的强者所创的，人类即便拿到这套秘法，也没法修练，因为没有尾巴和翅膀等。

“真美妙！”

小金角巨兽陷入了对绝对空间秘法的修炼中，对空间本源法则似乎触手可及。

时间一天天过去。

金角巨兽领悟金之本源法则，而魔杀族分身变成的小金角巨兽修炼绝对空间秘法，罗峰本尊则将两大分身修炼和领悟所得合二为一，努力研究衍神兵，苦练万线流飞行秘法……

在这种高效率的修炼下，罗峰的实力每天都有所提升。

2270年9月，1008个宇宙国的上百万天才齐聚一堂，准备举行巅峰对决。

第418章

拉开序幕

9月5日。

清晨，罗峰站在自家天台上，遥看着东方刚刚露出的红通通的太阳。

虽然是夏天，但是早上还是挺凉爽的。

“一大早，你站在天台上看日出呢。”穿着睡袍的徐欣也走上天台，轻声说道。

她看着罗峰，眼前的这个男人虽然在地球上极具声望，但是依旧将精力完全花费在成为强者的修炼之路上。

对此，徐欣并无任何不满，她知道轻重。只是，有些时候心中有些酸楚，因为罗峰全力修炼时，可能直接闭关十天乃至半个月。当然，平日里罗峰还是很顾家的。

“对！”罗峰看着冉冉升起的朝阳，微笑点头。

“这些日子，你天天都将时间投入修炼中，很久没一起看日出了。”徐欣说道，“有时候，你也该放松一下，别让自己太累。”

罗峰看向徐欣，伸出手，轻轻拥住她，轻声道：“老婆，对不起。”

“我们都老夫老妻了，怎么突然这么肉麻！”徐欣的脸上浮现出一丝红晕。

“嘿嘿！”罗峰呵呵一笑。

“明天就开战了。”罗峰慨叹一声，“那可是众多宇宙国的天才啊，超过一半都是跨入了本源法则门槛的。”

在巨斧斗武场，宇宙级强者跨入了本源法则的门槛，是堪称无敌的存在。可实际上，在宇宙中，不少恒星级强者都跨入了本源法则门槛。

整个人类族群，这种绝世天才有数十万之多，不过，此次参战的是1008个宇宙国的绝世天才，平均下来，一个宇宙国就有数百名绝世天才。乾巫国主命令不朽级强者专门邀请这种绝世天才加入乾巫秘境，不想让他们被送到巨斧斗武场中去搏命，因为那样一来，殒灭的概率太大了。

黑龙山岛屿，九星湾小区。

“爸！”

“爸，加油！”

两个长相极为相似的少年看向罗峰，目光中都露出崇拜之色。

这对双胞胎少年正是罗峰的儿子——罗平和罗海。他们俩现在虚岁也11岁了，因为从小就得到极好的培养，孩童时代就达到了学徒九阶，现在早已经跨入行星级。这令他们的身体发育堪比普通少年15岁的样子。

他们的模样都遗传了徐欣和罗峰的优点，长得很帅气。

哥哥罗平的脾气比较好，性格温和，和小时候相比，变化很大，弟弟罗海则闹腾得很。

他们的辅导老师是狄梵、百卡罗这两个宇宙级九阶强者，百卡罗得到罗峰送的陨墨星一脉修炼秘法后，去年突破到了宇宙级九阶。而罗峰家中的卫队仆人都是恒星级强者，加上罗峰自身实力超群，罗平和罗海从小就极其崇拜罗峰，以有这样的父亲为傲。

在这样的家庭中成长，罗平、罗海的性格虽然有些差异，但是骨子里都有着共同的渴望——成为强者！奇特的是，这对双胞胎兄弟从小就喜欢在虚拟游戏中战斗，之后都觉醒了念力，念力天赋却比罗峰要差一些，可是，他们都选择当武者，这令罗峰有些无奈。

“爸爸是最强的。”罗海高喊道。

“哈哈。”罗峰不由得笑起来。

“三弟，加油！”站在旁边的雷神也大声喊道，“你可不单单代表乾巫宇宙国，更重要的是，你代表的是我们地球人！”

“说得好。”罗洪国连连点头，“小峰啊，你二哥说得对，你也代表了我们地球人。虽然宇宙国中的生命星球数以亿万计，1008个宇宙国的天才加起来更是多得吓人，但是你也得加油，为地球人争气。”

“嗯。”罗峰轻轻点头。

不管是雷神、洪，还是罗峰，都对地球有很强烈的归属感。

“我先出发了。”罗峰直接大步离开。

虚拟宇宙的各个大陆的岛屿上，1008个宇宙国的超级天才被传送到各个宇宙国的聚集地。

乾巫大陆。

“唰！”罗峰出现在一座浮空岛的传送点上。

“罗峰先生，请往这边走。”站在传送点旁边的一名宇宙级战士穿着工作服，微笑致意，同时指向旁边的一条路。

“谢谢。”罗峰笑着点点头，而后沿着路走了过去。

罗峰看到不远处一片花草围绕的广场上，聚集了一大群人，乍一看得有数百人，有男有女，长相各异。不过，其中最起码有三分之一的人样貌和地球人相似，看来地球人的样貌在宇宙中也算是主流。

“罗峰来了。”

“是那个疯子！”

不少青年男女都看了过来。

这数百人都是获得了名额的，这次乾巫宇宙国是要派出1000名天才的。

“罗峰。”

“嗨，疯子。”

这些人中，有不少人都笑着和罗峰打招呼。因为参加过轮回战，所以罗峰和其中200多人都一对一战斗过。

“风轮！”

“帕特洛！”

罗峰和交情较好的几人打了招呼。

很快，一名名天才赶来，人越来越多。

戎钧算是来得比较晚的，最终1000名天才全部聚集在一起，不少人现实中认识或者在战斗中结交，彼此叙旧。

“罗峰，这一年多来，你的实力提升了不少吧？”戎钧俯视罗峰。

罗峰转头，抬头瞥了一眼3米多高的戎钧，笑道：“待巅峰对决的时候，你试试就知道了。”

“这么自信？”戎钧眼睛一亮。

忽然——

“轰！”一股无形的威压覆盖整个广场。

1000名绝世天才脸色一变，身体不由得微微颤抖。

而后，脚步声响起，一个穿着鳞甲战袍，戴着头盔，身高8米多的巨人走了过来。

此人就是上一次那个令人畏惧的巨人。

“按照国主命令，乾巫宇宙国的1000名天才由我带队。”巨人声音洪亮，双眸给人无穷的压力，“你们可以称呼我‘十三大人’，明白吗？”

“明白！”包括罗峰在内，1000名绝世天才齐声应道。

“好可怕的压力！”罗峰额头渗出了冷汗，“若是在现实世界中，他这极强的意志威压，绝对能瞬间令我的灵魂崩溃。”

在十三面前，1000名天才仿佛蚂蚁一般弱小，自然而然会心生恐惧，这纯粹是本能，再强的意志，也无法压制这种本能。

“戎钧！”十三的目光落在戎钧身上。

“十三大人。”戎钧微微躬身。

“你是我们乾巫宇宙国这一批人中唯一一个有把握不被淘汰的。国主对你寄予了很大的期望，不要让国主失望，明白吗？”十三说道。

“是！”戎钧恭敬地应道。

随即，十三扫视其他年轻人，冷冷地道：“至于其他人，没什么希望！”

顿时，不少年轻人拳头握紧。

人群中的罗峰则眉头微皱。

“你们别不服气，实力不是靠嘴说说的，是靠战斗来展示的。除了戎钧，你们这些人中最强的也就是罗峰。然而，我们收到情报，这一届中有不少难得一见的天才，罗峰此次能冲进前5000名就不错了，想冲进前1000名，希望渺茫。当然，你们也有可能创造奇迹。历史上，就有一些刚开始表现很一般，可最后在巅峰对决中突然爆发的绝世天才。”十三再次扫视一大群年轻人，随即转移话题，“好了，跟我出发吧！”

这群来自乾巫宇宙国各个星域的绝世天才只能忍着。

而后，他们在十三的带领下，经过传送，来到了虚拟宇宙开辟出的一个崭新位面中。

这是一片浩瀚的大陆。

“前方有1008座大厦，乾巫宇宙国队伍被安排住在0825号大厦。”一个穿着白袍的中年人恭敬地向十三行礼。

“嗯。”十三淡淡地应了一声，而后带着队伍直接朝远处飞去。

“哇！真的有1008座大厦啊！”

“一个宇宙国队伍住一座大厦？”

远远看去，1008座大厦自然形成了一个环形，正中央就是一个鸟语花香的广场。来自各个宇宙国的青年男女们正在广场上散步、聊天，一眼看去，最起码有10万人。

“降落！”十三下令。

乾巫宇宙国的天才们迅速降落在广场的边缘，而后沿着道路直接朝0825号大厦走去。广场上有着通往每一座大厦的专门通道。

“快看，乾巫宇宙国的天才朝0825号大厦走去了。”

“戎钧！那个高个大汉是戎钧！”

“嗯！他的实力很强。”

“哪个是戎钧？”

来自其他宇宙国的天才们纷纷议论起来。

第419章

天才聚集

乾巫宇宙国的天才们听到其他宇宙国天才的议论，大多数人心中愤愤不平。

能够冲进乾巫宇宙国排名前1000，哪个不是天之骄子？然而，显然其他宇宙国的天才们只关注戎钧，根本没将他们放在眼里。

“疯子，听到了吗？其他宇宙国的天才只知道我们乾巫宇宙国有个戎钧。”一个绿发青年走在罗峰旁边，低声说道。

这绿发青年正是当初罗峰参加预选淘汰赛时，和罗峰在同一个城市中进行对决的超级天才风轮。风轮比罗峰幸运一点，之后参加擂台决战时，他连胜四场，直接得到了名额。

罗峰很平静。

他跟着大队伍前进，低声说道：“风轮，不怪别人这么说，戎钧的实力的确很强。”

“嗯。”风轮微微点头，“我听说，以戎钧的实力，足以冲击这次宇宙总排名前10，而我们想冲进宇宙总排名前1000都很难。”

“宇宙总排名前1000？”罗峰眼睛微微眯起。

这时候，乾巫宇宙国的天才队已经随着十三进入了0825号大厦，大厦一楼很是宽阔，足以容纳上千人。

“轰！”那强大的威压再次出现，压迫着1000名天才。

所有人连忙转身，疑惑地看向十三。

十三收敛威压，冷冷地道：“我这里有1—1000的号牌，你们每人领了号牌，持着号牌进入各自房间，那是你们休息的地方。”

随即，十三一挥手，一个个号牌飘然落下，分别落在每人的面前。

戎钧一伸手，抓住号牌，号牌上只有一个数字——1。

罗峰也伸手抓住号牌，号牌上只有一个数字——2。

其他天才都拿到了自己的号牌。

“解散！你们可以在屋内休息，也可以去广场上和其他宇宙国的天才们交流。”十三缓缓地道，“天快黑的时候，虚拟宇宙公司的组织者会召集所有人。不管你们在这个位面空间的哪个地方，都能听到通知。”

说完，十三直接大步走了出去。

天才们这才松了一口气，三五成群，或是聊天，或是拿着号牌去找自己的房间了。

广场非常大，就算是百万人在广场上，都丝毫不显拥挤。而且，广场周围的花草和一些观赏性的小动物随处可见。

广场上随意地分布着一家家大餐厅，足足有99家，天才们可以进入除1号餐厅外的任何一家餐厅。

“轰！”十三化作一道流光，落在了1号餐厅门前。

“大人！”餐厅门口的侍者恭敬行礼。

十三直接步入其中。

餐厅一楼就有上千个座位，此刻，这里已经坐了上百个超级强者。

“十三！”

“十三来了！”

他们随意地坐着，身上隐隐散发出骇人的气息。

“嗯。”十三微微点头，而后直接坐下。

“十三，听说你们乾巫宇宙国这次出了一个叫戎钧的天才，哈哈！运气不错啊！”一个白袍男子笑道。

“还行。”十三点点头，“特洛夫，你们宇宙国出了一个外号叫‘血斧’的天才？”

白袍男子回道：“对，是有这么一个天才，他的风格和你很像。”

“十三，这次你们乾巫宇宙国说不定能出现两个冲进前1000名的天才。”不远处，一个全身皮肤呈金黄色的光头大汉喊道，“除了戎钧，另外一个好像叫罗峰。”

“他的实力还不够强。”十三摇摇头，“塞弗拉，现在人人都说，你们诺亚宇宙国这次能得到第1。”

“的确！诺亚宇宙国的那个年轻人的实力很强。”

“嗯！他的修为才达到恒星级，对空间本源法则的领悟就达到了那般程度，简直不可思议。”

一群超级强者谈论着。

他们都是被各自宇宙国的国主派来的。

像这种各大宇宙国联合举办的盛会，派来的几乎都是不朽级强者，而且在同级高手中也属于很强大的。比如十三，他可是乾巫国主麾下的十八神将之一，威名赫赫。

0825号大厦，2号居室。

房间非常宽敞，足有近千平方米，里面的一张床都有10米长、6米宽。对罗峰而言，房间还是很大的。

“我这就出去见见各大宇宙国的超级天才们。”罗峰眼中有着强烈的期待。

自己真的没有希望冲进前1000名吗？

十三的话一直在罗峰的脑海里回荡。

显然，十三是看到了罗峰在轮回战时的表现，才给出如此评价的。然而，从轮回战结束到如今，罗峰的魔杀族分身孕育成功了，并且一直在苦修绝对空间秘法，金角巨兽分身和地球人本尊也在努力修炼，没有丝毫松懈。

如今，他的实力已经有了惊人的提升。

当初在杀戮空间的模拟战斗中，他击败了戎钧，可是——

“当初一战到如今，已经4年多了，我的实力提升了，别人自然也提升了。这4年多的时间，戎钧的实力提升了多少，谁又知道呢？更何况，当初他和我决战，根本没来得及施展刀法。此次1008个宇宙国参战，天才如云。尽全力闯吧，看我到底能走多远。”

4年多来，他卧薪尝胆。这次1008个宇宙国的绝世天才聚集，就是他展露最强实力的时候。

他走出居室，而后和乾巫宇宙国其他的天才一道离开了大厦，前往广场。

……

中央的广场比地球上的一座城市还大，不过，这些绝世天才个个都达到了恒星级九阶，一眼就能看到千米外的一切。

当乾巫宇宙国的天才们进入广场的时候。

“看，戎钧！”

“真的是戎钧！”

“听说他有冲击宇宙总排名前10的实力。”

“他是个很强的家伙，对于土和空间本源法则的领悟都很深，我希望不要对上他。”

其他宇宙国的年轻天才彼此议论着。

这让和戎钧走在一起的乾巫宇宙国的其他天才，心里很不是滋味，抵达广场后，就分散开来了。

罗峰和风轮走在一起。

“罗峰，你看。”风轮指着远处一个穿着白色羽衣的绝美少女。

那少女的背上有着一双羽翼，眉心有着一颗晶体。

“她叫艾辰，是梦螺翼族人，具有冲击宇宙总排名前10的实力，外号‘光剑’，实力非常强大。”

“哦！我听说过光剑艾辰。”罗峰扫视广场。

在来这里之前，他自然也搜集过情报。虽然搜集不到详细的资料，但是知道名气大的一些天才。

“他是谁？”罗峰看到远处有一个身体笼罩在黑袍中，2米多高的瘦子。

“那是‘幻魔’加莱西，是嗥神族人。在彭古宇宙国举行的天才战中，他从头到尾都没出手，只是看了对手一眼，就让对手陷入幻境，而后死去了。”

“据说此人是非常可怕的幻术师，绝对能冲击宇宙总排名前10。”

旁边的天才们议论纷纷。

……

走在广场上，罗峰发现了不少在各自宇宙国都堪称第一人的绝世天才。

虽然在各自的宇宙国排第1，但是能冲击宇宙总排名前10的几乎只有20人。呼声最高的20人实力的确很强，罗峰看过他们战斗的录像。个个都不比戎钧弱，其中有两个比戎钧还要可怕得多。

“蛮卡星王子。”罗峰看到了一个身穿银衣的少年。

少年双眸中满含战意，也是被认定为具有冲击宇宙总排名前10资格的超级天才。蛮卡星上已经很久没有出现这么优秀的年轻天才了。

看到这些超级天才，罗峰心一沉。

这里汇聚了来自1008个宇宙国的超级天才，单单实力堪比戎钧的就差不多有20个，说不定还有隐藏了实力的。

“嗯？”忽然，罗峰眉头一皱。

整个广场都安静下来。

上百万名来自各个宇宙国的天才几乎都转头看向一个地方，罗峰也转头看去，只见一个白衣青年从远处的一座大厦走了出来。

白衣青年长相俊美，却面无表情，背着一把血色长剑。他缓步走向广场，扫视广场上数百万名绝世天才，脸上的表情却没有丝毫变化。

“死神！”

“死神伯兰！”

“是他！”

“他是这次宇宙总排名无可争议的第1。”

议论声纷纷响起。

除了罗峰，全身笼罩在黑袍中的皞神族青年，美丽绝伦的梦螺翼族少女，那个眼中充满战意的蛮卡星王子，那仿佛天都压不垮的野人戎钧，背着血色巨斧、身高足有6米的壮汉，一头绿色长发、脸上有着奇异绿色秘纹的青年都看了过去……

“死神……”罗峰默默地盯着远处的人影，喃喃道，“死神伯兰？”

第420章

残酷的淘汰

伯兰是这一届天才战中出现的最不可思议的绝世天才。在此之前，已经很久没有这样厉害的人物出现过了。

“根据我搜集到的资料，伯兰出现过数百个幻身，这简直不可思议。”罗峰看着远处背着血色长剑的白衣青年。

他心里非常清楚，自己远远不是伯兰的对手。

万线流秘法中，第三层是百线流，第四层是万线流，这已经是万线流秘法的最高层了。瞬移毕竟只是传说，而伯兰展露的实力显然接近第四层，他的修为仅仅达到恒星级，身法就这么强了。

之前数十届天才战中，排在第1的绝世天才几乎都比戎钧要强，可是，实力都没有强到这个地步。

就算是界主级强者，在领悟最难参悟的空间本源法则时，想要达到万线流第四层也是很难的，简直是万中无一。

界主级强者都很难做到，而伯兰这个修为仅仅达到恒星级的家伙就几乎达到了，难怪天才战还没开始，连很多不朽级强者都认定，这次天才战的第1名是这个白衣青年。

“他到底是怎么修炼的？”罗峰眉头微皱，“我是靠着魔杀族分身来修炼的，仅仅突破了一线流的层次，想要达到九线流还有很长一段距离，毕竟领悟空间本源法则和时间本源法则是很难的。”

……

“哥哥，”一个有着飘逸的绿色长发，长发自然卷曲，脸上有着绿色秘纹的美丽少女低声问道，“他就是死神伯兰，是老师认为我们唯一没有可能击败的对手？”

“嗯。”旁边同样是绿发，脸上有着绿色秘纹的青年点点头，死死地盯着远处的白衣青年，“就是他，他已经领悟到了空间本源法则的极深层次。”

青年低头看向身侧的少女，道：“我们虽然不是伯兰的对手，但是一定要得到第2名和第3名。”

“千水明白。”少女点点头。

这一对兄妹在这届天才战中名气同样非常大，他们来自神秘之地奥古斯星球。

在浩瀚的宇宙中，有一些星球很神秘，或者名气极大，比如蛮卡星、奥古斯星球、母祖星球……

这些星球都拥有超强的实力，能够轻易派出一群不朽级强者。

这些星球完全能称得上是一个宇宙国的核心，比如蛮卡星就是荒蛮宇宙国的两大核心之一。

……

广场上，天才们都看向白衣青年。

白衣青年眉头微皱，直接进入了一家餐厅。

“他就是死神伯兰啊！”

“真不知道他是怎么修炼的，即便拥有再厉害的血统，也不该这么强啊！”

“我怀疑他根本就不是人类。”

各处响起了议论声。

1号餐厅内，1008个宇宙国的天才队的领队都来了。他们或是在一楼，或是在二楼，随意地聊着。

“这个叫伯兰的年轻人才达到恒星级，对空间本源法则的领悟就这么深了，说不定100个纪元后他能成为空间尊者。”

“空间尊者？这未免太夸张了吧！”

“就是！很多不朽级强者修炼亿万年都无法成为空间尊者，他还差得远。”

“嗯，想成为空间尊者岂是这么容易的。”

“难啊！”

“他连离肉身穿越空间，进行瞬移，都还差得老远，更别提成为空间尊者了。”

“是啊！你们吹捧得太过了！”

“1008个宇宙国多久没出现新尊者了。那年轻人虽然是历届天才战中罕见的厉害人物，天才归天才，说他可以成为和我们媲美的不朽级强者，我同意，可是说他能够成为空间尊者，这实在是太……”

“哈哈！你们在讨论什么呢？好热闹啊！”一道响亮的声音回荡在1号餐厅中。

顿时，一些不朽级强者都转头看去。

只见餐厅正门口出现了一个穿着青袍的男子，他面容俊美，头上有着紫色鳞片，一双眸子满含笑意。

青袍男子站在那里，似乎和在场的人根本不在一个时空。

紧接着，整个一楼的数百个不朽级强者全部都站起来了，包括十三。

“尊者！”数百个不朽级强者躬身行礼。

“这次我虚拟宇宙公司举办天才战，各大宇宙国鼎力支持，我代表虚拟宇宙公司表示感谢。”青袍男子笑道。

“这是我们应该做的。”不朽级强者们都恭敬地道。

“嗯。”青袍男子微笑点头，“你们继续聊，等会儿我会召集那些年轻人。”

说完，青袍男子转身就离开了。

待青袍男子离开后，不朽级强者们才议论起来。

“那位竟然是九剑尊者！”

“我听说九剑尊者最近在机械族疆域范围内的一个宇宙秘境中，没想到，这次天才战竟是由他来主持。数十万纪元前，九剑尊者还只是恒星级强者，也参加了天才战，那时候他就是那一届的第1名，当时引起了极大的轰动，实力丝毫不亚于这个叫伯兰的年轻人啊！”

“嗯，天赋好又能怎么样？单单成为不朽级强者之路就充满坎坷，大量界主级强者都被难倒在最后一步。伯兰想要达到不朽级，都要经历诸多坎坷，更别说成为空间尊者了。”

这些不朽级强者很唏嘘。

他们在各自的宇宙国拥有极高的权威，是宇宙国主麾下一等一的大人物，随手即可毁掉一些星球。然而，若是能成为一方尊者，那算是拥有在庞大星域上建造宇宙国的能力了。

空间尊者挥手间，斗转星移，空间转换。

傍晚。

罗峰正在中央广场上的一家餐厅喝饮料。

忽然，一道声音侵入他的意识：“所有参战者到中央广场集合。”

罗峰宛若失去了意识，直愣愣地站了起来。

不仅仅是他，餐厅中的其他天才都站了起来。

所有天才或是从天空中飞来，或是从自己居住的大厦中飞出，或是从广场边缘朝中央汇聚。

仅仅片刻，上百万天才组成了一个整齐的大型方队，站在广场中央。而后，他们都清醒了。

“怎么回事？”罗峰惊诧。

“怎么了？”

“咦，我怎么在这里，刚刚还在屋内的。”

天才们都处于震惊中，就连伯兰也一脸震惊之色。

此时，方阵前面站着1008个不朽级强者，这些不朽级强者自然散发出威压。

天才们全部安静下来，没有一个人敢发出声音。

“欢迎你们参加我们虚拟宇宙公司举办的巅峰天才战。”一道温和的声音传到每一名天才的耳边。

所有人都震惊地看去。

原本空无一人的半空中，出现了一个穿着青色战袍，头部有着紫色鳞片的男子。

他面带笑容，却仿佛远古的神王，自然散发出的气息让上百万天才不由得生出臣服之心。

虽然清楚地看到了远处的青袍男子，在场的所有天才却感觉青袍男子似乎和他们不在一个空间。那种时空错乱感，让人感觉很别扭。

“此次有1008个宇宙国参加，每个宇宙国选出1000名天才，一共有上百万名天才。”青袍男子站在空中，俯瞰下方的天才，“我们虚拟宇宙公司要从你们中选出最强的1000人，而后招进虚拟宇宙公司的核心。”

“也就是说，上百万名天才争夺1000个名额。此次天才战规则如下：明天所有人会分别进入一个试炼空间，我们虚拟宇宙公司为你们准备了上百万个试炼空间，每人分得一个。试炼空间中有七座试炼塔，每座试炼塔有七层，从第一座试炼塔开始闯，闯完第一座试炼塔的七层，再闯第二座试炼塔……直到你们丧命，被踢出试炼空间为止。最后，根据你们在试炼空间中的成绩计算积分，按照积分进行排名，前100名，无须再进行筛选，直接成为虚拟宇宙公司的核心成员。第101名到第7300名，到时候会进行擂台决战，争夺900个名额，至于第7300名之后的，全部淘汰！”

听到青袍男子的话，天才们都惊呆了。

第421章

罗峰的计划

那个代表虚拟宇宙公司的青袍男子宣布规则后就离开了。

罗峰他们虽然很疑惑，但是只能回到0825号大厦休息。

第二天清晨。

“所有人请做好准备，马上会进行集体传送，将所有参战者送到各自的试炼空间。”一道清脆的声音回荡在整个位面空间。

所有天才早就起床了，等待着最开始的淘汰试炼。

先淘汰，后决战。

论残酷性，显然淘汰试炼更让人心颤。

“加油！”

“努力！”

0825号大厦一楼的大厅中，乾巫宇宙国的很多天才彼此祝福。

太残酷了，第一拨就要淘汰很多人，在场的1000名天才能留在这里的恐怕寥寥无几。

“疯子，好运！”

“风轮，加油！”

罗峰和风轮彼此鼓励。

忽然——

“轰！”

一股无形的奇异力量降临整个位面空间，将天才们瞬间传送走了。

至于位面空间内的那些不朽级强者，还有餐厅的服务人员等，没有受到丝毫影响。

宇宙星空中的一块长几百千米的长方形的巨大陨石上。

“唰！”罗峰陡然出现在这里。

他看向四周，远处有着微小的恒星，还有离自己不算远的一颗颗没有生命的普通星球，不由得感叹道：“虚拟宇宙建造出了上百万个试炼空间，一个试炼空间就这么真实，了不得！”

这块在宇宙星空中飘荡的陨石上有七座试炼塔，每座试炼塔都仿佛一座大山，盘踞在巨大陨石上的不同方位。

罗峰低头看向手腕，手腕上有一面屏幕，屏幕上出现的信息和当初乾巫宇宙国内部预选淘汰赛时的差不多。

参战者：罗峰（乾巫宇宙国）

积分：0

排名：无

所在试炼空间：编号0279378

试炼空间内，一共有七座试炼塔，每座试炼塔都有七层：

第一座试炼塔，每层最多能得到1万积分。若通过七层，最多可得到7万积分。

第二座试炼塔，每层最多能得到10万积分。若通过七层，最多能得到70万积分。

……

第四座试炼塔，每层最多能得到1000万积分。若通过七层，最多能得到7000万积分。

……

第七座试炼塔，每层最多能得到100亿积分。若通过七层，最多能得到700亿积分。

注解：一旦死亡，试炼结束。

通过每一层的方法有两种：其一，将这一层内的所有目标全部杀死，可得到最高积分，直接被传送到上一层；其二，如果没能杀死所有目标，10天后，若依旧活着，会直接被传送到上一层，继续进行试炼。

当所有参战者全部死亡，试炼结束，决出最后的排名。

下面附有排行榜单。

……

“真疯狂！”罗峰看着屏幕，不由得摇头，“所有参战者死亡，试炼结束，这意味着不可能有人闯过七座试炼塔。”

显然，试炼塔的难度很大。

虚拟宇宙公司竟然有信心让所有参战者全部死亡。

“规则和乾巫宇宙国的预选淘汰赛挺像的，不过，那次仅仅是在乾巫宇宙国分出的一个世界区进行决战，参加的天才不多，这次却是1008个宇宙国的天才齐聚，强者如云，排到第7300名后面的，可就要直接淘汰了。”罗峰思索着。

很显然，第一座试炼塔应该比较容易通过，越往后越难。

“这上面写着通过每一层的方法有两种：第一种，杀死所有目标，直接被传送到上一层；第二种，坚持活10天，到时候会被自动传送到上一层。”罗峰眼睛一亮，“也就是说，在每一层中最多可以待10天。”

“每座试炼塔有七层，那么，在一座试炼塔中最多能待70天。”罗峰的脸上不由得露出喜色，“太好了！这样一来，通过五座试炼塔就有一年的时间了。”

现在他最缺的就是时间啊！

金角巨兽突破到宇宙级，才开始领悟出领域，研究金之本源法则。而他的魔杀族分身去年10月底刚刚孕育出来，修炼到如今，时间不足一年。如果再给他一年时间，他的实力一定会更强。

“对！就这么办！”罗峰做出了决定，“我刚开始不急着往上冲，让魔杀族分身认真苦修，尽量让我的实力不断增强，我的实力越强，那么在试炼空间中肯定走得越远，到时候……或许刚开始我的名次会很低，不过没关系，重要的是最终的排名。”

想到这里，罗峰笑了。

而后，他化作一道流光，飞到第一座试炼塔前，那十余千米高的试炼塔入口的门柱上有着标志“1”。

罗峰配备好了念力兵器、战衣等，而后进入第一座试炼塔。

刚进入塔内，他手腕上的屏幕文字发生了变化。

第一座试炼塔的第一层有1万头凶兽血毛猛犸。每击杀1头凶兽，得到1积分，全部杀完，得到1万积分，直接被传送进第二层。

若是没有全部击杀，只要坚持活10天，直接被传送进第二层。

若是死亡，则试炼结束。

屏幕的边缘还有倒计时，显然10天期满，就会直接被传送。

“和我想的一样。”罗峰笑了，“那就开始吧！”

太阳系，火星。

“呜——”一头十余米长的金角巨兽仰头，发出兴奋的叫声。

而后，它瞬间变幻出一个个幻身，继续研究绝对空间秘法。

作为空间的宠儿，魔杀族分身研究空间秘法简直是一种享受，这感觉太美妙了。

虚拟宇宙。

那些不朽级强者随意地坐在中央广场各处。

试炼空间的淘汰试炼是不通过电视转播的，仅仅对外公布排名榜单，最后的擂台决战才会通过电视转播。

不过，各大宇宙国的不朽级强者们有权限察看每个参战者的试炼情况。

“这个叫伯兰的果然厉害，一开始就冲到了第1名。”

“嗯！他的实力的确惊人！”

“好快！伯兰的积分上升得好惊人，远远将第2名甩开了。”

“十三，你们乾巫宇宙国的戎钧也不错，现在积分很高，排在第12名。”

不朽级强者们看着排行榜，了解到天才们的试炼情况，议论纷纷。

现在他们代表的是各自的宇宙国，当然希望所属宇宙国的天才表现出色，这样才有脸面。对于这些有着永恒岁月的不朽级强者而言，脸面是很重要的。

“还行！”十三微微点头。

“戎钧。”而后，他直接点开戎钧的试炼直播视频。

只见戎钧赤裸着大脚丫，步伐诡异，快得惊人，手持一把战刀，轻易击杀长着翅膀、全身毛茸茸、有着三只眼睛、类似狮子的怪物——凶兽飞犸。

十三的脸上难得地浮现出一丝笑容。

“嗯？”而后，他眉头微皱，“这个罗峰……”

他发现排行榜上没有罗峰的名字。据他猜测，罗峰最起码能冲到排名前10000。

随即，他点开了乾巫宇宙国的名单，一眼就看到罗峰的名字。

罗峰排名第1006891。

十三脸色一沉。

“这个家伙在搞什么？”十三当即点开罗峰的试炼直播视频，十分不悦，“他这是将试炼空间当成了训练的地方？”

不错！不但金角巨兽、魔杀族分身都处于修炼状态中，就连罗峰本尊也不断吸纳着两个分身领悟的一些东西，并融入自己的战斗中，不断地提升自己的实力。

在第一座试炼塔中，罗峰在每一层都待满了10天，在倒计时的时候，才去击杀最后一个目标。不单单罗峰这么做，很多天才都想尽量在前面简单的环节空出一点时间，强大自己，所以罗峰不是倒数第1，不过也差不多是倒数一两千名了。

……

60天后。

罗峰被传送到第一座试炼塔的第七层。

“第六层里的竟然是星空巨兽苍。”罗峰不由得感慨一声，同时低头看向手腕上的屏幕。

第七层里的是虫族母巢。毁掉虫族母巢，可以得到1万积分，直接被传送进第二座试炼塔的第一层。

现实世界中的虫族母巢最弱的都可媲美界主级强者，甚至有不少可以媲美不朽级强者。而试炼塔中的虫族母巢是按照比例降低实力的，以适应试炼者的水平。

试炼间给出的建议是尽早毁掉虫族母巢，越晚越难对付，因为虫族母巢中的母皇孕育的虫族战士会越来越多，而且越来越强。

第七层空间忽然变成了一片大沙漠，沙漠中央的绿地上有一个巨大的圆球，圆球的直径大概60米，上面有一些凹凸，自然散发着毒气，流淌着毒液。

“虫族母巢？！”罗峰瞪大了眼睛。

他想起了之前在C国看到的那个神秘球体，连巴巴塔都禁止他去碰那玩意儿。

第422章

虫族母巢

“原来那就是虫族母巢！”罗峰心中十分惊恐。

虫族是宇宙中足以和人类媲美的巅峰族群之一，它是一个非常奇异的族群。一个虫族母巢的母皇可以孕育出数以亿万计的虫族战士，它们纵横宇宙靠的就是虫海战术。另一个方面，那些厮杀的虫族战士智力低下，有的几乎没有智力，只有本能。

无数虫族战士绝对服从母皇的命令。母皇让它们送死，没有任何一个虫族战士会反抗。

“地球上竟然也有虫族母巢！”罗峰心中发寒。

太阳系，火星。

小型的金角巨兽迅速变为黑衣罗峰。

“巴巴塔，怎么回事？”罗峰怒吼。

金角巨兽现在达到了宇宙级八阶，可以随时在现实世界和虚拟宇宙中保持意识独立。更何况，它拥有天赋秘法分身，能令罗峰本尊聚精会神地做某事，而分身依旧保持清醒。

“干什么？”巴巴塔不满地道。

“你还好意思问我？我问你，C国的那个神秘球体是什么？”罗峰恼怒道。

“罗峰，我都跟你说了，别急，该你知道的时候，会让你知道的。那玩意儿不是你现在能招惹的。”

“那是虫族母巢！”罗峰低喝一声，“一旦觉醒，就能源源不绝地产生大量虫族战士，到时候，无数虫族战士可以迅速占领整个银河系，甚至向整个黑龙山星域扩散。这是一场灾难！也就是说，只要它觉醒，地球就完了！”

“地球存在这么大的风险，你竟然一直瞒着我。”罗峰一肚子火。

“呃，你知道了？”巴巴塔大吃一惊。

“哼！”罗峰强忍怒气，“快说，现在该怎么办？”

虫族和人类族群同时位列宇宙巅峰族群，母巢的存在，是灾难级别的。在虚拟宇宙网络中，有关虫族母巢的讯息一直属于限制级，绝对不会轻易对外公布。

然而，虫族有多么可怕，罗峰早就知道了。

当初，他夺舍了金角巨兽，融合它的传承记忆，就耗费了16天的时间。金角巨兽的传承记忆太庞大，他只是整理了一下，并没有察看全部。

其中有关于虫族母巢的信息，罗峰当初也只看了一些基本介绍。基本介绍中并没有虫族母巢的图片，只是说虫族最核心的是母巢，母巢则是由母皇建立的巢穴。

母皇本身柔弱，空有强大的精神念力，所以建立强大的母巢，母巢就好比它的盔甲。母皇可以孕育出无数虫族战士，根据其本身意愿，它建立的巢穴模样不一。

……

此刻，罗峰震惊地发现，地球上竟然有虫族母巢，吓得连忙仔细察看金角巨兽的传承记忆。

传承记忆中关于虫族母巢的基本介绍，仅仅是几句话。而详细介绍有数千万文字和大量图片，描述了虫族母巢的可怕之处，还有母皇孕育出的虫族战士的种类等。

这令罗峰很快就确定，地球上那个神秘球体的确就是虫族母巢。

“别生气，别着急！你担心什么，难道我还会害地球吗？”巴巴塔道。

“我知道你不会，但是，我现在就要知道，这虫族母巢到底是怎么回事。”罗峰急切地用意识交流，“你不说清楚，我无法安心。”

那可是随时能毁掉整个地球乃至整个银河系的玩意儿，谁能安心？

“好吧！”巴巴塔无奈地道，“我告诉你，那个虫族母巢是当年你老师在域外战场上得到的。”

“老师？”罗峰连忙追问，“那个母巢内部有没有母皇？”

母巢只是一个巢穴，虫族母皇才是真正的生命。因为母皇本身很柔弱，随便一个高手都能轻易毁掉它的身体，加上建立一个巢穴的代价很大，所以虫族母皇几乎不可能抛弃自己的巢穴，去建立新的母巢。

“有，而且还没死。”巴巴塔回道。

“什么？！”罗峰的脸色都变了。

“不过，你可以放心，它现在不会对地球有任何威胁。”巴巴塔解释道，“你可以想象它正处于沉睡状态，而且是永久沉睡。至于具体情况，等你将魂印修炼到你老师的层次，你自然就懂了。”

“地球不会出事吧？”罗峰总有些不安心。

“不会。除非出现一个灵魂比你老师的成就还高的不朽级强者要对付地球。”巴巴塔笑道，“那种强者要毁掉地球是轻而易举的，不会费尽心思去惊醒虫族母巢的母皇的。”

罗峰这才安心，随即好奇地问道：“老师把虫族母巢带到了地球，又没弄死母皇，到底想干什么？”

“虫族母巢的潜力很大，如果能像奴役人一样，奴役虫族母巢，然后再好好培养，那么你的老师将会拥有一股非常可怕的势力。单单那虫族大军就可以在你的老师经历那次死劫的时候，救下你老师的命。”巴巴塔道。

罗峰点点头。

虫族母巢的母皇可孕育千万种虫族战士。一旦真的控制一个虫族母巢，那可就强大了。

面对无穷无尽的虫族战士，就连不朽级强者也难免畏惧。

“老师的野心真大。”罗峰忍不住道。

巴巴塔无奈地道：“可是，虫族母巢的母皇生命体很奇怪，说它是纯粹的生命，它的灵魂却分别附在每一个虫族战士身上，它能控制所有虫族战士的思想。你老师的奴役魂印也无法控制它，在想出办法前，只能暂时让它永久沉睡。”

“所以，老师就把虫族母巢扔在地球了？”罗峰道。

“嗯，他总不能将虫族母巢扔在陨墨星吧！”巴巴塔说道。

罗峰无语。

天才战的淘汰试炼正在进行。

上百万个试炼空间内，厮杀仍在继续。

“强大的虫族母巢的威力硬是被降低了。”

罗峰的金色幻剑直接将虫族母巢劈开，只见虫族母巢中飞出6米高，全身晶莹，好似水晶铸就的母皇。

母皇有着类似蝴蝶羽翼的翅膀，脸则被雾气笼罩，具有不凡的魅惑力。

一阵阵奇异的音乐声响起，传入罗峰的耳朵。

“不愧是极其擅长精神念力的虫族母皇，魅惑都这么厉害。”

“咻！”一股凌厉的念力直接进入罗峰的识海。

“轰！”虚空之塔屹立不动，而那股冲击的念力直接溃散了。

时间一天天过去。

美丽的虫族母皇想尽各种方法攻击罗峰，奈何身体柔弱的它只能使用精神手段，可是，对于意识无比强大，而且修炼了虚空之塔秘法的罗峰来说，根本没什么影响。

其实，只要能杀死所有虫族战士，母皇一般是没有多大的反抗能力的。母皇之所以强，主要就是靠着种类繁多的虫族战士。

“倒计时，10天？”罗峰低头看着手腕屏幕上的倒计时。

还有几分钟，就已经满10天了。

他当即脚踏暗云梭，直接飞向躲在远处，早就不敢招惹罗峰的虫族母皇。

虫族母皇显得很柔弱，一双带着哀怨的碧蓝眸子看着罗峰。

“噗！”金色幻剑直接刺穿它的头颅。

罗峰击杀了第一座试炼塔七层的所有对手，就被传送进了第二座试炼塔。

让他震惊的是，第二座试炼塔中的对手竟然和第一座试炼塔的一模一样。唯一的区别是，那些对手的实力要强得多。

“同样是凶兽血毛猛犸，第二座试炼塔的就比第一座的强那么多，那么，后面的试炼塔中的该多么恐怖呢？难怪虚拟宇宙公司有信心让所有人全部死掉。”罗峰有些震惊。

这试炼的确很难！

……

七座试炼塔里的对手、数量是一模一样的，唯有实力不同。

第一层，有1万头凶兽血毛猛犸。

第二层，有1万头妖兽九头蟒蛇。妖兽的智力比凶兽的要高，比如地球上的那些怪兽，实际上就属于妖兽。

第三层，有1000名金属生命陀罗族战士。

第四层，有1000头宇宙奇异生物飞犽，这是凶兽中极为奇特的一种。

第五层，有100个机械族傀儡。

第六层，有10头星空巨兽苍。

第七层，有1个虫族母巢。

第423章

微笑的十三

天才战在每一个宇宙国都算是大事，得到很多人的关注，而现在进行的可是1008个宇宙国参加的巅峰天才战，各个宇宙国的人都焦急地期盼着。

奈何试炼淘汰不对外公开转播，仅仅公布排名而已。

“戎钧太酷了！”

“快看，虚拟宇宙公司的官网又公布了戎钧的一段宣传视频。”

虚拟宇宙，乾巫大陆。

街道上，一对年轻情侣看着街头的屏幕。

看到女孩很兴奋，旁边的男孩笑道：“排行榜上的名次不断变化。听说，凡是冲进过前1000名的，虚拟宇宙公司都会为他们制作宣传视频。可惜，这次我们乾巫宇宙国就只有戎钧得到了这个荣誉。”

“罗峰不是很厉害吗？”

“唉！他都排倒数了。”男孩摇摇头。

“很多大人物不是说罗峰的实力很强吗，怎么排名这么低？”女孩疑惑地道。

“不知道。”男孩叹了一口气，“挺失望的。之前我还很崇拜他，我一直觉得他比戎钧更厉害，可现在……”

整个乾巫宇宙国有上亿个星系，无数人在谈论着。

大多数人对罗峰的表现都很失望。

在此之前，乾巫宇宙国已经形成公论，认定戎钧第一，罗峰第二，这次巅峰天才战主要就靠这两人了。

可现在看来，戎钧依旧很强，罗峰却排到了末尾。乾巫宇宙国其他上万个星域的人看到罗峰的名次，情绪还算温和，而黑龙山星域的人情绪就有些激动。

“疯子！你真疯了吗，表现怎么这么差？”

“他不该这么差的！”

“真是让人失望！”

“我崇拜的疯子去哪里了？”

“你的排名怎么能这么低？我不求你名列前茅，至少冲进排名前10000啊！”

在黑龙山帝国，以罗峰为傲的人情绪无比激烈。

“排名一直在变化，到最后才揭晓最终排名，罗峰说不定会在后期发力。之前在第一世界区战斗的时候，他也是后期发力的。”

“大家要相信疯子啊！”

“我们永远支持疯子！”

一些人极其愤怒，另外一些人则坚定地相信罗峰，支持罗峰。

虚拟宇宙，那1008座大厦围绕的中央广场上。

“还真有不少天才在所属宇宙国内部选拔时隐藏了实力啊！”

“这算是惊喜。”

不朽级强者们坐在一处，看着周围悬浮的屏幕，笑着谈论。

此次试炼，排名前100的将会直接拥有名额，很多隐藏了实力的强者都爆发了，个个发挥出了真正的实力，令这些不朽级强者感到惊讶。

“这个年轻的猿人还真灵活，在以一敌多的情况下，还是游刃有余啊！”

“嗯。”旁边的十三微微一笑，“试炼空间中的毕竟只是试炼，并非一对一的对决。而且，里面有金属生命、机械傀儡，这些都是无惧灵魂攻击的，那些擅长灵魂攻击的选手非常吃亏。”

“十三，你说得有道理。”旁边的银发男子表示赞同，“不过，真正的天才高手依旧会表现得很好，而且，我觉得试炼空间这么设置非常好，因为将来他们的敌人主要是宇宙中其他族群的强者。”

“嗯。”十三点点头，看向身侧屏幕上的排行榜。

那上面有乾巫宇宙国1000名天才的排名。

“戎钧第16名，不错。” 十三说着，忽然恼怒起来，“罗峰这小子还真将试炼空间当作修炼的场所了，在每一层都撑满10天，才进入下一层，他还真是一点都不在意外面人的骂声。”只要关注罗峰，就能够轻易发现罗峰最大限度地占用了时间。

“嗯？淘汰？”十三发现名单上又有两名天才的名字后面出现了红色的宇宙通用文字——淘汰。

又有两名天才被淘汰了！

此时，中央广场上已经有数十万名被淘汰的天才了。

“唰——”十余道人影同时被传送到中央广场上。

“风轮，你也被淘汰了？！”一个头发微微卷曲，穿着银色战衣的帅气青年一脸惊讶。

“布拉斯，你比我更早淘汰啊！”风轮打趣道。

“我就没想过自己能冲进前7300名。”布拉斯摇摇头，“我进入试炼空间，以最快的速度在一层层中进行厮杀，想尽量提高名次。一开始，我的名次上升很快，最高到过第十几万名，可是，第三座试炼塔实在很难，我闯关的速度变慢了很多，排名急剧下降，一下子到了第三十几万名，最后在第三座试炼塔的第五层中丧命了，我是被那机械傀儡给一屁股坐死的，真悲惨。”

“哈哈！”风轮忍不住笑了。

“你闯到了第几座？”布拉斯问道。

“第三座试炼塔的第七层。”风轮感叹一声，“虫族母巢的母皇太强了，孕育出了一个个虫族战士，比前面两座试炼塔孕育的速度快得多，而且实力更强。我杀虫族战士的速度都赶不上它孕育的速度，眼看着虫族战士越来越多，我就被活埋了。”

“哈哈……”布拉斯不由得笑起来，“对了，我刚才看了一下排行榜，我们宇宙国很有名气的那个疯子，就是跟你关系很好的罗峰，他的排名很低。”

“那只是暂时的。”风轮环顾四周，“现在已经有数十万名天才被淘汰了。只要罗峰依旧待在试炼空间中，他的名次就会上升，你就看着吧！那个家伙我最了解，上次在乾巫宇宙国第一世界区进行预选淘汰赛，他刚开始都没冒头，之后开始疯狂战斗。我看这次也一样。”

“这么阴险？”布拉斯撇撇嘴。

“什么阴险，这叫沉稳！”风轮没好气地道，“哪像你，没头没脑地进行厮杀，不也只到达第三座试炼塔的第五层就被淘汰了。”

……

前面两座试炼塔的难度都不高，天才们几乎都通过了，然而，从第三座试炼塔的第一层开始，就有大量天才被淘汰了。

在第三座试炼塔中淘汰的人是最多的，几乎占总人数的九成。

黑龙山岛屿，九皇子的宫殿。

“罗峰，对，就这样，让排名低一点。”布罗林舒适地躺在椅子上，看着面前悬浮的屏幕。屏幕上出现了一个论坛，布罗林看到论坛中有很多人留言骂罗峰不争气。

“痛快！痛快！”布罗林满脸笑容，“罗峰，我不想招惹你，更不想看到你得意，现在这个名次最适合你。”

这样的话，布罗林依旧可以惬意地过着皇子生活，毕竟皇族的后台是开国皇帝，也是一个不朽级强者，罗峰不可能来找他的麻烦。

可是，诺岚山就不同了。现在罗峰可以轻易地请人帮忙解决诺岚山，所以，罗峰在天才战中大出风头的时候，谨慎的诺岚山早就吓得离开了家族，去了遥远的卡尔玛星域中的一颗环境比较恶劣的普通生命星球上，过着隐居的生活。

此时，修炼完的诺岚山飞回庄园中的客厅，看着屏幕上时刻在变化的排行榜，不由得冷笑一声：“这小子逼得我远离家族，这次就该狠狠跌个跟头，排名垫底，真是痛快！”

外界流言四起，怒骂声、质疑声、支持声混杂，罗峰却依旧稳如泰山，在每一层都耗了10天，才进入上一层。

渐渐地，罗峰通过了第二到第四座试炼塔。第四座试炼塔的难度比较大，魔杀族分身没有孕育出来时，他或许是闯不过的。可现在，他一步一个脚印，稳稳地通过了七层。

虚拟宇宙。

对于有着永恒生命的不朽级强者而言，在这里待一年都是很轻松的事情。而且，这种盛会他们也不好擅离职守。

“十三，你们宇宙国的罗峰的名次又飙升了。”

“你看看直播视频，这小家伙一直不紧不慢，而且，他在每一层似乎都不吃力。”

“快看，他冲进前500名了！”

十三坐在巨大的椅子上，看着眼前的屏幕。

乾巫宇宙国的天才中，排名第1的是戎钧，现在他在宇宙总排名是第13名。不过，他已经战死，被踢出了试炼空间。

“戎钧早就闯到第五座试炼塔了，戎钧战死的时候，罗峰还在第四座试炼塔的第一层慢慢闯关。”十三心中暗道。

当时，他还对其他不朽级强者说：“罗峰慢吞吞的，你们看着，到后期，他的排名会上升到3000—5000名。”

可是，后来罗峰的名次稳定上升，现在都冲到前500名了。

“罗峰进入第五座试炼塔了！”

……

“第一层，成功通过！排名第128！”

……

“第三层，成功通过！排名第42！”

……

“这个罗峰还真是藏得够深的！不过，我喜欢他给的这种惊喜！”十三在心中暗道。

第424章

四个人

十三右手的手指随意敲击着椅子，看着眼前屏幕上直播的罗峰战斗的视频。

“他的身法源自万线流秘法，而且，成就还挺高的。在乾巫宇宙国内部选拔时，他根本没有展露一点自己领悟出的空间本源法则，现在他却能将万线流秘法运用到这个地步，他还真是深藏不露啊！

“万线流秘法虽然流传较广，但是也是在不朽级强者中流传。罗峰竟然会这种秘法，看来他的背景并不简单，真有意思！不知道他是我们乾巫宇宙国哪个不朽级强者或者界主级强者培养出来的优秀弟子。”

十三很清楚，虚拟宇宙进行考核时，衍神兵、暗云梭等兵器都是由参战者任意挑选的，可是，修炼秘法是每一个参战者独有的。

现实世界中，黑龙山帝国能得到万线流秘法的不超过100人。

……

来自各大宇宙国的不朽级强者们还算淡定，那些早就被踢出试炼空间的众多天才却既激动又嫉妒。

“罗卡休，你们乾巫宇宙国的天才真多，戎钧的宇宙总排名是第13，至于罗峰，一开始谁都不看好他，可现在他都冲到宇宙总排名第42了。不管怎么说，他们两个肯定能进入虚拟宇宙公司的核心层。”

“在我们乾巫宇宙国时，罗峰就是一个不按常理出牌的人。据说，预选淘汰赛时，他也是一开始并不急，后期猛地爆发了。”

超过百万名参战者遥看中央广场的屏幕，现在只有四面屏幕了，因为还在继续试炼的天才只有四人了。

虚拟宇宙公司官网上出现了最新的宣传片。最新的宣传片一共有五部，其中有一部是同时介绍这四人的，还有四部是分别介绍每一个人的。

“本届天才战进行到今天，依旧待在试炼空间中，活着的还有四人，他们分别是来自诺亚宇宙国的死神伯兰，来自九焱宇宙国的血锋坎迪塔，来自古轮宇宙国的生命之剑逸锋，来自乾巫宇宙国的疯子罗峰。

“伯兰总是身穿白衣，手持血剑。这一届天才战试炼刚开始，他就处于领先地位，不过，从第二座试炼塔开始，他破关的速度锐减，变得很慢。一度被其他天才超越，不过，他现在的宇宙总排名是第1，比排在第2名的天才的积分高很多。

“坎迪塔是个魁梧的青年，他看似是武者，实际上却是一个强大的精神念师掌控者，使用的是掌控者九大神兵之一的血锋神兵。在试炼空间中，刚开始他一直是垫底的，不过，之后他不断地向试炼空间的更高层前进，现在的总排名是第43，早已经提前得到了进入虚拟宇宙公司核心层的资格。

“逸锋是一个瘦小的小家伙，却又是让人惊叹的武者。他的剑法绝妙，诠释了生命的灿烂，他的脸上总是带着一丝腼腆的笑容。在试炼空间中，他一开始排名垫底，可是，后来就冲到了很高的名次，目前总排名是第45，同样提前得到了进入虚拟宇宙公司核心层的资格。

“罗峰和坎迪塔、逸锋一样，刚开始是垫底的，到后来名次才上升。和其他两位不同的是，罗峰的战斗方式带着一股让人心悸的杀气，外号不愧是“疯子”。现在他的宇宙总排名是第42，同样提前得到了进入虚拟宇宙公司核心层的资格。

“相比以往天才战，这届天才战中脱颖而出的绝对算得上是佼佼者。此次试炼中，一名名超级天才崭露锋芒，让我们惊喜。现在只剩下四名绝世天才，他们被踢出试炼空间的那天，试炼便彻底结束。让我们期待吧，期待这四名绝世天才给我们带来更大的惊喜！”

……

“罗峰！”

“罗峰！”

“罗峰！”

乾巫宇宙国的人沸腾了！

黑龙山帝国的人更是欣喜若狂！

很多人站在街头的屏幕前，拿着酒瓶，发出兴奋的叫声。

“他是我们黑龙山帝国的！”

“亿万年来，他是黑龙山帝国出现的顶尖天才！他一定会成为宇宙中的超级强者！我相信他能做到！我永远相信他！”

之前看到罗峰的名次很低，黑龙山帝国的很多人都很失望。

可是，后来罗峰的名次不断飙升，前1万名，前5000名，前1000名，前500名，前100名……

很多人都惊呆了。

天哪！在浩瀚的宇宙中，黑龙山星域的确不起眼。没想到，这次他们黑龙山星域竟然出现了一位能够在巅峰天才决战中脱颖而出的人物。

当罗峰确定得到了进入虚拟宇宙公司核心层的资格时，黑龙山帝国皇族举行了盛大的庆功宴。

那可是宇宙人类五大巨头之一的虚拟宇宙公司的核心层，论地位，比黑龙山帝国的皇族都要高千倍乃至万倍。

“罗峰！”

“疯子！”

“继续加油！冲到排名前10，最好成为第1！”

黑龙山帝国的公民欢呼着。

很多年轻人对罗峰十分崇拜。

这一刻，罗峰就是黑龙山帝国的全民偶像！

位面空间，中央广场。

上百万名天才都紧紧地盯着最左侧的屏幕，就连那些坐在王座上的不朽级强者都看向那面屏幕。

当一道血色残影穿过虫族母皇脆弱的身躯时，中央广场上响起了惊呼声。

“天哪！伯兰通过第六座试炼塔了。”

“这简直太惊人了。”

“现在宇宙总排名第2名到第6名，都死在了第六座试炼塔第一层，而伯兰竟然连续通过了七层，如今他的积分远远高于其他天才。”

看着屏幕上那道身穿白袍，手持血剑的人影，其他天才都心生敬畏之情，如果说其他天才的实力都在自己能接受的范围内的话，那伯兰的实力完全超过了他们的想象。

第五座试炼塔的第四层。

“呼——”罗峰脚踏暗云梭，快如闪电，直接摆脱了一头头凶悍的飞犽的围攻，在半空中留下了四个幻身。

“咦？”罗峰发现手腕上的屏幕变化，不由得低头看去。

现在依旧在闯关的只有四人，一旦屏幕发生变化，就代表排名有了新变化。

No.1 伯兰（诺亚宇宙国），积分：7777770000

No.2 古思罗（伊姆宇宙国），积分：1682970000

……

屏幕上显示出了前100名，其中包含了罗峰关注的四个人——伯兰、逸锋、坎迪塔和自己。

罗峰脸色一变：“伯兰竟然闯过了第六座试炼塔！”

从积分能够判断出来，第2名到第6名的天才全部栽在了第六座试炼塔的第一层。

每一座试炼塔都有七层，每层的最高积分是一样的，因此，实际上每一层的难度虽然在增加，但是增加的幅度并不大。难度更大的是后面的试炼塔，比如第六座试炼塔第一层的积分是第五座试炼塔第七层的10倍，积分高这么多，难度显然也大很多。

所以，罗峰判断第2名到第6名的天才都栽在第六座试炼塔的第一层，如果能成功闯过第一层，就代表闯过第二层、第三层的希望比较大。

“不知道他能不能闯过第七座试炼塔的第一层。”罗峰心中暗道，“如果他能闯过，那就太可怕了。”

中央广场上的不朽级强者和上百万名天才都很关注这一场直播。

“他闯过试炼塔第六座的第七层似乎挺轻松。不过，试炼塔的难度是猛地飙升的，第七座试炼塔第一层比第六座试炼塔第七层的难度大了好几倍，不知道他能不能通过。”

很多人都在关注伯兰。

前面连续通过六座试炼塔，总积分才77亿多，而现在，仅仅通过第七座试炼塔第一层，就能得到100亿积分，积分越高，代表难度越大。

“太可怕了！”

“第七座试炼塔的血毛猛犸竟然这么强！那可是有1万头血毛猛犸，估计每一头都有堪比宇宙总排名前100名天才的实力。”

观战的天才们都惊呆了。

第七座试炼塔的难度太高，第一层共有1万头血毛猛犸，攻击都蕴含了本源法则，威力大得可怕。

“受伤了！伯兰受伤了！”

这是伯兰第一次受伤！

连闯六座试炼塔，一直很轻松的伯兰终于爆发出了真正的实力。

此时，虚拟宇宙公司和其他大人物都很关注这一战。

因为第七座试炼塔的难度极大，按道理恒星级强者绝不可能通过，现在就看伯兰的表现了。

第425章

生命的灿烂

在第一座试炼塔中，血毛猛犸可以被轻易击杀，实力非常弱。

可是，后面试炼塔中的血毛猛犸的战力一次次跃升到新的层次。第七座试炼塔中的血毛猛犸实力最强，随便一头血毛猛犸都能击杀大部分天才。

若是1万头血毛猛犸联合围攻，那简直是一场噩梦。

“天哪！那些全部都是伯兰的幻身！”

“伯兰发飙了！”

屏幕上，在一头头血毛猛犸的围攻下，出现了一个个白袍青年的身影，无比真实，周围一定范围内弥漫着青色气流。

这仿佛成了伯兰的绝对领域，他似乎可以从任何一处出剑。

剑光凌厉，每一剑都仿佛能切割空间。

剑光快如闪电，每一剑都快得让在场的天才用肉眼无法看清。

剑光诡异，每一剑根本无法判断出轨迹，仿佛毫无规律。

“噗——”

每一剑都刺穿了血毛猛犸的头部，鲜血飞溅。

一头头血毛猛犸被杀死，其他血毛猛犸则更加疯狂地围攻，那粗大的铁蹄一次次踩向伯兰。

一头头血毛猛犸轰然倒地。

出剑则必杀之，这就是死神伯兰的厉害之处。

“哧！”一头血毛猛犸的獠牙刺入伯兰的手臂，鲜血淋漓，同时所有幻身消失了。

“哼！”伯兰目光冷厉，血剑直接贯穿眼前的血毛猛犸的头颅。

“轰隆隆——”其他血毛猛犸疯狂围攻而来。

在连续遭受三次重创后，伯兰终于被撞飞，而后遭到大量血毛猛犸的践踏，没了气息。

尽管如此，伯兰还是击杀了5612头血毛猛犸！

单单闯了第七座试炼塔的第一层，他就得到了56.12亿积分，令他的总积分超过了100亿。

不过，他依旧失败了。

“呼！”中央广场上观战的上百万天才都长舒一口气。

刚刚看到伯兰的战斗场景，他们都震惊了。

伯兰出剑速度极快，剑法诡异，剑光凌厉，配合其精妙的身法，让所有天才大开眼界。

“失败了！”

“可惜！”

“第七座试炼塔太难了，如果不是伯兰，换作其他人进去，恐怕瞬间就会被汹涌而来的血毛猛犸给践踏而死。”

“伯兰竟然能击杀5000多头血毛猛犸，也就是说，他一个人就能击杀5000多名天才。”

虽然伯兰最终闯关失败了，但是依然轰动了整个位面空间的人，就连那些确定能进入虚拟宇宙公司核心层的天才都震惊了。

来自神秘之地奥古斯星球的天才兄妹，蛮卡星王子，梦螺翼族天才少女，戎钧等绝世天才都盯着屏幕。

“太强了！”戎钧握紧拳头，盯着屏幕，“不管是哪一方面，他都远远比我强。若是和他交手，我接不了一招！”

“哥哥，难怪老师说我们没有任何可能赢得了他，他太强了。”绿色卷发少女轻声说道。

旁边的绿发青年点点头，道：“对，我感觉，我都接不了他一招。”

现在总排名第2到第6的天才都闯到了第六座试炼塔第一层，总排名第7到第11的天才都闯到了第五座试炼塔第七层，总排名第12到第21的天才都闯到了第五座试炼塔第六层，而总排名第1的伯兰闯到了第七座试炼塔第一层。

从战绩就能看出，第2名往后，大家的实力差距都不大，唯有第1名的实力远超其他人。

伯兰被踢出了试炼空间，现在试炼空间中只剩下三人——坎迪塔、逸锋、罗峰。

第五座试炼塔第五层。

坎迪塔是一个脸上有着两道紫色斑纹的光头壮汉。

他脚踏旋风沿，看到眼前的场景，瞳孔一缩。

这是一个大型的机械实验基地，地面完全是合金铺成的，此时，实验基地中有100个身高8米、全身呈银色的人形机械傀儡。

机械傀儡是机械族建造的一种战斗兵器，任何一个机械族族人都是智能生命，每一个都能算是一个控制终端，都能形成一个机械王国，而机械傀儡是这个机械王国中的一种战斗兵种。

“嗡！”

能源启动，100个高大的机械傀儡双眸放射出红色光线，瞬间锁定远处的坎迪塔。

“轰——”

机械傀儡瞬间化作闪电，迅速扑向坎迪塔。

“它们的速度明显比第四座试炼塔中的机械傀儡要快多了！”

坎迪塔脚踏旋风沿，远远避开机械傀儡的直接冲击。

战胜机械傀儡最好的办法是逐个击杀，如果硬碰硬，那实在是太愚蠢了。

“嗖——”一个个无形的轨道炮从机械傀儡手臂上的发射器中发出。

轨道炮有很多规格，最快能达到光速，可是，那种轨道炮是很昂贵的，就算是机械族人的机械王国，也只有极为重要的兵种才能配备光速远程武器，而这些机械傀儡射出的远程攻击远远没有达到光速。

“我最讨厌这些远程攻击！”坎迪塔咬牙切齿地道。

随着时间流逝，战斗越来越惨烈。

“轰！”机械傀儡的铁拳猛地砸下。

坎迪塔惊险地躲避开来，令铁拳轰击在地面上，地面直接凹陷，出现了一个大的深坑。

铁拳！腿刀！轨道炮！火焰！身体冲撞！

这些巨大的机械傀儡无惧任何精神力的攻击，要毁掉它，只能通过物质攻击强行破坏。

“砰！”

身受重伤的坎迪塔面对一个个砸来的铁拳，终于躲闪不及，被一拳砸得直接陷进了合金地面中。

坎迪塔闯荡第五座试炼塔第五层失败！

最终他排名第28。

同样是第五座试炼塔第五层。

“大家伙，来啊！来啊！”一名俊秀的紫发少年身影如鬼魅，在一个个高大的机械傀儡中穿梭着。

第五座试炼塔中的机械傀儡的反应、移动速度、攻击力等都被设定得非常强。敢在这些机械傀儡中穿梭，简直是胆子太大了。

他正是“生命之剑”逸锋。

这个腼腆少年的眼神很纯净，脸上有着喜悦的神色，仿佛很喜欢冒险，一点都不紧张。

“哧！哧！”

一道道剑芒亮起，或是击伤机械傀儡的关节，或是直接刺中机械傀儡的要害。

逸锋开心地施展着招数，每一招都让人目眩神迷。

他出身古轮宇宙国皇族，经过亿万年，古轮宇宙国的皇族变得不计其数，皇族这个身份不会带给他太多益处。想要获得财富、地位，还是要靠自己，然而，他从小因为脑部神经有问题，导致下半身根本不听使唤，只有上半身是正常的。

即便科技再发达，能够更换血统，能够替换五脏六腑等，可是，脑部是承载灵魂的部位，是无法更换的，如果更换，那就是另外一个人了。

至于夺舍，他是没有这个能力的，更何况，也没人帮他进行夺舍。从小他就得坐轮椅，看到皇族其他孩子接受统一训练，他也按捺不住，得到了一套皇族最基本的修炼秘法。

按照别人的说法，通过修炼秘法，从身体内部自发改善，或许能够治好他的腿疾。他刻苦地练习着，既然无法使唤下半身，那么他就用双手练习。

他一次次地练习用剑！

剑寄存了他的渴望，他对生命的理解。他的剑法造诣不断提升，竟然达到了不可思议的地步，甚至得到皇族高层的重视。

而后，皇族高层直接派出了一个不朽级强者，亲自教导他，终于让他能够再度站起来，能够自如地控制下半身。

他瘫痪了十数年，终于能重新站起来了。他很喜欢飞奔的感觉，一次次施展着身法，挥舞着剑，开心地笑着……

剑法，令他领悟木之本源法则！

身法，令他领悟风之本源法则！

跨入两大本源法则门槛，他在皇族中的地位极高。虽然地位很高，但是他依旧是那个单纯腼腆的少年，他心中满怀对生命的热爱……

……

逸锋毁了100个机械傀儡，成功闯过了第五座试炼塔第五层，而后进入了第六层。然而，第六层有10头星空巨兽苍，苍的灵活性比机械傀儡要强得多，而且都是踏入本源法则门槛的。

他击杀了3头苍之后，就失败了。

这个腼腆少年止步于第五座试炼塔第六层，排名第16。

坎迪塔、逸锋被踢出试炼空间后，试炼间便只剩下一个人——罗峰。

第426章

一朝爆发

第五座试炼塔第六层。

这是一片苍茫的荒原，荒原上有10头或是卧着，或是行走，通体呈暗金色的庞然大物——星空巨兽苍。

“第六层的目标是苍！”罗峰盯着那10头星空巨兽。

他早就从传承记忆中得知了有关苍的详细信息。

准确地说，苍和金角巨兽有着特殊的关系。在金属性星空巨兽中，排第1的，自然是名列星空巨兽十二大高贵血统之一的金角巨兽，而排第2的就是苍。虽然仅仅是第1名和第2名的差别，实际战斗力却相差一大截。

金角巨兽成长到巅峰层次，就是达到界主级。

苍成长到巅峰层次，则是达到域主级，是星空巨兽中比较厉害的。当然，它的血统和星空巨兽十二大高贵血统没法比。不过，它也是蕴含天赋秘法的，作为领悟金之本源的宠儿，它生性凶残而且蕴含惊人的战斗力，虽然没有翅膀，但是天生能够飞行。

星空巨兽没有不会飞的。

论战斗力，它们的平均水准比人类中具有最高贵血统的强者还要略强一些。

苍的身体长约300米，尾巴的长度接近身体长度，通体都有暗金色的鳞片，背部还有一个个竖起的尖刺，头部非常大，一张血盆大口更是让人畏惧，锋利的牙齿无比惊人。一双巨大的眸子，瞳孔呈三角形，眼神骇人。

它们都转过头，看向眼前渺小的罗峰。

“有意思！”罗峰双眸中蕴含着杀意。

当苍对上金角巨兽，会出现什么情况？

现在苍就碰到了人形金角巨兽罗峰。

“轰！”罗峰脚踏暗云梭，瞬间化作一道流光。

顿时，苍也都化作流光，追了过去。

经过5年的修炼，罗峰脚踏暗云梭飞行的速度可比当初和戎钧对战时要快得多，而且还很灵活。

“唰——”

半空中出现了八个罗峰。

它们眨了眨眼睛，似乎有些迷茫，不知道该去追哪一个。

下一瞬，它们就分开了，分别追了上去。

“真是自大的家伙！”

罗峰身影一凝，五道金色流光同时在身体周围浮现，正是五把金色幻剑，直接射向了距离罗峰最近的苍，而它的反应极快，连忙挥动那强有力的蹄爪。

其中两把金色幻剑和苍的蹄爪撞击，第三把金色幻剑被它的尾巴击退。

“哧！”第四把金色幻剑则直接贯穿它的喉咙，将其击杀了。

和金角巨兽不同，中等星空巨兽苍是没有体内世界的，自然也没有原核，它的生命和大部分的血肉类生命差不多。在达到域主级之前，它的灵魂藏于脑部。

“嗷——”

看到死了一个同伴，智力极高的苍立即明白敌人不好惹，顿时联合起来。

“没用的，只不过是浪费时间而已。”罗峰嗤笑一声。

星空巨兽力量极大，速度极快，攻击力很强，天赋极高，同阶乃至高一阶的人类都不敢和其硬碰硬，然而它有一个很大的弱点，那就是体形太大。面对人类等体形小的对手，会很吃亏。

罗峰苦修绝对空间和本尊天地这两种秘法，本尊天地秘法有缩小体形的效果，绝对空间秘法有增加灵活性、瞬间爆发、提高身法等效果。

他能够施展出八个幻身，再加上对苍的一些习性和弱点无比了解，这一战虽然耗费了10天时间，但是赢得还算轻松。

他没有一次性将苍全部击杀，硬是等到最后半小时才出手击杀最后一头。

第五座试炼塔第七层。

空间一阵模糊，罗峰就进入了第七层。

“第七层比第六层难得多。”罗峰眉头一皱。

作为精神念师掌控者，面对围攻，比武者的优势要大得多，因为可以迅速逃开，通过运动战让自己处于有利的态势。可是，当敌人很多的时候，无论是谁，都会有些头疼。

这是一片无垠的沙漠。

远处的绿地上有一个直径达120米，表面十分不平整的圆球，圆球流出了一些毒液，隐隐散发着毒气。

这是一个巨大的虫族母巢。

忽然，母巢表面涌出了一个个脑袋上布满青色甲壳、身上有着些许黏液的虫族战士，它们长着两根触角，复眼很大，身体精悍，两条强壮的后肢支撑着身体，还有四条前肢，背部还有一双半透明的翅膀。

几乎是瞬间，母巢表面就涌出了1000个虫族战士。

“呼！呼！呼！”

连续三次，涌出了大约3000个虫族战士，清一色的青螳。

青螳是战斗类虫族中最常见的炮灰，说是炮灰，其实是因为很多死在了域外战场。

整个虫族母巢的虫族战士的实力都经过了调整，真正的虫族母巢可以诞生很多种类的虫族战士，从功能划分，就能分为探测类、刺杀类、远攻类、攻坚类等等；若是从结构划分，分的种类就更多了。

“3000只青螳。”罗峰看着或是从地面，或是从天空飞来的青螳，眉头微皱，“虫族母巢将很多青蝗都派出来了，下一批应该是20分钟后出动。”

母巢孕育虫族战士是需要时间的。这3000只青蝗明显是早就孕育出来的，当然，现实世界中的母巢的孕育能力不会这么弱，否则怎么可能轻易占领一个星系乃至一个星域。

“杀！”罗峰脸一沉，瞬间化作八个幻身，疾速袭了过去。

同时，他施展出了九把金色幻剑，只见九道金色剑虹仿佛激光，一次次贯穿整个虫潮，一只只青蝗被击杀。

“比我预想的还要强一些。”罗峰眉头微皱。

现在，他能够自如地同时操控五把金色幻剑，在拼命的情况下，能够同时控制九把金色幻剑。可是，那样一来，灵活性、方向、精确性会受到影响。

现在足足有3000只青蝗，所以罗峰才这样做，想要尽量击穿每一只青蝗的头部。

可是……

“哧哧！”一只被金色幻剑切断身体的青蝗竟然在吞噬旁边一些残缺的青蝗尸身。

随即，这只青蝗迅速恢复。

“虫族战士就是这一点很恐怖。”

罗峰的八个幻身时刻出现在各处，九把金色幻剑一次次袭击，贯穿一只只青蝗的头部。

只是，第五座试炼塔中的青蝗灵活性更强，反应明显灵敏得多。而且，这么多青蝗笼罩而来，速度又很快。

而罗峰又不能离太远，必须在近处操控衍神兵进行攻击，所以无法避免受了伤。

20分钟后，还有682只青蝗存活。

罗峰脸色发白，脸上多了一道伤口。

“第二批来了！”

那巨大的虫族母巢表面再一次涌出红色甲壳类虫族战士。

“不好。”罗峰脸色微变，“100只血螳！”

虫族母巢第一次将保存许久的3000只青螳全部放出。而每隔20分钟，它又会孕育出1000只青螳。其实，母巢不一定非得孕育青螳，它还可以孕育其他更可怕的虫族战士，只是数量相对要少一点。

罗峰面对第一拨青螳，拼命击杀了2000多只。如果第二拨只是1000只青螳，他或许会身受重伤，但是依旧能战胜。

可是，这次出动的是血螳，比青螳强多了。从第一座试炼塔到第四座试炼塔，他并没遇到过血螳出现的情况。

“这下麻烦大了。”罗峰脸色大变。

“嗡嗡嗡——”

幸存的682只青螳和刚刚出动的100只血螳立即组成100支小队，有的队伍是6只青螳和1只血螳，有的则是7只青螳和1只血螳。

在血螳的带领下，它们开始有秩序地围攻罗峰。

“战斗力强并不可怕，最可怕的是血螳有极强的领导能力。”罗峰心中暗道。

按照传承记忆所记载，虫族一般智力低下，然而，虫族各个族群中担任领导者的智力较高。而血螳经常带领一些青螳小队，战斗力极强。

100只青螳和由血螳率领的10只青螳相比，后者更可怕。

“嗡——”

100支虫族小队仿佛一支支战斗机分队，其中70支虫族小队从高空中直接杀向罗峰，还有30支小队从地面进行围攻。

“杀！”罗峰一咬牙。

他只能拼了！

5分钟后，他的右臂断了，念力消耗也极大，脸色苍白。

而100支虫族小队还剩下82支，血螳有82只，青螳有353只，罗峰击杀的青螳较多。

“如果达到九线流的境界，我不至于这么惨，可惜……”

罗峰面对从四面八方疯狂围攻而来的虫族战士，仿佛看到了自己被吞噬的悲惨场景。

“即便死，我也要多杀一些！”罗峰眼睛红了。

“去死吧！”

罗峰脚踏暗云梭，速度飙升。

他和82支虫族小队一次次交错而过，时而击杀一只只青螳，时而吃力地击杀一只血螳。

当他灭了76支虫族小队时，整个人几乎疯魔了。

“嗯？”表面发狂，内心却极度冷静，这是金角巨兽的一个特性。

罗峰感受着熟悉的空间本源波动，隐隐感觉到有些不同。

“就是这样！”

他感应到周围一定范围内形成了一个方形领域，仿佛九宫格一般，瞬间，他的速度明显提升了，同时周围出现了九个幻身。

万线流秘法的第二层——九线流！

虽然速度只是提升了一点点，幻身也仅仅比之前多了一个，但这是一种本质的变化。

何为秘法？秘法是对本源法则进行领悟，然后运用到战斗中，达到更强效果的一种方法。

如果有人领悟了空间本源法则，变出数个幻身，他会感觉到自己实力的提升是有限的。八个幻身和九个幻身的区别并不是很大，可是，修炼万线流秘法后就不同了。

一线流代表的是一种特殊的战斗方式，九线流则代表的是另外一种特殊的战斗方式。

而罗峰的魔杀族分身长期进行修炼，实际上早就能施展出100多个幻身了，可是，那是因为魔杀族是空间宠儿，天生容易施展出多个分身。而罗峰如今在虚拟宇宙中，是正常的身体，一直只能施展出八个幻身。

生死时刻，罗峰终于感应到了魔杀族分身施展九线流时的那种特殊感觉，因为熟悉那种感觉，所以罗峰迅速抓住了。

“九线流！哈哈，我终于练成了九线流！”罗峰无比兴奋。

这实在是太艰难了，这么久了，他终于达到了万线流秘法的第二层。

“呼！”

凭借对空间那种熟悉的感觉，他脚踏暗云梭，瞬间移动起来，直接出现了数个幻身，每个幻身都分散开来，类似九宫格的布局。

他练成九线流后施展分身的效率，比单单施展八个幻身还是要高不少。

“嗖——”

罗峰的身法异常诡异，金色幻剑也变得神秘莫测，剑光凌厉，有时候甚至能一剑贯穿血螳、青螳的身体。

片刻后，他几乎杀光了所有虫族战士，而后闪电般劈开了虫族母巢，直接重伤了虫族母皇。之后，他休息了半天，让身体完全恢复，直接击杀了虫族母皇。

他不用在这里停留10天了，既然九线流已经练成，拖延10天又有什么意义呢？从进行轮回战到如今，已经5年了。5年苦修，这一刻，他终于跨入了崭新的境界。

九线流比一线流要强得多，他的实力也飙升到了新的境界。

5年沉寂，一朝爆发！

“进入下一座试炼塔！”罗峰眼睛一亮。

第427章

分流

中央广场上。

所有人都怔怔地看着屏幕。

只见试炼塔中剩下的唯一试炼者罗峰瞬间爆发，施展九个幻身，将虫族战士横扫一空。

“九线流！他竟然达到了九线流的境界。”十三盯着屏幕，眼眸中迸发出让人心悸的光芒。

“九线流？”

“十三，上百届天才战中，你们乾巫宇宙国已经很久没有出现过冲进前20名的小家伙了，没想到，这一次就冒出来两个。”

“哈哈！摩索说得对！这次巅峰天才战有1008个宇宙国的天才参加，前20名就被你们宇宙国的天才占了2个。”其他不朽级强者都打趣道。

虽然罗峰的表现很惊人，但是对于这些在各自的宇宙国都是一等一的超级强者而言，他只是实力突出的小家伙而已。

“奥古斯星球的两兄妹不也冲进前20名了吗？”十三脸上浮现出一丝笑容。

“哈哈！你这家伙竟然也会笑。”

“难得啊！”

“上百纪元来，我和他见过几面，这还是第一次看到他笑。”

“他现在可得意了，当然笑得开心。”

不朽级强者们都笑了起来。

此次来的一共有1008个不朽级强者，而和十三坐在一起的，自然是和他关系极好的。

“你们说，我们乾巫宇宙国的罗峰实力怎么样？”十三看了看其他不朽级强者，问道。

“他将空间类飞行秘法万线流修炼到了第二层，操纵衍神兵也算自如，能同时操控九把金色幻剑……”一个有着墨绿色长发的男子点评道，“他的基础很扎实，心性沉稳，潜力非常大。以他的实力，能够排进前10。”

“没错，我也觉得他能排进前10。”

“在试炼空间中，他能冲进前5。擂台决战时，他排进前10应该没问题。”其他不朽级强者都表示赞同。

试炼并不能百分百地反映一个人的实力。因为试炼和一对一对战的区别很大。比如精神念师掌控者脚踏念力兵器，可以远遁，也可在远处进行攻击，而武者必须杀入敌方，加上这次有机械傀儡、金属生命等不惧灵魂攻击的存在，所以很多人都没法发挥。

比如，在此之前，被认定拥有进入前20实力的超级天才——嗥神族“幻魔”加莱西。

加莱西在自己宇宙国内部参与选拔时，只看对手一眼，就能将其击败。可是，在试炼空间中，他要面对机械傀儡等，幻术没有丝毫作用。

加莱西在试炼中的总排名仅仅是第189，但这就能说明他的实力很弱吗？

中央广场上。

上百万天才看着屏幕，只见罗峰闯进了第六座试炼塔第一层。

“殿下，这个罗峰很强啊！”一名铁汉低声说道。

铁汉的旁边是一名穿着银色战衣的黑发少年，正是这次排名第18的蛮卡星少年。他死死地盯着屏幕上的罗峰，喃喃道：“嗯！我承认，我之前的判断错了。”

就在刚刚，蛮卡星少年说："看样子，罗峰撑不住了，他闯不过第五座试炼塔第七层，估计最后排名会是第9或是第10。虽然他的排名比我高，但是试炼和一对一对战是不一样的，一对一对战的话，他绝对不是我的对手，我有信心击败他。"

之前他还信心满满，可现在……

"好强的对手啊！"蛮卡星少年的目光锁定罗峰，拳头紧握，"他修炼的是万线流秘法，而且已经达到了九线流的境界。我想进入原始秘境，这个罗峰会是很大的阻碍，我一定要打败他。"

戎钧也凝神盯着屏幕："罗峰竟然已经变得这么强大了。不过，没有人能够阻拦我，我一定会成为最强者，一定会！"

人群中，一个全身笼罩在黑袍中的男子轻声道："罗峰，现在就任你出风头。等着，很快，我就会让所有人知道，试炼空间的排名根本不算什么。我会将你们击败，包括死神伯兰……"

这些都是绝世天才，有着绝对的自信和傲气，不会轻易服人。

然而，现在他们大多将罗峰当成了对手，而且是一个不好惹的对手。

"不行了。"

"他要败了。"

"虽然他的实力很强，但是第六座试炼塔的难度比第五座高几倍。"

"天哪，他又受伤了，快完了。"

天才们议论纷纷。

第六座试炼塔第一层中，战斗已经进行到白热化的阶段。

"去死吧！"罗峰双眸隐含惊人的煞气，身上满是血迹，腰部有一个窟窿。

只见他脚踏暗云梭，施展出鬼神莫测的九个幻身，这九个幻身并非没有联系，而是形成了一个循环，九个幻身所在的范围仿佛是他的绝对领域。

身法诡异！

变幻莫测！

“轰隆隆——”血毛猛犸铁蹄践踏而来，庞大的身躯横冲直撞。

很多血毛猛犸都拥有自己的领域，在领域的辐射下，整个战场完全成为它们的主场，罗峰根本无处可逃。

“难怪伯兰都没能闯过第七座试炼塔第一层。”罗峰心中暗道，“这里的难度比第五座试炼塔第七层大多了。”

没错。在第六座试炼塔第七层，伯兰是很轻松的。可是，一进入第七座试炼塔第一层，就算是在拼命的情况下，最后还是失败了。

而罗峰现在就发现了问题所在，他虽然练成了九线流，实力提高了很多，但是，第六座试炼塔第一层真的难多了。

“砰！”一头血毛猛犸的尾巴抽在罗峰的身上。

罗峰的身法被破解，早就心神疲累的他拼命闪躲，还是被血毛猛犸的铁蹄踩中了。

随后，他脑袋一昏，什么都不知道了。

此次试炼的最后一名参战者罗峰击杀了6892头血毛猛犸，和第2名到第6名的天才一样，止步于第六座试炼塔第一层。

他的总排名是第3。

……

罗峰感觉眼前的空间一阵扭曲，而后就出现在了中央广场上，来自各个宇宙国的诸多天才都看了过来。

“嗯？”罗峰目光一扫，迅速确定乾巫宇宙国天才们所在的位置，连忙走了过去。

“他就是罗峰。”

“总排名第3，之前根本没听说过他，实力竟然这么强。”

“此次试炼，好些绝世天才都是突然冒出来的，不过，罗峰是最强的一个。”

……

伴随着周围各种议论声，罗峰缓缓走回乾巫宇宙国的天才小队。

“疯子，你可真是吓了我一跳，够厉害的！”风轮大声喊道。

“罗峰，恭喜！”

“欢迎回来！”

其他和罗峰不太熟的天才都笑着恭贺。

来这里的大多数天才都知道自己没有希望冲进前1000名，能看到罗峰为乾巫宇宙国争了一口气，他们都很开心。

“罗峰、戎钧，跟我来。”忽然，那道浑厚的声音在罗峰和戎钧的耳边响起。

“嗯？”罗峰、戎钧都转头看向中央广场其中一个区域。

只见那些不朽级强者都已经起身，朝各自宇宙国的天才队伍飞去。

十三瞬间就来到了乾巫宇宙国的天才队伍这里，同时大声喝道：“全部回住处。”

“嗖——”在不朽级强者的带领下，1008支天才小队回到各自的住处。

0825号大厦一楼。

感受到了十三身上散发的威压，乾巫天才小队的人都不敢吭声。

“这次我们乾巫宇宙国的天才表现得很好！”十三竟然难得地夸赞了他们，“除了罗峰、戎钧名列前100，直接获得进入虚拟宇宙公司核心层的资格外，还有3人名列前7300，有资格角逐最后的900个名额。至于其他人，你们的巅峰天才战到这里就算是结束了。”

听了这番话，其他天才的心情一下子低落起来。

他们奋斗了这么久，现在被彻底淘汰了。

“你们现在可以直接离开这里，回归现实世界，也可以再在这里停留一段时间，到时候虚拟宇宙系统会直接将你们传送回去。”十三的声音回荡在一楼大厅中，“罗峰、戎钧，还有排名冲进前7300的天才，跟我来！”

说完，他直接走入廊道。

罗峰、戎钧和另外三人当即跟上去。

大厅内的气氛很压抑。

“我们的旅程结束了。”

“各位，我们虽然失败了，但是毕竟接到了邀请，能够进入乾巫秘境，也算不错了。”

“我就不信，现在比他们弱，将来还会比他们弱。现在我们才达到恒星级而已，修炼之路才刚刚开始，后面还要达到宇宙级、域主级、界主级，路还很漫长呢！”

“说得好！就算进入虚拟宇宙公司核心层，都很难成为不朽级强者，而我们去了乾巫秘境，也照样有可能成为不朽级强者。”

“对！走，我们喝酒去。”

只有极少数天才直接回归现实世界，大多天才都一道去了中央广场的餐厅。

此次参加巅峰天才战的乾巫宇宙国的1000名天才分别走上了两条路，大多数会进入乾巫秘境，极少数进入虚拟宇宙公司核心层。

至于未来会如何，谁也不知道。

第428章

银河系领主

经历了巅峰天才战，天才们还算冷静，可他们所属的1008个宇宙国沸腾起来了。特别是乾巫宇宙国上亿星系的子民，显得无比激动。

那可是1008个宇宙国的上百万名天才参与的大战，前20名中竟然有2个来自乾巫宇宙国，这是何等荣耀？

“我们黑龙山帝国竟然有天才冲到了宇宙总排名第3！”

“那可是宇宙总排名啊！”

“是的，第3名是我们黑龙山帝国的！”

“天哪！罗峰太强了吧！”

听到这个消息，黑龙山帝国的人欣喜若狂。

黑龙山星域虽然疆域广阔无边，但是和其他宇宙国相比，真是太渺小了。

连乾巫宇宙国都很久没有天才冲进宇宙总排名前20了，更何况小小的黑龙山星域，亿万年恐怕都没有一次。

这次罗峰真是给黑龙山星域争光了。

黑龙山帝国内，各个网络平台天天在播放关于罗峰的各种宣传片，罗峰的热度达到了不可思议的程度，就连黑龙山帝国的帝皇都激动地宣称罗峰是黑龙山帝国的英雄。

因为罗峰名声大噪，所以黑龙山这个不出名的小星域也被其他宇宙国的公民所知晓。

“罗峰是我们黑龙山帝国的英雄。”虚拟网络新闻直播中，黑龙山帝国帝皇朗声说道，“他来自于我黑龙山星域的银河星系，我决定将他的家乡银河星系赠予他，从今天起，他就是银河系的领主！”

黑龙山帝国皇室此举完全是卖好，实际上，之前帝皇早就承诺会将银河星系赠予罗峰，可现在公开宣布，显然是想抬高罗峰的地位。

罗峰能在黑龙山帝国有这么大的名气，帝国皇室在背后推波助澜是功不可没的。

书房。

“浑蛋！”布罗林怒喝一声，同时捏碎了手中的杯子，“完了，一点希望都没有了，上面都决定拉拢罗峰了。”

黑龙山帝国的皇族和布罗林背后的靠山圣地黑龙山的高层决定，尽力拉拢罗峰，用家乡情维系彼此关系，只要罗峰不殒灭，以他的实力，将来在虚拟宇宙公司核心层一定会拥有足够强的权势。

虚拟宇宙公司是五大巨头之一，实力在五大巨头中都算是比较靠前的，1008个宇宙国都得仰视这五大巨头。

一旦罗峰将来掌握了一定的权势，关键时刻稍微帮帮忙，黑龙山帝国就受益无穷。至于布罗林，连帝国真正的统治高层都算不上，怎么可能左右帝国高层的决定？

……

“完了，他是虚拟宇宙公司的核心成员，一旦发现我，杀我简直跟捏死一只蚂蚁一样容易。除非我将来变得比他还要强大，否则我必须永远沉寂，不能漏出丝毫风声。”诺岚山目光冷厉，“既然如此，那我就去域外战场吧，否则没一丝超越他的可能。”

诺岚山也是狠绝之人，能让自己在巨斧斗武场中经历千场生死战，杀伐果断。之前察觉到危机，立即离开了老巢。而现在，他立刻乘坐宇宙飞船离开了这颗星球。

地球，A国，华府基地市。

“什么？罗峰成了银河领主？”一群高层完全惊呆了。

“银河系的领主？”

“怎么可能呢？之前我们从虚拟宇宙网络得到消息，宇宙级强者能得到十余颗星球当作领地，唯有界主级强者才会被赠予一个星系当领地。界主级强者可是随手就能毁灭地球的宇宙级强者，连恒星、白矮星在界主级强者面前都不算什么。罗峰怎么会被赠予一个星系？”

地球上的其他四大强国虽然都很感激罗峰，但是不同于C国和罗峰那种血脉相连的感情，这四大强国其实都是有点不爽的。

为什么地球领主是C国人？

当然，没有谁敢当面提出质疑，此时又得到罗峰成了银河领主的消息，他们完全惊呆了。

“各位，请允许我和大家详细解释一下宇宙天才战代表的含义。”一个金发女子缓缓地说道，“听完后，相信各位就明白罗峰现在的身份代表了什么，为什么能得到堪比界主级强者的待遇。”

……

“罗峰还真是厉害！老王，我们银河系有多少生命星球？”

“按照我们从虚拟宇宙网络中得到的消息，银河系有21万多颗生命星球。”

“那21万多颗生命星球都是罗峰的了。很好，他给地球争光，也给我们C国人争了口气。虽然我们C国人被他们认定为星球土著人，但是我们这些土著人中出了个绝世天才，在整个宇宙人类中都能冲到第3名呢。”

……

五大强国、各个基地市的高层都得到了消息，都为罗峰银河系领主这个新身份感到震惊。

不过，高层们并没有将此事告诉普通民众，实际上，普通大众对宇宙了解并不多，地球高层没想让普通民众这么快就完全接触宇宙。

……

“老三的进步真惊人！”盘膝静坐在茅屋内的洪睁开眼睛，“我的实力不如老三，不能松懈！话说回来，老师的朋友还真是奇怪，明明是不朽级强者，竟然愿意生活在这样一颗没有任何科技手段的星球上。”

他的目光通过茅屋的门，看向数百千米外的天空。

天空中，一些穿着兽皮的野蛮大汉在疾速飞行。

这颗星球是一个不朽级强者的居住地，整个星球处于原始状态，居住在上面的人挖掘出自身潜力，逐渐形成了一个个宗派，而那个不朽级强者就隐居在这里。

那些宗派的人丝毫不知道有一个宇宙中的不朽级强者居住在他们这里。

“洪，我们走吧。”洛忽然出现在茅屋前。

洪当即起身，两人乘坐一艘宇宙飞船，离开了这个星球。

那些宗派的人根本不知道有两个宇宙级强者来过这里。

太阳系，火星。

“做得不错，我准许你休息。”雾大人道。

“不够，还不够，三弟都冲到宇宙总排名第3了，我的进步还远远不够。”

雷神正按照雾大人的计划训练，不断地提升自己的实力。

而罗峰丝毫不知道，自己冲到了宇宙总排名第3，会造成这么大的影响。

此时，他和戎钧等人正聆听十三训话。

“明天的资格争夺战，就看你们的表现了。”

“明白！”

“你们三个先走，罗峰和戎钧留下。”十三说道。

顿时，其他三名天才恭敬离去，只剩下罗峰和戎钧两人。

十三的目光落在两人的身上。

“你们的排名分别是第3和第14。”十三淡淡地道，“你们是不是很得意，认为自己很强？”

“没有！”戎钧回道。

“试炼的排名说明不了什么。”罗峰也道。

“哼！”十三低哼一声，“你们还算是冷静，没被这点小小的荣耀给冲昏了头脑。罗峰说得对，试炼的排名根本说明不了什么。我可以告诉你们，这次试炼的前10名天才中有2个武者和8个精神念师掌控者。”

罗峰脸色微变。

“你们明白了吧？这种试炼对于精神念师掌控者是最有利的，其次是武者，而对精神念师幻术师是最不利的。那嗥神族的天才加莱西实力超群，很多不朽级强者都认定他能排在前10，可是，他的排名仅仅是第189。

“此次试炼，排名能冲到前20的，实力自然很强，而一些排名在第30到第50的，不一定实力就弱。特别是一些精神念师幻术师，个个都名声在外，实际战斗力很难讲清楚，所以你们千万不得大意，否则，说不定就成了别人的踏脚石。”

罗峰、戎钧都乖乖听着。

“当然，这种试炼一定程度上反映了你们的实力。很多不朽级强者观看了你们的战斗直播视频，进行了判断，罗峰名列前10。至于戎钧，你应该能名列前20。”

罗峰和戎钧都没吭声。

“当然，战斗时不仅要看实际能发挥的实力，还要看双方的战斗方式。排名前20的，照样能冲进前10，排名前10的，照样有可能被排名较后的人击败，毕竟大家实力差距都不算太大。”十三看着两人，“好了，你们回去休息吧！你们都得到了名额，明天没你们的事情，准备参加最后的决战吧。虽然有1000人可以进入虚拟宇宙公司的核心层，但是待遇有很大的区别，核心层也有高低之分，而伯兰等人肯定能进入原始秘境，至于你们，努力打拼吧！”

第429章

四大秘境

罗峰和戎钧一同走出了十三的房间。

“罗峰。”戎钧喊道。

“嗯？”罗峰转头看去。

戎钧目光冷厉，沉声道：“你的进步很大，让我感到钦佩，真希望能够在最后的决战中对上你，再将你击败！”

“击败我？”罗峰脸上露出一丝笑容，“我很期待！”

戎钧随即转头就走。

罗峰看着戎钧的背影，喃喃自语：“这个戎钧似乎对十三的话很不认同，有把握击败我。”事实上，罗峰并不怕，反而很期待，越是厉害的对手，才能越好地磨砺自己。

当天，那些被淘汰的天才全部被传送出去了，0825号大厦内只剩下六个人——领队的不朽级强者和罗峰等五名天才。

第二天清晨。

包括罗峰、戎钧在内，7300名天才齐聚中央广场，一股气息笼罩了整个广场，令在场的天才不由得生出臣服之心。

所有人抬头看去，只见半空中出现了那道熟悉的人影。

他穿着看似普通实则蕴含玄奥气息的青色战袍，头部有着紫色鳞片，脸上总是带着淡淡的笑容，却没人敢和他对视。

“尊者！”那些不朽级强者同时恭敬行礼。

天才们都心中一惊。

“试炼结束，首先恭喜前100名的试炼者，你们获得了进入虚拟宇宙公司核心层的资格。谁不愿意，尽管说出来，我们虚拟宇宙公司绝对不会强迫任何人。”青色战袍男子的声音传到了所有人的耳朵中。

现场没人出声。

青色战袍男子满意地点点头，道：“排名第101到第7300的试炼者，根据你们在试炼空间中的表现，虚拟宇宙系统已经自动为你们安排好了擂台决战的对手。只要连胜三战，即可得到一个名额，失败者则被淘汰。而此次参与擂台决战的共有7200人，一次对战就淘汰一半，连续三次对战，就只剩下900人。”

这话一出，下方很多天才心生疑惑。

“连胜三战，即可得到名额？假如两个强者对战，岂不是一定要淘汰一个？”罗峰心中暗道。

在乾巫宇宙国时，就出现过这种情况，当时他和戎钧就是对手。

这也是在场很多天才的想法。

“虚拟宇宙系统的安排绝对是最优的，不用怀疑！”青色战袍男子缓缓地道，“现在你们去进行擂台对战吧！”

“轰——”中央广场微微震荡。

当即有7200人被传送走了，只剩下100名天才。

罗峰环顾四周。

身穿白袍，手持血剑的死神伯兰；心里充满战意的蛮卡星少年；来自奥古斯星球的天才兄妹；身高六米，背着血斧的壮汉；来自梦螺翼族的少女；面部满是毛发的青年；有着四条手臂的妖媚无比的黑丝少女；脸上总是带着一丝腼腆的笑的少年……

他们是此次试炼中名列前100的绝世天才，他们能进入虚拟宇宙公司核心层。此时，他们都在观察其他人，因为其他人都有可能成为自己的竞争对手。

“那边有座位，你们先坐在那里，观看直播。”青色战袍男子指着远处。

顿时，中央广场的一个角落出现了100把宽大的椅子和很多桌子，桌子上摆着酒水和食物，青色战袍男子则坐在不朽级强者专属的区域。

罗峰等人当即走了过去，坐了下来。

罗峰和戎钧选的是临近的座位，他们来自同一个宇宙国，自然更加亲近，更何况，两人都对对方有好感。

“快看屏幕。”

“要开始了。”

“嗥神族的幻魔加莱西出现在那个屏幕上。”一些相熟的绝世天才彼此谈论着。

中央广场上空出现了3600个巨大的屏幕，每个屏幕直播一场对战，所有战斗是同时进行的。

这场争夺900个名额的擂台对战终于要上演了！

胜者晋级，败者淘汰，一切都很残酷！

屏幕上。

一名青年跪在地上，眉心有个窟窿，眼神涣散，嘴唇翕动，观战的人能够辨别出他说了“我不甘心”这句话。

一名名天才倒下！

5分钟不到，3600名天才被淘汰了。

淘汰的人当然不甘心，已经走到这一步了，就差一点点了。

在宇宙国和在虚拟宇宙公司核心层是不一样的，这些绝世天才个个自认了不起，唯有宇宙的顶尖势力才配得上自己，当然想进入虚拟宇宙公司核心层。

半个小时后，开始第二轮。

3600名天才再次倒下一半，另外一半继续战斗。

又过了半小时，第三轮正式开始。

这1800名天才离最后的胜利只差一步了。

然而，每一个擂台上只有一名天才能进入虚拟宇宙公司核心层，其他必须淘汰。

罗峰和戎钧分心关注数十场战斗。

对于意志强大的绝世天才来说，一心多用根本不算什么。

在场的100名绝世天才同时关注不少战斗，但是最重视其中的一场战斗。

那就是嗥神族人幻魔加莱西的对战直播。

“他赢了！”罗峰眉头微皱。

加莱西赢得了三场对战。

第一战和第二战，他站着没动，对手瞬间就倒下了。

第三战，他的对手第一次遭到灵魂攻击，勉强支撑住了，第二次还是倒下了。

最后加莱西得到了一个名额。

“这个加莱西很可怕。”戎钧沉声道。

“嗯。”罗峰双眸紧紧地盯着屏幕，“单纯的灵魂攻击一般不可怕，可是，如果和幻术融合就可怕了，幻术能够让人不知不觉就陷入幻境，这种幻术师是武者的天敌！”

戎钧微微点头。

就拿罗峰来说，研修魂印、虚空之塔这两大秘法，对于念力的操控已经十分精通，防御力也极强。抵御幻魔加莱西，还是有信心的。

加莱西面对机械傀儡、金属生命、魔杀族等没有灵魂的存在，施展幻术是无效的，可是，对那些有灵魂的来说，幻术的威力极大。

中央广场。

“唰——”广场上突然出现了900名天才。

大多天才的脸上都有着兴奋之色。

经过连续三轮淘汰，最终他们赢了。

不过，这些天才中还是有一些人依旧面无表情，比如全身笼罩在黑袍中的高瘦男子。

“难怪那些不朽级强者认定，加莱西拥有进入前10的实力。”

罗峰等天才站起身来，走了过去。

罗峰的目光落在那身穿黑袍的高瘦男子身上。

“嗯？”高瘦男子突然看向罗峰。

对方那奇异的眸子似乎有着莫名的吸引力，然而，罗峰的意志无比强大，根本不受影响。

他冷冷地盯着对手，仿佛一头金角巨兽凝视着对方。

两个被一群不朽级强者认定可以冲进宇宙总排名前10的天才，此刻都无比渴望和对方一战。

1000名天才聚集在一起，不少被认定为拥有成为前10名、前20名的实力，或者自认为能名列前茅，此时他们都默默地等待着。

“祝贺你们！”一道声音传入他们的脑海中。

他们发现那身穿青色战袍的男子出现在前方。

“你们是这一届天才战中最优秀的，我们虚拟宇宙公司会全力培养你们，如果谁不想进入虚拟宇宙公司，现在可以说出来。”

现场没有任何人吭声。

“很好。不过，你们应该明白宇宙中竞争十分激烈，事实上，无论哪里都存在竞争，而你们不可能获得一样的待遇和珍贵资源。现在，我来宣布一下。

“第101名到第1000名，可以获得10混元单位的奖金，可进入初始宇宙参悟，可加入虚拟宇宙公司核心——末世秘境。

“第11名到第100名，可以获得100混元单位的奖金，可进入初始宇宙参悟，可加入虚拟宇宙公司核心——天地秘境。

“第3名到第10名，可获得1000混元单位的奖金，可进入初始宇宙参悟，可加入虚拟宇宙公司核心——太初秘境。

“第1名和第2名可获得10000混元单位的奖金，可进入初始宇宙参悟，可加入虚拟宇宙公司核心——原始秘境。

“正常情况下，每一届原始秘境只吸纳一名天才。不过，这届天才比较优秀，所以虚拟宇宙公司高层经过商议，准许前两名都进入原始秘境。”

第430章

地位

周围一片寂静。

大多数绝世天才都很疑惑，不知道末世秘境、天地秘境、太初秘境、原始秘境这四大秘境到底意味着什么。

不过，大家都听得出来，很显然，原始秘境是其中最好的一个地方。

“你们这些人的实力依旧有强有弱，获得的资源当然不可能全都一样。”

“明天开始进行擂台决战，筛选出最后的排名。”青色战袍男子的声音在所有人的耳边回荡，“决战规则已经传送给你们了，今天就好好休息吧。”

“嗖！”青色战袍男子说完，就直接消失了。

此时，那些不朽级强者才谈论起来。

“原始秘境竟然招纳两个！”

“我本来以为进入原始秘境的名额一定归那个叫伯兰的小家伙，没想到，竟然多出了一个名额。”

“虚拟宇宙公司难得大方一次。”

那群不朽级强者谈论的时候，罗峰等人都低头看着自己手腕上的屏幕，屏幕上已经出现了青色战袍男子传送过来的决战规则。

“嗯？”罗峰看着，眉头一皱。

“规则：刚刚结束的三轮淘汰战选出了900名天才，根据这最后得到名额的900人在试炼空间中的表现和三轮淘汰战的表现，虚拟宇宙系统从中选出最优秀的100人，分别是加莱西、卡朋特、拉沙、雷士、乌特维斯克……

“这100人将和最先得到名额的前100名进行一对一对战，最终获胜的100人有资格进入天地秘境，其余900人全部进入末世秘境。

“获胜的100人中，虚拟宇宙系统会选出最优秀的20人，让这20人进行一对一对战，决选出前10名。前10名有资格进入太初秘境，最终选出第1名和第2名，进入原始秘境。

后面附有详细的对战列表。

“这规则……还真是够武断的。”罗峰心中暗道，“竟然是让虚拟宇宙系统选出100人，和试炼的前100名对战。看来，虚拟宇宙公司对这个虚拟宇宙系统绝对信任啊！不过，反正和我没什么关系，我是有资格进行决战的。”

“怎么能这样？”

“连决战资格都不给我们。”

“太过分了！”

“这未免太相信虚拟宇宙系统了。”

其他的绝世天才都很不满。

这决战规则太严苛了，等于是直接将800人给排除了，连展露实力的机会都不给，自然惹得在场的很多天才心里很不痛快。

“虚拟宇宙公司！”一道尖厉的声音猛地响起。

罗峰不由得转头看去。

人群中，一个5米多高，身材精瘦，眉心有着一只竖眼的青年怒吼道：“我有百分百把握冲进前100名，甚至冲进前20名，你们凭什么直接靠虚拟宇宙系统就把我排除在外？我不服！我不服！”

“不公平！不公平！”旁边也有天才大喊起来。

“这样不公平！”

“让我们交手，输了就淘汰，这样才公平，否则我们不甘心。”

顿时，十余名来自各宇宙国的天才都抗议起来。

罗峰、戎钧，以及200名排名较前的天才还算平静，其他人都很不服。

“闭嘴！”

“你们在干什么？”

远处，不少不朽级强者都发出了怒喝声，同时可怕的意识威压辐射开来。

不服的天才们一个个脸色发白，身体微微发颤，双腿不断地颤抖着。

“啪！”终于有人承受不住，跪趴在地。

而后，天才们一个个都抵挡不住威压，跪在地上。

下一瞬，不朽级强者们出现在这些天才的前方，俯瞰着他们。

“我不服！我不服！”那三眼青年双臂撑着地面，昂着头怒吼着。

“白痴！”十三冷冷地瞥了三眼青年一眼。

这时，一道飘忽的声音响起。

“如果对虚拟宇宙系统的决战规则有异议，可以选择不加入我们虚拟宇宙公司，虚拟宇宙公司不会强迫任何人。”

那些跪趴在地的天才闻言，脸色大变。

这未免也太狠了！

旁边的罗峰等人听了，都大吃一惊。

“竟然是这样的答复。”罗峰心中暗惊。

三眼青年同样一脸难以置信。

他可是绝世天才，在他所属的宇宙国中，他可是第一强者。一直以来，他都是天之骄子，连宇宙国主都非常重视他，只要是他提出的意见，连很多不朽级强者都很重视。

在他看来，这决战规则实在是太过分了，他提出的反对意见应该能得到重视，可是，虚拟宇宙公司的答复让他很失望。

“愚蠢！”一个有着黑色长发的不朽级强者冷冷地说道，“虚拟宇宙公司高层设定的决战规则，岂是你们这些小家伙能随意更改的？你们真是自以为是！”

“如果是伯兰提出意见，或许能够得到重视，因为他早被认定能够进入原始秘境，默认是原始秘境的成员了。至于你，只是虚拟宇宙公司核心层的最外层成员，也敢说不服？”一个头部满是银色鳞片，全身笼罩在白袍中的老者看着三眼青年。

“小家伙们，记住，你们在各自所属的宇宙国或许是绝世天才，可是，在虚拟宇宙公司根本不算什么。虚拟宇宙公司每隔万年就会举办一届恒星级天才战，还会举办宇宙级的强者战。虚拟宇宙公司内强者如云，你们还是低调点为好，忤逆高层的决定，可是大忌！”又一个不朽级强者教训道。

不朽级强者们心里很清楚，这些天才的确天赋很高，实力超群，可是，大多数天才高傲自大、脾气乖戾，而通往巅峰的道路无比坎坷，如果总是心高气傲，修炼很容易失败，以致殒灭，所以狠狠打击一下他们，是很有好处的。

0825号大厦一楼大厅。

罗峰和戎钧都坐在椅子上，至于其他三名成员，在之前的三轮淘汰战中全部被淘汰了。

“之前我还有点骄傲，可是，看到刚才那一幕，我明白我们在虚拟宇宙公司高层眼中，并没有那么重要。”罗峰苦涩一笑，“在虚拟宇宙公司中，天才很多。”

“地位不一样，话的分量当然不一样。”戎钧沉声说道，“四大秘境是虚拟宇宙公司核心成员才能进入的，有资格进入四大秘境的才能得到重视。你没听到刚才有不朽级强者说，如果伯兰提出意见，或许能得到重视？”

罗峰微微点头。

“进入原始秘境的名额极少。”戎钧继续说道，“虚拟宇宙公司是如此庞大的势力，可是，据说原始秘境中的界主级强者仅仅100人。”

“只有100个界主级强者？”罗峰大吃一惊。

界主级强者寿命很长，连乾巫宇宙国的界主级强者都超过了百万名，而虚拟宇宙公司比乾巫宇宙国强大百倍乃至千倍，它的界主级强者应该更多啊！

可是，进入原始秘境的界主级强者仅仅100人。

“你这下知道了吧，这次原始秘境破格招纳两个成员，是多么特别的一件事。”戎钧说道，“原始秘境作为虚拟宇宙公司核心层的核心，可是很难进入的。就拿伯兰来说，他虽然只是恒星级强者，可是，他能够进入原始秘境，地位也变得极高，即使你们黑龙山帝国帝皇都比不上他。”

“嗯？”罗峰闻言一怔。

原始秘境成员的地位竟然比黑龙山帝国帝皇还要高！

也对！虚拟宇宙公司原始秘境中的界主级强者仅仅100人，由此可见原始秘境成员的地位很特别，比一个星域的帝皇尊贵也不奇怪。

“而且，我听说，原始秘境成员有专门的护卫队。”戎钧再次说道，“护卫队的首领是不朽级强者，护卫队内有10个界主级强者和100个域主级强者。”

“什么？”罗峰再冷静，也不由得瞪大了眼睛。

“这是真的，还是假的？”罗峰忍不住问道。

原始秘境成员有护卫队不奇怪，可是，护卫队首领竟然是不朽级强者，这太不可思议了。

“要知道，虚拟宇宙公司是五大巨头之一，就算是不朽级强者，很多仅仅能进入虚拟宇宙公司的太初秘境，地位还是稍微差一点。而原始秘境成员地位是多么尊贵，任何一个都是虚拟宇宙公司最重要的精英。”

罗峰回到居室的时候，依旧处于震撼中，许久才平静下来。

“咦！戎钧怎么会知道这么多？”罗峰心中一动，“他竟然知道不少有关虚拟宇宙公司四大秘境的事情，看来他的背景也不一般。”

这一次乾巫宇宙国冲进宇宙总排名前1000名的罗峰和戎钧都是从各自星域冒出来的，看似没有背景，实则罗峰得到了陨墨星一脉的传承，又夺舍了金角巨兽，而戎钧的真实身份和背景显然也不一般。

第431章

第一战

地球，Y城，西湖别院的城堡内。

罗峰坐在茶室中，端起茶，品了一口，意识则和巴巴塔进行交流：“巴巴塔，虚拟宇宙公司的四大秘境是怎么一回事？”

他将之前戎钧和自己说的还有决战规则都告诉了巴巴塔，还提到了之前中央广场发生的事情。

“那群白痴竟然敢质疑虚拟宇宙系统，虚拟宇宙系统可是能够模拟出各种本源法则的存在啊！”巴巴塔尖叫道。

“呃……”罗峰哑然。

巴巴塔明显是站在虚拟宇宙系统那边的。

“戎钧说得没错，原始秘境成员的地位的确非常高。”巴巴塔说道，“对于虚拟宇宙公司而言，能进入原始秘境的，个个都是宇宙中极为罕见的绝世天才，所以不惜耗费大量的珍贵资源去培养他们。”

“多少珍贵的资源？有老师的财产多吗？”罗峰追问道。

“罗峰，你老师的确是一个实力超群的不朽级强者，黑龙山帝国帝皇都得在他面前低头。可是，你的老师和乾巫国国主根本不是一个层次的。”

罗峰点点头。

乾巫国国主可是开辟了一个宇宙国，活了亿万年。

“而乾巫国国主都得看虚拟宇宙公司老大的脸色。”巴巴塔缓缓地说道，

“1008个宇宙国都不敢得罪虚拟宇宙公司，虚拟宇宙公司的势力极强，培养原始秘境的天才，都有严格的计划，耗费的资源岂是你的老师的资产能比的？”

罗峰沉默。

“你要放宽眼界，别仅仅局限在乾巫宇宙国，更别局限于黑龙山帝国，应该放眼整个宇宙。事实上，自你夺舍金角巨兽那天起，你的路就比你的老师走的路要更加漫长、艰辛。据我所知，进入原始秘境并非一劳永逸，而是有竞争制度的，弱者会被踢出原始秘境。当然，太初秘境中也可能有绝世天才冲进原始秘境。

“所以，要享受珍贵的资源，就得不断努力，因为还有许多绝世天才在盯着你的名额，一旦你松懈一下，就可能被别人赶上，失去好不容易争取到的资源。”

罗峰听了，不由得心潮澎湃起来。

是的，这种生活才是他喜欢的、期待的，有能力者前行，没能力者淘汰，就是这么简单。

“巴巴塔，我现在都想不明白，原始秘境成员仅仅达到恒星级，竟然能拥有护卫队，而且护卫队的首领还是不朽级强者。”

“嗯！不朽级强者很伟大，可原始秘境成员一样是伟大的存在。罗峰，我这么跟你解释吧，决定地位高低的，并不仅仅是武力的强弱，还有很多方面。比如虚拟宇宙公司中有一些商业天才和投资天才，他们的武力很弱，可是照样能有很高的地位。就像宇宙第一银行的投资天才菲特，控制的资金数额极大，武力却很弱，但他能受到不朽级强者的保护。”

罗峰大吃一惊。

“同样的道理。伯兰现在的实力很弱，可是，他是整个宇宙人类的第一天才，千万年来才出了这么一个。要知道，大多界主级强者的寿命也就千万年。而每个宇宙国都有上百万界主级强者，你算算，千万年来，整个宇宙会涌现出多少界主级强者？伯兰这样的绝世天才，地位之高可想而知。

“进入原始秘境的，都是虚拟宇宙公司最重要的精英。在界主级强者时期，最容易领悟本源法则，而伯兰仅仅是恒星级强者，对空间本源法则的领悟就达到了这一步，你想想，他将来的成就会有多高。

“只要他没有殒灭，他在空间法则上的成就肯定会超过你的老师。只要成为不朽级强者，他就是不朽级强者中的超级强者，近乎无敌的存在。而空间法则是很难领悟的两大本源法则之一，在空间法则方面有所成就的他若是能成为不朽级强者，那简直太可怕了。你要记住，不朽级强者之间的区别也是很大的，所以，那时光界主才有那般野心。可惜，时光界主没有成功，如果成功了，成为不朽级强者，实力怕是接近你的老师了。

“虚拟宇宙公司核心层分为四大秘境，从高到低，分别是原始秘境、太初秘境、天地秘境、末世秘境，许多不朽级强者都在太初秘境。罗峰，你可别好高骛远，能进入太初秘境，就算是成功了。而且，你现在最重要的是解决第一个对手——乌特维斯克。”

罗峰端起茶杯，一饮而尽。

乌特维斯克就是明天他要对战的第一个高手。

第二天清晨。

中央广场上，1000名绝世天才聚集在一起。

罗峰混在人群中，看了看远处的三眼青年，只见三眼青年脸色阴沉，一声不吭，显然昨天受到的打击挺大的。

“尊者！”远处的不朽级强者们恭敬行礼。

“嗯。”半空中的青色战袍男子微微点头，随即转头看向天才们，“今天是个好日子，我们将会在一天之内从你们中选出前100名，你们都准备好了吧！我现在宣布，决战正式开始！”

青色战袍男子一挥手，中央广场上直接浮现出了100个巨大的银白色的擂台，每个擂台方圆约10千米，边缘和上方都用黑色丝网罩住了。

与此同时，包括戎钧、加莱西等人在内，200名天才直接被传送进了擂台。

每个擂台内都有两个人，正是即将展开激烈对决的两个对手。

那些不朽级强者和没有资格参战的天才大多都很关注伯兰参加的决战。

其中一个擂台上，对战的是罗峰和乌特维斯克。

乌特维斯克是一个嘴唇有点厚，全身乌黑的精瘦少年。

“罗峰，来自乾巫宇宙国黑龙山帝国，试炼排名第3，以极度冷静而出名。”乌特维斯克盯着远处的罗峰，“我的试炼排名是第113，我要让你知道，试炼排名算不了什么。”

“废话少说！”罗峰背着暗金色长棍，脚踏暗云梭，悬浮在远处的半空中。

“很好！”乌特维斯克咧嘴一笑，“解决你之后，我就能进入天地秘境。再解决一个对手，就能进入太初秘境。”

乌特维斯克化为一阵风朝罗峰飞去，看似缓慢，实则极快。

罗峰脚踏暗云梭，在半空中俯瞰对手。

乌特维斯克的外号为“狂风”，兵器为五阶原力兵器虚影剑，战斗时出剑速度极快，融入狂风中，无孔不入，迅猛无比，很难抵挡。

“去死吧！”乌特维斯克眼中厉芒一闪。

“嗖——”乌特维斯克瞬间速度飙升，同时手中的虚影剑化为狂风。

无尽的剑光聚合起来，形成了席卷整个天地的狂风，狂风包裹住了罗峰，令罗峰无处可躲。

“哼！”罗峰冷哼一声。

他脚踏暗云梭，瞬间划出玄妙的轨迹，在那看似没有丝毫间隙的狂风中硬是找到了出路，留下了九个幻身。

乌特维斯克脸色微变，心中暗道：“这都能逃出来，情报描述的他修炼的九线流秘法的确厉害。”

罗峰避开对方攻击的瞬间，背上的暗金色长棍中飞出五道金光，形成五把金色幻剑，出现在半空中。

“去死吧！”罗峰盯着乌特维斯克。

在金色气流的缠绕下，五道金光仿佛五条金龙，咆哮着袭向狂风中的乌特维斯克。

乌特维斯克面目狰狞，眼中闪过一丝杀意。

“嗖！”

他甩手就射出了一道白光，白光瞬间穿越数百米的距离，到了罗峰面前。

白光竟然比金色幻剑的飞行速度还要快。

罗峰脸色一变，拼命靠着暗云梭爆发出最快的速度进行闪避，同时身体表面自动出现16面盾牌。

第432章

真正的巅峰对决

在那道白光突然射来的时候，罗峰极其冷静，瞬间就做出了最佳应对。

先是靠着暗云梭进行最大幅度的闪避，而后靠着遁天梭施展出剑矩阵来防御，最后其背上的暗金色长棍射出四道金光，自动形成四把金色幻剑，去阻挡那道白光。

四道金色剑虹从罗峰的背上射出，仿佛天罗地网一般拦截那道白光。

“铛！”一道清脆的声音响起。

乌特维斯克顿时脸色大变：“拦住了！”

这可是他的绝招，他研究了很久，领悟风之本源法则，才创出这个蕴含本源法则的绝招。

此绝招名唤“离手剑”，蕴含风的特性，速度极快，且轨迹飘忽，威力极大。在闯试炼塔时，暗器没有作用，而后来的三轮淘汰战的对手实力不强，不值得他使出暗器，所以这个底牌一直保留到今天，他准备用这个绝招解决没有防备的对手。

在对手没有防备的时候，使出绝招，威力最大。一旦被对手察觉，对手自然有所防备，绝招的威力就小了。

然而，罗峰太强了。虽然这个绝招使得突然，但是罗峰没有任何犹豫就做出了一系列的应对。

“去死吧！”罗峰冷冷地道。

另外五把金色幻剑袭向乌特维斯克，乌特维斯克的速度显然没法和金色幻剑比，其身体瞬间就被射穿了。

乌特维斯克，失败！

罗峰从半空降落，看着那道被拦截下的白光，原来是一把银白色的小剑。

“有资格冲进前100名的，果然有点能耐，不能小瞧。”

在宇宙中，精神念师可以远距离操控念力兵器，而武者可以使用适合远攻的兵器，如标枪、短斧、短剑等。

用地球上的话说，这是暗器，暗器能这么强的，的确少见。

第一战，罗峰赢了，进入前100名，奖金上升到100混元单位，可进入虚拟宇宙公司的天地秘境。

……

“恭喜站在擂台上的小家伙们。”青色战袍男子悬浮在半空中，俯瞰擂台上的天才们，“首先，恭喜你们进入前100名，可以进入虚拟宇宙公司的天地秘境，接下来就是选出前20名。虚拟宇宙系统已经做出了选择，我现在直接报出晋级的20人。”

顿时，擂台上的天才们都紧张起来。

虽然他们刚刚获胜了，但是他们中只有20人有资格进行下一战，下一战就是选出前10名。

罗峰看着半空中的青色战袍男子，眉头微皱：“我没有施展出我的最强绝招，虚拟宇宙系统对我的评价可能稍低一点。可是，按照十三大人等人的说法，我应该能进入前10，那么，这次应该会被选中吧！”

青色战袍男子开始报入选的20人的名单。

“伯兰！

“古思罗！

“艾辰！

“乌卡！

“逸锋！

“加莱西！

“戎钧！”

……

随着一个个名字报出，那些没被报到名字的人脸上难掩焦急之色。

“千水！

“罗峰！

“涛！”

“虚拟宇宙系统选出的20人，就是之前我报出的20人。”青色战袍男子微微一笑，“这20人先下去休息，恢复之前战斗消耗的体力，过段时间，就会开始下一战。至于对手是谁，战斗的时候自然会知道。”

中央广场，一群年轻男女随意地坐着。

“坎迪塔，恭喜你冲进前100名。”

“唉！虽然冲进了前100名，但是最后的20人名单中根本没有我的名字。”坎迪塔一脸不甘，“虽然那20人都是高手，和他们对战我都没把握赢。可是，不真正动手，终究是不甘心啊！”

“我还不甘心呢，我连和高手决战，冲进前100名的机会都没有。”

这些已经不需要战斗的天才随意谈论着。

大家彼此交流，增进感情，因为从今天开始，很多人会长期接触，成为伙伴。

而入选的20人默默地坐在一个角落，安静休息，调整状态。很快，更重要的战斗即将开始，下一场战斗会决选出前10名，除了伯兰，其他19人都没有百分百战胜其他人的把握。

“我的对手到底是谁？”

罗峰目光扫过周围，只见两名天才也在朝四处观望，一个是蛮卡星少年乌卡，一个是背着血斧的肥胖大汉涛。

乌卡朝罗峰咧嘴一笑，还挥舞了一下拳头。

涛则瞥了罗峰一眼。

“这一战到底是怎么安排的，并没有公布，得等到战斗时才能知晓，这恐怕也是对天才们心理素质的一种考验。”

罗峰随即不再多想，闭上眼睛，按照大哥和二哥传授的方法，渐渐陷入空冥状态，默默等待着战斗的到来。

大概半个小时后。

“轰隆隆——”中央广场震动起来。

而后，广场中央渐渐浮起了10个巨型擂台，擂台上边和周围都罩着黑色丝网，同时，正在休息的罗峰等人瞬间被传送进了10个巨型擂台。

擂台内。

“这下有好戏看了！”

“涛的对手竟然是死神伯兰！”

“哈哈！我们之前还在猜，到底是谁那么倒霉，会对战伯兰，竟然是涛这个可怜的家伙。”

在远处观战的天才们都笑了起来。

而涛紧紧地握着巨斧，紧张地盯着前方的白袍青年。

伯兰可是这么多年来难得的绝世天才，就连虚拟宇宙公司都为了他，将原始秘境招收的名额破格增加到了两个。

涛能够击败伯兰的概率实在是太低了，除非涛是亿万年才出现一次的宇宙中最可怕的天才。

“古思罗对战戎钧！”

“古思罗的试炼排名是第2，身法非常完美，实力极强。20人中，也就他有资格和伯兰一战吧！戎钧对战古思罗，算是完蛋了。”

……

关注伯兰和涛对决的天才有很多，可是，还有一些天才也很关注另外一场战斗，正是加莱西和罗峰的对决。

“加莱西对战罗峰！”

“这两个实力超群的强者竟然对上了。”

“加莱西从头到尾根本没动手，仅仅盯着对手，就将对手给击败了。不知道这个罗峰能不能扛得住。”

“难说，加莱西是本届天才战中最可怕的精神念师幻术师，至今没人能抵挡住他的精神幻术的攻击，而且施展幻术的时候，他还可以用念力兵器进行简单的远攻。对手陷入幻境中，恐怕都不知道如何防御，就被解决了。到现在，他都没用过念力兵器，一直只是用幻术，可想而知他的幻术是多么可怕。”

“你也别小瞧罗峰，他的战斗视频我都看了，从来没看到过他惊慌失措的样子。他一直很冷静，仿佛没什么事能够影响他的心境。”

“嗯，加莱西被认定拥有进入前10的实力，罗峰也是如此，这两个超级强者对战，一定很激烈。”

……

10个擂台，10场对战同时进行。

场场都是针尖对麦芒的激烈战斗，毕竟双方都是实力很强的绝世天才。

和争夺前100名的战斗相比，现在的对决才算得上是这一届天才战中真正的巅峰对决。

擂台上。

一个是脚踏暗云梭，穿着深灰色战袍，背着暗金色长棍的精瘦青年，一个是脚踏黑色光轮，全身笼罩在黑袍中的高瘦男子。

两人都是精神念师，不过，他们一个是掌控者，一个是幻术师。掌控者倾向于用兵器毁灭肉身，而幻术师更倾向于直接将对手的灵魂毁灭。

幻术师想要有大成就是非常难的，可是，一旦成功，非常可怕。

成为掌控者是很容易的，可是，要有大成就，同样很难。

“罗峰，你拥有进入前10的实力，可是，遇到了我，你只能排在第10名之外了。”加莱西声音沙哑。

“你很自信嘛！”罗峰咧嘴一笑。

两人站在擂台上，都在等待宣布决战开始的声音。

其他擂台上的天才也在等待着。

“胜利者可进入前10，小家伙们，可别大意啊，你们的对手都很强。战斗开始！”青色战袍男子的声音回荡在所有人的耳边。

几乎同一时刻，10个擂台上的战斗都爆发了！

加莱西脚踏黑色光轮，目光冷厉。

“嗡——”一股无形的念力瞬间到了罗峰面前，侵入罗峰的脑海，速度实在是太快了。

在施展出精神幻术的同时，加莱西一招手，脚下的黑色光轮瞬间化为一道黑光，直接袭向远处的罗峰。

这是加莱西第一次用精神幻术和念力兵器同时发出攻击。

第433章

前10强

无形的念力悄悄潜入罗峰的识海。

识海浩瀚无边，然而，一座淡金色的巨塔几乎占满了整个识海。

这座虚空之塔一共有两层，通体晶莹，隐隐呈现淡金色，偶尔有秘纹浮现，将内部的灵魂核心重重保护起来了。

这正是虚空之塔秘法的两层宝塔境界。

陨墨星主人传下来的秘法中，罗峰重点研究了魂印和虚空之塔这两种秘法，其中魂印秘法是其老师所创，可是，越深入就越偏向于灵魂攻击。所谓术业有专攻，既然他主要修炼的是成为掌控者所需的秘法，魂印秘法的修炼进程自然就减缓了，只是将基础的万剑魂印练到大成，能够凝结奴役魂印，就没再继续深入。

相反，虚空之塔秘法对于罗峰来说很重要。精神念师掌控者的灵魂攻击可以不强，但是防御必须强，不能让自己有明显的弱点，所以，他一直不敢松懈，刻苦修炼虚空之塔秘法。

而且，虚空之塔是非常强大的一种秘法。他的老师当年也是机缘巧合下才得到的，死前仅仅修炼到了六层宝塔境，如果修炼到七层宝塔境，当年发生那场劫难时，他也就不会死了，由此可知虚空之塔秘法的威力是何等惊人。

直到如今，五年的时间，罗峰从未松懈过，还领悟出了些许金、空间这两种本源法则，才修炼到了二层宝塔境。

虚空之塔秘法就是专精于防御。

加莱西施展出的念力侵入罗峰的识海，直接碰到了虚空之塔，并没有进行硬攻，而是辐射开去，贴着虚空之塔，慢慢接触。

虚空之塔是精神念力以特殊顺序构成的，本质上还是精神念力，而精神念力蕴含了一丝意识。

灵魂实际上就是无数精神力的集合体。随着念力碰触到虚空之塔，罗峰的意识便陷入了可怕的精神幻境中。

前一刻，明明还在和加莱西交战，下一瞬间，罗峰的意识就陷入了另外一个场景中。

海域上空。

“怎么会这样？”

罗峰看到远处一头上千米长的巨大凶兽在地球上肆虐，导致了可怕的灭世大洪水，同时那凶兽张开血盆大嘴，时而朝地面喷出火焰。

基地市中的摩天大厦化为废墟，人们惨叫着，逃着。

“三弟，怎么办？我们到底该怎么办？这起码是域主级凶兽，我们敌不过啊！”罗峰手腕上的通信手表中传出了雷神的声音。

“老三，赶紧保护最后的种子，而后离开地球。那可是地球人类最后的种子。”洪焦急的声音传了出来。

“不对！醒来！醒来！”

罗峰感觉仿佛睡觉做梦一样，即使意识到自己在做梦，也很难醒过来。他的意识太强，又受到心境修炼和金角巨兽的影响，灵魂本质无比冰冷，所以第一时间意识到陷入了幻境。

他意识到了这一点，此刻醒来才是最重要的。

幸好虚空之塔严密防御灵魂核心，即使加莱西的精神幻术再强大，也只能稍微影响他，无法影响到他的心灵深处。

“醒来！醒来！醒来！”罗峰的意识发出一声声怒吼，而后整个幻术世界开始震荡。

“砰！”幻术世界破碎。

罗峰完全清醒了。

眼前的一切变得无比清晰，这才是真正的虚拟宇宙。

“嗖！”黑色光轮出现在他的眼前。

“刚刚好。”罗峰眼睛一亮。

他脚踏暗云梭，速度猛地爆发，同时身体表面浮现出一面面盾牌，因为距离实在太近，根本来不及操控衍神兵。

“铛！”黑色光轮劈在一面盾牌上，将盾牌震飞。

黑色光轮擦过罗峰的手臂，划开了护体战衣，划伤了他。

他喷出一口血，远远地闪躲开去。

“去死吧！”罗峰心中低喝，遥指远处震惊的加莱西。

“轰——”

六道金色流光从罗峰背上的暗金色长棍发出，瞬间形成六把金色幻剑，眨眼就到了加莱西的面前。

加莱西面露惊讶：“不可能！”

同时，他的身体表面浮现出了大量金色碎片组合而成的护体盔甲。

六道剑虹闪电般轰击护体盔甲，而后，便将身穿黑袍的加莱西直接击杀。

加莱西，失败！

罗峰再次赢得胜利，进入前10名。

高手交战就是这么快，罗峰如果醒得慢一点，最后死的就是他。而罗峰提前醒过来了，那自然就是加莱西死。

“怎么可能？”加莱西眼眸中满是震惊，“国主说过，我的惑神秘法极为厉害，也就伯兰能够不为所动，其他人估计都扛不住，我进入前10名是绝对有把握的，甚至有希望成为第2名。罗峰明明陷入了幻境，为何他却没被迷惑住？不对，他要从幻境中挣脱出来，也是需要时间的，这一点时间足够让我杀了他，可是他……”

而且，加莱西有防御手段。他那防御型的念力兵器组成了盔甲，勉强能抵抗六把金色幻剑的一轮轰击。

他的防御力很强，念力兵器攻击，配合超可怕的精神幻术，一对一的话，绝对是个可怕的对手。然而，他却输了。

“嗯？怎么会这样？”

“加莱西竟然输了？”

观战的天才们都大吃一惊。

之前加莱西的战斗视频实在太过震撼，每次连念力兵器都没用，单单凭借灵魂攻击，就将对手击杀在幻境中，每一次都取得绝对优势。

这次加莱西完全没有轻敌，认定罗峰是劲敌，所以幻术和念力兵器共用，结果还是输了。

他全力以赴，却还是输了！

“怎么会？”

“罗峰竟然赢了！”

“罗峰能够瞬间清醒过来，这是有多么强的意志啊！这个小家伙真厉害！”一个有着牛角的不朽级强者感叹道。

此次罗峰获胜，出乎很多人的意料。

大多数不朽级强者都认为加莱西会赢，因为他们很清楚修炼幻术是何等艰难，而超级幻术师是多么可怕，他们认为唯有伯兰能抗衡。毕竟伯兰将本源法则领悟得那般深，意识受到宇宙本源的感染，是绝对不可能轻易被撼动的。

越强大的武者，领悟本源法则的能力越强，意志越坚定。其他人面对加莱西，输的可能性很大。其实，除了伯兰，其他18人对加莱西都有些畏惧，即使是罗峰，也没有十足的把握。

然而，最后这个难惹的人物被罗峰给干掉了。

其中一个擂台上，背着血剑的白袍青年是第一个取胜的。

“罗峰赢了！”他转过头，惊讶地看向罗峰。

“罗峰又赢了！”同样在罗峰之前就获胜的绿发少女千水，遥看远处擂台上的罗峰。

不一会儿——

同样有着绿发，脸上布满秘纹的青年站在擂台上，露出一丝笑容。

“哥哥！哥哥！”千水欢呼起来。

她的哥哥将莫也进入了前10名。

擂台上的胜者接连产生，分别是伯兰、千水、罗峰、将莫、兰斯洛、乌卡、艾辰、陇云、奥帕特拉，以及戎钧。

古思罗和戎钧的一战是十场战斗中时间最长的。古思罗是堪称完美的精神念师掌控者，自战斗开始，局势几乎一直都在他的掌控中。作为试炼总排名第2的天才，古思罗是最有希望夺得第2名，进入原始秘境的，此次竟然输给了戎钧。

“戎钧赢了！”

“古思罗竟然输了！”

“古思罗是最有希望夺得第2名的，竟然输了！”

观战的绝世天才们完全惊呆了。

擂台上获胜的九位天之骄子都盯着身上染血，宛如从蛮荒走来的战神戎钧。

“好强的刀法！”

“好可怕的刀法！”

包括罗峰在内，所有人都难掩震惊之色。

“这刀法……”罗峰盯着戎钧手中的巨型战刀，脑海中浮现出之前看到的那恐怖的一刀。

第434章

低调的对手

“原来他最强的不是身法，而是刀法。”罗峰盯着戎钧，回忆起了5年前自己和他决战时的一幕。

“我的真正目标是宇宙总排名的第1名。”那道声音再次在他的耳边响起。

原来，戎钧并没有说大话。

“戎钧知道虚拟宇宙公司四大秘境的那么多事情，显然不是坐井观天的青蛙。”罗峰心中暗道，“他肯定清楚往届天才战第1名的实力，而他既然敢说真正的目标是第1名，一定有把握。”

在施展出那惊世骇俗的刀法前，戎钧被认定拥有进入前20名的实力，而现在他竟然击败了古思罗。

“他绝对有进入前5的实力。”奥帕特拉低声道，“那刀法实在是厉害！”

此时，青色战袍男子飞到半空中，散发出无形的威压。

“祝贺10名胜利者，你们的奖金上升到1000混元单位，并且可以进入太初秘境。此次前10名的争夺战很精彩，几个小家伙的爆发力很强，让我非常惊喜。”

“伯兰、千水、罗峰、将莫、兰斯洛、乌卡、艾辰、陇云、奥帕特拉、戎钧，恭喜你们。一会儿，要从你们中选出前5名，而第1名和第2名从前5名中选出。至于你们怎么分组，虚拟宇宙系统制定好了规则，获胜时间最快的和最慢的进行对决，第二快的和第二慢的对决，以此类推。”

现场顿时沸腾了。

伯兰对战戎钧！

千水对战奥帕特拉！

罗峰对战陇云！

将莫对战艾辰！

兰斯洛对战乌卡！

刚才一战的胜者戎钧竟然对上了可怕的死神伯兰，所有人都认为谁碰到伯兰，必败无疑。

罗峰看了看远处的戎钧，暗道：“惨了，即便戎钧的真正实力很强，可是他的对手是伯兰，伯兰的实力远远超过我们，此战戎钧必败啊！”

伯兰的实力太强，从他在试炼空间的成就就能看出来。他可是领先其他人整整一座试炼塔，几乎所有人都为戎钧叹息。可是，虚拟宇宙系统的安排绝对不可更改，只能接受。

“你们休息片刻，待会儿进行擂台对战。”青色战袍男子的声音回荡在所有人耳边。

“有趣！真有趣！”

“十三，你们乾巫宇宙国这次派出的两名天才都很厉害，特别是戎钧，其他人都在使用先辈所创的秘法时，他竟然自己创造出了秘法，他那刀法将自己对土和空间这两种本源法则的领悟融入其中，威力竟然那么大。如果不碰到伯兰，他完全有可能冲击第2名。”

“你别这么说，戎钧的确很强，可是罗峰也不差，在同辈中，其心性和意志堪称完美。一个人的意志和心性决定了将来能走多远。相较而言，我比较看好罗峰，至于戎钧，其实他现在才达到恒星级，还很弱，这个时候就自创秘法，未免太早了。还是先学学前人，待成为界主级强者时，眼界大了，对本源法则领悟得更深了，再创造属于自己的秘法也不迟。”

“嗯，有道理。”

“你这么说也不对，戎钧自创的秘法虽然稍显粗糙，但是已经能看出威力极大。而且，他施展自创的秘法，威力更大，其他秘法终究是他人的，不如自己的好。”

“太早了，现在不是自创秘法的时候。”

“嗯。”十三眉头微皱，看着远处的戎钧和罗峰，眼中满是欣喜，“这两个小家伙一次次给了我惊喜！1008个宇宙国的天才竞争，前10名中竟然有2个是我们乾巫宇宙国的，哈哈，国主知道后，一定会很高兴。”

中央广场。

不朽级强者们和天才们的议论声不断响起，而即将进行决战的10名绝世天才默默地等待着，刚开始他们还为戎钧感到可惜，之后，大家都在观察自己的对手。

“陇云！”罗峰看着远处的身影。

那人身高约2米，体形壮硕，穿着一套样式较为奇异的重甲战衣，戴着牛角头盔，眼神深不可测，面庞边缘有着一些黄色的绒毛。

他就是陇云，来自澜霆宇宙国，一向比较低调。

刚开始上百万天才聚集，有幻魔加莱西、蛮卡星王子、来自奥古斯星球的天才兄妹、野人戎钧等，这些人早就声名远扬了。

可是，一直没人关注陇云。那次试炼空间中，他虽然是前100名，但是排在50名之后。至于冲击前100名，他轻松得很，也依旧很不显眼，因为不少人也都赢得很轻松。冲击前10名，他就很吃力了。

“陇云的实力很强啊！”罗峰心中一惊，“我以前还真的没有注意过他。”

普通且低调，这就是陇云，如今还冲到了前10名。

“罗峰。”不远处的戎钧原力传音道。

“有事？”罗峰看过去。

“小心陇云。”戎钧原力传音道，“据我之前搜集到的信息可知，前20名中，有19人都领悟出了两种本源法则，只有1人领悟出了一种本源法则。”

罗峰跨入金、空间这两种本源法则的门槛。

戎钧跨入土、空间这两种本源法则的门槛。

其他人也是如此，比如死神伯兰，跨入了风、空间这两种本源法则的门槛，逸锋则跨入了风、木这两种本源法则的门槛，而艾辰跨入了光线、时间这两种本源法则的门槛。

“领悟两种本源法则的19人中，8人跨入了空间本源法则的门槛，6人跨入了时间本源法则的门槛，其他5人连时间、空间这两种本源法则都没有领悟。可是，不管怎样，这19人好歹都跨入了两种本源法则的门槛。唯有一人只领悟了一种本源法则，就是陇云。”戎钧传音道。

“哦？”罗峰一惊。

他还真没搜集到这么详细的信息。历史上，每一届宇宙人类巅峰天才战，能冲到前20名的几乎个个都懂得双本源法则。

“他领悟的是土之本源法则，防御性极强，攻击力也极强，比我单纯使用土之本源法则还要厉害得多，小心。”戎钧原力传音道。

“谢了。”罗峰原力传音回道。

“不客气！这一战我取胜的希望不大，你若能取胜，我会很高兴的。”戎钧说道。

罗峰看看戎钧，微微一笑，原力传音道：“加油，说不定你能打败伯兰。”

“哈哈！也许吧，我可是不会轻易服输的。”戎钧也笑了。

半个小时后。

中央广场上的擂台早就消失了，此刻出现了5个更加精美的擂台，擂台上的光罩是巨大的半透明的光膜，在天空的光球照射下，光膜反射出七彩光芒，十分漂亮。

那10名绝世天才都被传送到了擂台上。

戎钧对战伯兰。

罗峰对战陇云。

……

5场巅峰对决即将开始！

镶着美丽花纹的擂台上，罗峰和陇云遥遥相对。

陇云取出了一把骇人的巨斧，漠然地盯着罗峰。

他是标准的力量型武者，而罗峰体形精瘦，脚踏暗云梭，背着衍神兵，是标准的精神念师掌控者。

“你很强！”一道低沉的声音响起。

陇云漠然地看着罗峰，郑重地道：“你比我之前遇到的对手都要强得多，为了表示对你这样的强者的尊重，我会使出全部的实力，直接将你击败。”

话音刚落，他的身上便隐隐散发出土黄色气流，土黄色气流缓缓波动，周围的空间仿佛凝结了。

感受到一股莫名的压力，远处的罗峰顿时脸色一变。

“怪物！”

“这……”

“他疯了吧！”

“这个陇云真是够阴险的！”

观战的天才们都震惊了，远处的不朽级强者也都很关注这一战，很多不朽级强者脸上都露出惊讶之色。

“没错，能够靠着领悟出的土之本源法则就冲进前10名，可见他对土之本源法则的领悟很深，不跨入空间本源法则门槛才是怪事，他果真隐藏了实力！而且，单单领域，就已经这么厉害了……”

第435章

天才战落幕

罗峰遥遥看着陇云释放出领域，瞳孔一缩。

宇宙总排名前10的都拥有领域，而且个个都达到了领域九重。陇云拥有领域并不奇怪，然而，他的领域却能将土之本源法则和空间本源法则近乎完美地融合在一起，这使得他的领域一旦释放，就产生了一种空间凝结感。

这未免太可怕了！

“他对土之本源法则的领悟比戎钧还要深。至于对空间本源法则的领悟如何，无法确定，可是，他的领域如此强，说明他把两种本源法则融合得非常好。”罗峰心中暗自思忖。

他心里清楚，自己遇到大麻烦了。

领悟两种本源法则，还要将两者有效地结合起来，这是很不容易的。对于罗峰来说，要将两种本源法则契合在一起，这是他利用衍神兵才能达到的。至于他本身，毕竟金之本源法则是靠金角巨兽，空间本源法则是靠魔杀族分身，而将两者融合并运用是靠地球人本尊。

罗峰的进步速度太快，以致融合效率比不上金角巨兽、魔杀族分身。

“擂台决战开始！”青色战袍男子瞥了远处擂台上的陇云一眼，而后说道。

瞬间，五场对决开始了！

“去！”罗峰脚踏暗云梭，站在半空中，遥指陇云。

顿时，他背上的暗金色长棍飞出九道金色流光，瞬间形成了九把金色幻剑。

在金色气流的缠绕下，九把金色幻剑仿佛九条金龙的头，咆哮着冲向站在原地的陇云。

“我施展出了九把金色幻剑，倒要看看你能抵挡住多少把。”罗峰远远地看着。

半径达50米的土黄色领域施展开来。

“哧哧——”九把金色幻剑飞进土黄色领域后，速度锐减，显然钻透土黄色领域非常艰难。

当它们靠近陇云时，速度已经减缓到只剩下三分之一，威力更是不足一成。

“铛——”金色幻剑撞击在那鳞甲上，陇云却一动不动。

“这领域已经……”罗峰脸色大变。

“土、空间、领域这三者完美契合。单单论领域，陇云当数第一。”

“伯兰更加重视速度，陇云则更加重视防御，两者不同。”

“罗峰真倒霉，上次遇到最难缠的加莱西，这次遇到更强的陇云，哈哈……”

当远处的不朽级强者议论陇云时，陇云大步朝罗峰冲去。

陇云疾速奔跑，每一步都令擂台产生了震动。随即，他的身体一闪，就已经到了半空中。

而直接施展出九线流的罗峰，在半空中留下九个幻身，躲到了远处。

“呼！”陇云落到地面上。

“陇云，你也接我最强一招！”半空中的罗峰一声怒吼，“刺天式！”

九把金色幻剑瞬间在半空中停下，同时一把把叠加并融合，瞬间就合为一体，融合而成的一把金色幻剑不断缩小。

表面上金色幻剑不断缩小，实际上之前的每一把金色幻剑都是由九把金色小剑组成的，这把融合而成的金色幻剑是由81把金色小剑组成的，仅仅眨眼的工夫，81把金色小剑完美契合，组成了一把真实的金剑。

这把金剑长一尺多，无数的金色丝线贯穿、缠绕，严丝合缝，无比完美。即便仔细观察，都找不到丝毫组装的痕迹，仿佛就是一把完整的金剑。

金剑表面的秘纹很神秘，令其有着古朴的气息。

“衍神兵第二重——刺天式！”

“嗖！”金色气流缠绕的金剑仿佛彗星，留下长长的金色气流残影，直接袭向陇云。

“嗯？”陇云脸色一变，弥漫开来的土黄色领域一阵震荡。

“哧——”仿佛尖针刺穿层层布帛，金剑穿过土黄色领域，威力依旧剩下八成。

陇云挥舞着巨斧，巨斧猛地劈下，周围的空间仿佛被压制了，巨斧直接劈在金剑上。

“轰隆隆——”擂台猛地震荡起来。

陇云连退三步，每一步都令地面震颤。

观战的人看到这一幕，都很惊喜。

“真意外，罗峰不仅修炼到了万线流秘法的第二层，领悟金之本源法则方面的进步更大，竟然还能施展出刺天式。”一群不朽级强者都惊叹起来。

这一届不仅出了千万年来最优秀的伯兰，还出现了好几个放到其他几届都足以拿第1的人物。

若是在前几届天才战中，加莱西、罗峰、古思罗、戎钧、陇云的确有资格拿第1，即便不是第1，也肯定是前10。

这一届真是精英荟萃。在领悟法则方面，罗峰对金之本源法则的领悟的确比对空间本源法则的领悟更深。要知道，罗峰早就领悟了金之本源法则，论难度，空间本源法则也比金之本源法则要难得多。

罗峰结合九线流秘法和对金之本源法则的领悟，能够将九把金色幻剑凝聚为一体，从而施展出刺天式。

这是他的一个底牌，一直没有用过。

当初闯荡试炼空间第六座试炼塔时，面对的是1万头血毛猛犸。罗峰还嫌自己的金色幻剑不够多呢，同时用九把金色幻剑当然更有效。

而此时他要对付的是陇云，一对一，自然刺天式的威力更大。

“很好！”陇云双眸一亮，立即冲了过来。

“嗯？攻击力被卸掉了，他仅仅受了轻伤。”罗峰眉头一皱。

刺天式的威力惊天，如果说恒星级强者使用幻剑式仅仅是号称无敌，那使用刺天式就可以说是真正的无敌，完全能跟同层次的金角巨兽一拼，乃至压制金角巨兽。

也就只有在这种巅峰天才战中，才能遇到一两个极强的对手。

“轰！”随着巨斧的攻击，土黄色气浪笼罩向罗峰。

罗峰却早早化作九道幻影躲开了。

“去！”罗峰低喝一声。

“嗖！”金剑再次袭向陇云。

看似随意的一击，却蕴含着不可思议的力量，经过陇云领域的重重削弱，依旧令陇云后退，不得不卸去力量。

“嗖——”金剑一次次袭击过去。

陇云一次次抵挡住了。

他想杀了罗峰，可罗峰仗着脚下的暗云梭躲得飞快。

五个擂台上，一场场对决接连结束。

伯兰对战戎钧，伯兰胜！

千水对战奥帕特拉，千水胜！

将莫对战艾辰，艾辰胜！

兰斯洛对战乌卡，乌卡胜！

现在只剩下擂台上还在战斗的罗峰和陇云，陇云一次次硬是抵挡住了刺天式的袭击。虽然身体因反震力受伤，但是还是能够承受住的。

而金剑的猛烈攻击影响到了陇云的速度，令陇云无法瞬间爆发速度，追上罗峰。

武者近距离爆发速度是很惊人的，足以瞬间靠近，击杀精神念师掌控者。

可惜，刺天式阻碍了陇云发挥出极限速度，令他奈何不得罗峰。

而罗峰连灵魂攻击都使出来了，依旧奈何不得陇云。

两人都奈何不得对方。

时间一分一秒过去，擂台空间缓缓缩小。

擂台对决时间最长约10分钟，到最后，擂台空间会不断缩小，这是为了防止精神念师掌控者一来就远远飞离，所以定了这么一个规矩。

“罗峰麻烦大了。”

“擂台空间越来越小，现在直径只剩下1000米，罗峰能够盘旋的范围越来越小，对他很不利。”

当擂台空间的直径只剩下100米时，罗峰苦涩一笑。

以恒星级九阶强者的速度，一步就能跨越100米，最重要的是，陇云的领域保持最大威力的情况下，半径是50米，直径也就是100米，刚好充斥整个擂台空间。也就是说，无论罗峰如何闪躲，都在对方领域的压制下。

论领域压制，没有人是陇云的对手，连伯兰都比他弱一点。

在小范围内，陇云脸色涨得通红，疯狂挥舞着巨斧。

在领域的压制下，罗峰完全处于下风，他坚持到空间直径变成50米后，还是败了。

他输得有点冤枉，又不冤枉。

冤枉，是因为如果擂台空间没有缩小，陇云根本不可能有机会近距离击杀他。

不冤枉，是因为陇云在领悟、融合、运用本源法则等方面，的确强过他。

此刻，前5名已经决选出来了，分别是伯兰、千水、艾辰、乌卡、陇云。

“前5名的争夺战的确精彩，令人惊喜！”十三笑着看向1000名绝世天才，“大家先休息，待会儿会进行前5名的轮回战，每个人都要和其他四人进行一场战斗，胜者得到1积分，最后按照积分，选出第1名和第2名。”

片刻。

罗峰喝着茶，他旁边坐着戎钧，两人看着远处擂台上正在进行的战斗。

“可惜啊。”戎钧感叹一声，“你竟然练成了刺天式，原本完全有资格冲击第2名的。”

“陇云的防御力很强，而你的攻击力很强，如果不是碰到伯兰，你也有机会冲击第2名的。”罗峰道。

两人相视一眼，都笑了。

他们都心志坚定，而且很有计划，罗峰坚决走精神念师掌控者之路，戎钧则坚决自创秘法。修炼之路有千万条，重要的是坚定自己的选择，毕竟任何一条修炼路都可以走出超级强者，就怕犹豫不决，否定自己。

此次天才战，两人运气不佳，一个的对手是伯兰，一个最后因为擂台空间不断缩小而惨败。

他们最后都只是进到了前10名。

“陇云真厉害！”戎钧看到陇云又击败了蛮卡星王子，感慨道。

“他的领域在融合方面确实比你强，可是，他的斧法不及你的刀法。”罗峰缓缓地说道，“快看，那千水真是厉害，赢了。”

“她是剩下五人中唯一的精神念师掌控者，不过，攻击力明显不及你的刺天式。你上去的话，完全能打赢千水。”戎钧说道。

就在他们议论的时候，前5名的轮回战很快就结束了，最终的排名出来了。

伯兰，连赢四场，是无可争议的第1名。

陇云，三场胜，一场败，获得第2名。唯一战败的一场，他的对手正是伯兰，伯兰的剑法太快、太狠。

伯兰进入原始秘境，这是大家伙都认可的。而陇云进入原始秘境，还是惹得不少人质疑，因为加莱西、罗峰、戎钧的实力都和他是同一个层次，不过，如果罗峰、加莱西、戎钧也进入原始秘境，同样会惹得其他天才不满。

没有绝对优势的时候，是很难让别人信服的。

中央广场上。

1000名天才和1008个不朽级强者都认真聆听青色战袍男子讲话。

“前1000名都全部选出来了，本届宇宙人类巅峰天才选拔战到今天完美结束！这届的天才都非常优秀，我相信，数十纪元，乃至上百纪元后，你们中会有不少人能够名震整个宇宙。

“待会儿会有人和你们联系，接你们去虚拟宇宙公司的全宇宙总部，在那里集结，而后前往初始宇宙。从今往后，你们的强者之路正式开启。

“我们虚拟宇宙公司会全力辅助你们，至于你们是成为名震宇宙的超级强者，还是成为普通的强者，抑或是中途殒灭，一切就看你们自己了。好好努力吧！你们的强者之路才刚刚开始！”

这一届天才战正式落幕！

第436章

距离

天才战刚刚结束，不管是那位高高在上的九剑尊者，还是1008个不朽级强者，都直接离开了。

罗峰等天才却依旧留在这里，因为他们听到旁边的工作人员大喊："请大家暂时别走，除了接大家去虚拟宇宙公司全宇宙总部，还有一些事要和大家商谈。"

片刻后，他们被带到了中央广场2号餐厅的二楼会议室。

"自我介绍一下，我叫马纳。"一个身高2.67米，脖子上有着斑纹，笑容可掬的男子站在会议室前方，笑道，"虚拟宇宙公司会安排一艘艘飞船专门接你们过去，所以请大家在自己面前的纸上写下准确的星球地址，好让我们去接。"

罗峰当即拿起笔，写了起来。

大多数人都在写自己家乡的具体地址。

"有必要吗，直接告诉我们集结地点，我们自己乘坐宇宙飞船过去，不就行了吗？"

"对啊，没有必要来接，多麻烦。"

有人大声说道。

台上的马纳微微一笑，道："因为此次行程途径很多宇宙国，非常遥远，而民间的很多宇宙飞船在暗宇宙中的飞行速度又慢，想要抵达虚拟宇宙公司的全宇宙总部，需要很长时间。为了节省大家的时间，自然是我们虚拟宇宙公司专门安排最优等的宇宙飞船去接大家。”

“在座的1000位来自不同的宇宙国，距离我们虚拟宇宙公司全宇宙总部最远的大概是15亿光年。”马纳无奈一笑，“暗宇宙和原宇宙的距离比例是1:1008，就算是以1倍光速在暗宇宙中前进，也需要约150年才能抵达。”

原本还很热闹的会议室一下子安静下来。

“150年？”坐在角落一个长着类似狮子头的兽人惊叹道，“我乘坐宇宙飞船最久的一次也才2个多月，要乘坐150年，这未免太不可思议了。”

宇宙实在是太大了。当初仅仅从地球前往虬龙星，就需要十天乃至半月，这还仅仅是在黑龙山星域内部的宇宙进行穿梭。

这只是星域之间的穿行。星域之上，还有更大的星区，每一个宇宙国的星区都无比浩瀚。

“大家自己乘坐宇宙飞船前往虚拟宇宙公司总部并不现实，原因有三：其一，速度慢，需要的时间很长；其二，超长行程的飞行，宇宙飞船消耗的能量非常惊人；其三，也是最重要的一点，在暗宇宙中飞行，一些特殊地带并不安全，存在宇宙星盗，甚至会出现其他前来劫掠的族群，在座各位的安全很重要。”

罗峰点点头。

在原宇宙中达到光速，按照原宇宙的运转法则，会直接将其传送到暗宇宙。暗宇宙中的速度有下限，却没有上限，只要宇宙飞船能承受，可以不断追求最快速度。

只要宇宙飞船的质量足够好，在暗宇宙中的速度就能达到数倍光速。

C级黑龙宇宙飞船在暗宇宙中的最快速度是1.5倍光速，即使是最快速度，15亿光年的距离，在暗宇宙中也要不断飞行100年。

“嘟！采集完成！”一道道彩光落在所有人面前的纸张前。

而后，会议厅前面出现一面屏幕，屏幕上是一幅巨大的星级地图，旁边还有一些复杂的数字、符号等。

马纳一看，而后转头看向台下的人，笑道：“各位，你们写的地址已经全部记录在案，根据不同的地理位置和我们的宇宙飞船资源，已经计算出最佳的接送方案。”

“我们到达贵公司的全宇宙总部，需要飞行多久？”有人忍不住问道。

罗峰也好奇地看着台上的马纳。

150年？100年？

不管怎样，时间都太久了。

“因为距离远近不同，到时候安排的宇宙飞船的速度也不一样。我可以保证，让你们在同一天抵达总部，大约3年。”

“3年？”

“这么短？”

“怎么可能呢？那宇宙飞船得达到多快的速度，才能只需3年的时间，就飞跃15亿光年？”包括罗峰，在座的人大多数眼界都很高，并非井底之蛙。

就拿罗峰来说，他都参加过两届乾巫拍卖会了，见识广博，可他依旧感到震惊。

大概3年时间，在暗宇宙中飞行15亿光年，这意味着宇宙飞船在暗宇宙中飞行时，要达到50倍光速。

这简直是一个不可思议的数字。

C级宇宙飞船的速度一般都是1倍多光速，即使是E级宇宙飞船，其速度也仅仅是数倍光速，而像罗峰得到的机械族飞船，科技含量绝对比人类的E级宇宙飞船要大多了，可是，那机械族飞船在暗宇宙中的最快速度也仅仅达到近10倍光速。

“我们虚拟宇宙公司安排去接各位的一律是F级宇宙飞船。”台上的马纳微微一笑，“而且，不是轻易就能够买到的F级宇宙飞船，是我们虚拟宇宙公司内部的特殊型号的F级宇宙飞船，科技含量远超各个宇宙国的F级宇宙飞船。”

罗峰愣住了。

要知道，陨墨星主人呼延博付出很大代价才弄到一艘F级陨墨星号宇宙飞船，很多不朽级强者根本买不起F级宇宙飞船，由此可知F级宇宙飞船是何等珍贵。

许多星域级帝国，比如黑龙山帝国，都没有一艘F级宇宙飞船。当然，宇宙国一般是有F级宇宙飞船的，可是，绝大多数F级宇宙飞船在暗宇宙中的最快速度是达不到50倍光速的。

“这未免太不可思议了！”坐在罗峰右侧的正是蛮卡星的王子。

蛮卡星王子盯着台上的马纳，低声说道：“虚拟宇宙公司竟然一次性就能派出1000艘F级宇宙飞船，而且科技含量这么惊人。我父皇早就说过，虚拟宇宙公司堪称人类科技圣地，可是，这也太厉害了。”

人类族群中，论科技，虚拟宇宙公司当属第一。此外，在浩瀚宇宙中，科技能够跟虚拟宇宙公司相比的，屈指可数，可能也就机械族等少数族群。

“马纳先生，我们能不能购买贵公司的F级宇宙飞船？”有人问道。

“对啊，能不能买啊？”蛮卡星王子也问道。

“这是我们虚拟宇宙公司内部物品，各位是我们虚拟宇宙公司的核心成员，当然可以购买。不过，只能自己使用，不可转卖，如果一定要转卖，必须卖给虚拟宇宙公司。只是，F级宇宙飞船太过昂贵，很多不朽级强者都买不起，各位还是先认真修炼，待以后成为虚拟宇宙公司的超级强者，公司或许会直接给你们免费配备一艘F级宇宙飞船。”

下面的天才们都无奈一笑。

虚拟宇宙公司会给超级强者配备F级宇宙飞船？！

想要成为超级强者，那得拥有何等程度的实力。对于仅仅达到恒星级的他们来说，实在是太遥远了。

“不愧是虚拟宇宙公司，厉害！”罗峰忍不住嘀咕。

“嗨，疯子。”旁边的蛮卡星少年伸过头来，低声说道，“别听这家伙吹嘘，天下没有这种好事，想得到，肯定得先付出，这是我父皇说的。不过，我跟你说，这虚拟宇宙公司绝对算得上是人类族群的一个圣地，宝物、秘法多的是。可惜，我们没能进入原始秘境，不过，我们能进入太初秘境，好处也非常多，你以后就知道了。”

“哦！”罗峰笑着点点头。

“各位，天才战前1000名的奖金现在发放，待会儿大家回去可以查看一下账户。至于现在，大家可以回去了，等会儿我们虚拟宇宙公司会发送专门的信件，通知去接各位的准确时间，请各位在所写的地点等待，别到时候找不到各位。”马纳随即一笑，继续说道，“各位先陪陪家人和朋友吧，很快，大家就得离开家乡很长时间了。”

天才们都沉默了。

是啊，他们得离开家乡很长时间。这次前往虚拟宇宙公司全宇宙总部，单单路上就得耗费3年，这还是在虚拟宇宙公司派出F级宇宙飞船专门来接的前提下。

下一瞬，一道道人影消失在会议室中。

罗峰的意识再度进入虚拟宇宙，直接出现在黑龙山岛屿九星湾小区。

“呼！”罗峰出现在草坪上，自家的草坪上却空无一人。

“都不在？”罗峰摇摇头，随即笑了，“也对，我没告诉他们今天天才战结束。”

此次天才战的巅峰对决并没有对外进行实时直播，而是结束后进行剪辑，制作出精美的宣传视频和一些战斗视频，再通过电视转播。毕竟很多战斗都是同时进行的，而且进行得很快。

“老婆现在应该在公司。”罗峰坐在草坪旁的椅子上，“她的公司总部现在好像搬迁到乾巫大陆了，真够厉害的。”

徐欣的事业心本就很强，对她来说，在地球上开辟事业，没有太大成就感，所以进入了虚拟宇宙。虚拟宇宙是整个人类最大的一个市场，集结了1008个宇宙国的精英，所以在虚拟宇宙中开公司的很多，徐欣有罗峰的资金支持，本金多，所以起步很快。

“小海和平平应该是在乾巫道场，或者是在虚拟游戏中。”罗峰嘀咕着，“老爸和老妈应该是在虚拟游戏中，也不知道怎么回事，他们非常喜欢仙侠类的那种虚拟游戏。”

虚拟宇宙中，虚拟游戏有千万种，类似C国仙侠类的游戏很多，名称略有不同，但是，很多内容都很相像，他的爸妈非常喜欢玩。

老爸还说小时候就梦想有这一天，这辈子能经历各种虚拟游戏，真是痛快。

爸妈高兴，罗峰自然不会多管。

“我要走了，要离开家乡很久。”罗峰心情复杂，他有点理解当初洪的心情了。

第437章

离别

“哥！你回来了？”忽然，一道熟悉的声音响起。

远处，一栋别墅的三楼阳台上，罗华正往外张望，而后大声喊道。

他特别激动，迅速联系其他人，很快，一大家人都到了，就连洪和雷神都来了。

“什么？小峰，你要去那么久？”龚心兰担忧地道。

因为有大量珍宝改善体质，不管是龚心兰，还是罗洪国，都显得很年轻，好像才三十几岁。

“的确挺久。”罗洪国也忍不住说道。

罗华搭腔道：“最要紧的是，单单去那里就要3年，回来也要3年。而且，大哥在那虚拟宇宙公司全宇宙总部要待很久，进入初始宇宙参悟就要100年，这实在是……”

罗峰坐在那里，心中很不是滋味。

刚刚接到了虚拟宇宙公司发送来的邮件，通知他，12天后在伯兰星接他，信件中提到，进入初始宇宙参悟一共需要30年，不过，初始宇宙和原宇宙的时间流速不同，初始宇宙的时间流速更慢。

在初始宇宙待30年，原宇宙则已经过去了100年。

只不过，身处初始宇宙内，同样可以进入虚拟宇宙。

“嗯？”罗峰感觉到手一紧，不由得转头看向身侧的徐欣。

她还穿着职业装，正紧紧地握着罗峰的手，眼中满是不舍。

“好了，乖。”罗峰轻轻地摸了摸徐欣的手背。

“爸、妈，其实也没你们想象的那么严重。虽然我离开家，但是我们还是能够在虚拟宇宙网络中见面。”罗峰挤出一丝笑容，“虚拟宇宙网络是100%模拟的，和现实中见面是没区别的。”

“可是爸爸，这毕竟不是现实。”罗海忍不住道。

罗峰一伸手，就将两个儿子拉到身边。

一家人依依不舍。

不过，罗洪国和龚心兰经历了大涅槃时期，罗华、徐欣等人经历过吞噬兽等地球浩劫，再加上现在接收了宇宙中更多的讯息，视野更加开阔，都明白罗峰做得很对。

九星湾小区，罗峰住宅前的绿地上。

“老三，你做得对。”一身黑衣的洪目光飘忽，“我年轻时经历了大涅槃时期，眼睁睁看着无数同胞死去，我就明白必须有人站出来，后来我建立极限武馆，建立竞争机制，想要提升整个人类社会武者的实力。”

“然而，宇宙比地球危险千倍，乃至万倍。”洪感慨一声，“竞争也更加激烈。你看看，人类有千万族群，可是，有些族群至今仍受到奴役。”

罗峰和雷神都点点头。

“为什么被奴役？还不是因为他们的族群中没有超级强者，族群本身还不够强。”洪摇摇头，“如果他们的族群中有一个不朽级强者，就算这个不朽级强者没在族内，而是在宇宙中的其他地方，也足以震慑那些奴隶商人，让他们根本不敢乱来。”

“一个土著族群第一次进入宇宙，只有三个结果：一是被踩在脚下，被当作附庸，这还算好的；二是直接被奴役，仿佛货物一般被贩卖，女的被卖去当女仆，男人则被卖去做各种危险的工作；三是崛起，成为宇宙人类中比较强大的族群，比如我们的地球，地球人就没有被奴役，也没人敢践踏。”洪看着罗峰，

“因为你是银河系领主。银河系领主是地球人，而且还进入了虚拟宇宙公司的核心层，还进入了太初秘境，连黑龙山帝国都不敢乱来，乾巫宇宙国也要对你重视，如此一来，谁还敢欺辱我们地球？谁敢？”

罗峰点点头。

“老三，你做得很好。”洪深吸一口气，缓缓地道，“一个人类族群想要崛起，特别是在它稚嫩的时候，必须有人站出来，必须有先驱！老二和我现在都还很弱小，而你做得很好，是因为你在天才战中崛起了，可是，天才并不代表是强者。人家不敢招惹你，是因为你身上的光环和身份，一旦你殒灭了，那么，以我和老二的实力，怎么可能保住地球？”

宇宙级奴隶都能被贩卖，而洪和雷神都仅仅达到恒星级，如此实力怎么保护地球？

“老三，现在就靠你撑着了。”洪郑重地道，“我和老二也会努力，不断提升自己的实力，尽全力守护地球。万年后，地球会诞生一个又一个强者，到时候大势已成，就没必要单靠个人的威慑力了。”

当一个族群冒出一个又一个宇宙级强者，偶尔冒出一个域主级强者，就没什么奴隶商人敢去招惹这个族群了。

“三弟，放心吧，我也会很快追上你的。”雷神笑嘻嘻地道。

“我们三个一起努力。”罗峰也咧嘴一笑。

对地球而言，这是一个重要的时代，一个变革的时代。地球人是翻身，在人类无数族群中排到中等乃至中上等的地位，还是被踩在最下面，做最苦最危险的工作，或者直接受到奴役，就要看这1万年了。

而洪、雷神、罗峰三人早就有这种自觉。

他们是地球上最强的，这个责任他们不承担，谁来承担？

夜晚。

Y城，西湖别院，月光皎洁迷人，透过窗户照进卧室中。

罗峰披着睡袍，走到卧室的阳台上，默默抬头看天。

这是他在家乡看到的明月。

而后，在至少百年的岁月里，他都看不到这一幕了。

“明天你就要走了？”同样仅仅披着睡袍的徐欣从后面抱住罗峰，轻轻地贴着他的背。

“嗯。”罗峰点点头，“对不起。”

“对不起什么，我们都老夫老妻了。”徐欣走到罗峰身侧，也看着月亮，“时间过得好快，一转眼，咱们结婚都已经10年了。”

“时间的确过得很快。”罗峰点点头。

这10年，海域怪兽攻击基地市、吞噬兽劫难、诺岚山家族舰队抵达地球、界中界生死夺宝、持续五六年的巅峰天才战……

一幕幕场景浮现在他的脑海，他能熬过这些日子，背后也有徐欣的默默支持。

“犹记得，当年你还只是武馆的高等学员。”徐欣笑道。

“你当时也还是个小姑娘。”罗峰笑了起来。

“主要是我爷爷让我进普通高中，不准我读贵族学校。”徐欣笑着说道，“而且，爷爷禁止我泄露家里的情况，也禁止我谈恋爱。不过，说实话，我们徐家能够崛起，的确是靠我爷爷，他是个很有智慧的人。”

罗峰点点头。

大涅槃时期后，基地市初建，徐家本来没有多大背景，却靠着徐老爷子一步步壮大，他的确是个了不起的人物。

“当时你就经常在背后偷看我。”徐欣笑道。

“哈哈！”罗峰也笑了。

“我都见到好多次了，一看到你，你就一副害羞的样子，比我还胆小。”徐欣调侃道。

……

这一夜，夫妇俩聊了很多，甚至还离开Y城，去了地球的其他地方，去看看当年留下足迹的一些地方。

最后，他们站在大河前。

罗峰默默地站在岸边，抓了一点河岸的土壤，用碗舀了一点河水，收进了空间戒指。

旁边的徐欣默默地看着。

“走吧！回去吧！”罗峰紧紧地握住徐欣的手。

领域形成光罩，化作一道金色流星，飞向Y城。

……

2271年9月18日。

罗峰乘坐着宇宙飞船离开了地球，这一离开，就是很久很久，再归来，已经是沧海桑田。

伯兰星。

“主人！”奴仆卫队恭敬地行礼。

“嗯。”罗峰转头看向旁边的两名灵魂奴仆。

正是修为达到宇宙级九阶的狄梵和百卡罗。

“狄梵、百卡罗，这次我去虚拟宇宙公司全宇宙总部，会进入初始宇宙参悟，根本没法带其他人进去，所以只能让你们暂时留在地球了。”

“明白。”狄梵、百卡罗都点点头。

“秘法我已经传授给你们了，如果有什么地方不懂，可以通过虚拟宇宙网络和我联系。”罗峰郑重地道，“你们的天赋很高，好好修炼我给你们的秘法，下次看到你们，你们应该都达到域主级了。”

狄梵和百卡罗的天赋确实都很高，只是，过去是奴隶，老师仅仅是诺岚山那种水准的，他们都没得到很好的栽培，也没得到好的秘法。

宇宙中，很多强者既缺老师又缺秘法，有厉害的老师教导，诞生强者的概率要大得多。

“嗯？”罗峰转头看向远处，只见一艘古老的通体黝黑的宇宙飞船从高空中缓缓下降。

“我得走了。”罗峰转头看向狄梵和百卡罗，交代道，“我不在的时候，保护好我的家人。至于地球的安全，会有虚拟宇宙公司撑腰，应该没人敢来招惹地球。”

“是，主人。”狄梵和百卡罗恭敬地应道。

随即，罗峰直接飞向远处古朴的宇宙飞船。

第438章

雨相山

这是一艘长约600米，宽100米，厚度近100米的战舰外形的宇宙飞船，通体黝黑，隐隐散发出古朴的气息，仿佛已经在时间的长河中存在了很久。

寒风吹，白雪飘。

罗峰缓步走到了这艘古朴的宇宙飞船前。

“圭延石母！这是圭延石母铸造的F级宇宙飞船！”识海中传来了巴巴塔的惊呼声。

“我知道是F级宇宙飞船。”罗峰的意识说道。

他看着前方，只见舱门中飞出来一群人，为首的人的长相和地球人几乎一模一样。

这是一名穿着黑色战衣，有着鹰钩鼻的精瘦老者。

他有着一头精悍的短发，面带微笑，眉心有着冰雪印记。

那隐隐掌控天地的感觉，让罗峰明白对方是得到宇宙本源法则承认的界主级强者。

“沙戊见过殿下！”精瘦老者躬身行礼。

“拜见殿下！”精瘦老者身后的一群域主级强者、宇宙级强者恭敬地向罗峰行礼。

“殿下？”罗峰错愕。

“看来很多事情殿下还不知道。”沙戊笑道，“殿下，我们先上宇宙飞船吧，从这里去虚拟宇宙公司全宇宙总部需要3年时间，我们不能浪费时间。”

“嗯。”罗峰点点头。

在一群强者的簇拥下，罗峰飞进了这艘F级宇宙飞船。

这艘F级宇宙飞船的内部空间很大，此刻，罗峰在飞船上层一个非常宽阔的豪奢大厅内。

舒适的沙发，醇香的美酒，珍奇的灵果，早已经摆好，后面还有美丽的女仆时刻等待命令。

“殿下，坐。”沙戊笑道。

随即，罗峰和沙戊面对面坐下。

“这地方不错！”罗峰环顾四周，“这艘F级宇宙飞船是由圭延石母铸造的，可是宝物！”

“殿下很有眼光。”沙戊脸上的笑容更盛，“这是F6级金属圭延石母铸造的，飞船的边缘融入了本源法则，无比锋利，如果速度快起来，可以直接穿透一颗星球，速度都不会受到多大的影响。”

罗峰点点头。

“沙戊先生，你为何称呼我为殿下？”罗峰问道。

“殿下似乎有很多疑惑的地方。”沙戊微微一笑，“先自我介绍一下，我名唤沙戊，是虚拟宇宙公司核心层末世秘境内的一个界主级强者。”

罗峰微微点头。

末世秘境是四大秘境之末，其实四大秘境的名字很容易理解，假设一个世界的衍变先是浑然一体为“原始”，而后逐渐形成，进入“太初”，最后形成广袤的天地，则是“天地”，即将毁灭时，自然是“末世”。原始、太初、天地、末世就是世界的衍变过程。

“我们虚拟宇宙公司的核心成员很少。招纳核心成员，正常是通过三种途径，一是通过天才战、强者战等决选出整个宇宙的优秀天才，二是虚拟宇宙公司内部培养出的优秀精英，三是招纳少部分界主级强者。”

“招纳少部分界主级强者？”罗峰一怔。

“嗯。”沙戊点点头，“普通的界主级强者突破到不朽级的希望渺茫，有的还没领悟出本源法则，虚拟宇宙公司怎么会重视他们，又怎么会招纳他们呢？毕竟公司内部的界主级强者实在太多了。”

罗峰不由得点点头。

乾巫宇宙国的界主级强者就数以百万计，更何况作为五大巨头之一的虚拟宇宙公司呢？

“只有真正的强者，才能成为虚拟宇宙公司的核心成员。至于称呼‘殿下’，在核心层的四大秘境中，末世秘境属于最外层，末世秘境的核心成员见到前面三大秘境的成员，如果对方的修为低于不朽级，一律要称殿下。而殿下进入的是太初秘境，地位更是高得多。还有，那些并非核心层的普通手下，见到修为低于不朽级的核心层的成员，一律要称殿下。”沙戊解释道。

“哦。”罗峰微微点头。

在宇宙中，殿下一般是普通人对于皇子的一种尊称。

很显然，虚拟宇宙公司核心层的修为低于不朽级的成员，就好比皇子，在成为超级强者这方面，被寄予了很大的希望。论地位，他们可比那些宇宙国的皇子要高得多。

“殿下，你和我一起进入虚拟宇宙吧。”沙戊笑着说道，“我带你进入虚拟宇宙公司的虚拟总部。”

“哦？”罗峰眼睛一亮。

F级宇宙飞船早已经进入暗宇宙，在暗宇宙中穿梭，速度不断加快，最快达到了近20倍光速，而后在暗宇宙中以这个恒定速度不断前行。

罗峰先进入宇宙飞船中最豪奢的休息室中，而后意识进入了虚拟宇宙网络。

现在他已经是虚拟宇宙公司的核心成员了，所以虚拟助手巴巴塔自动得到了一个功能。

一旦罗峰进入虚拟宇宙，就可以直接被传送到虚拟宇宙中的一个特殊位面。

“传送！”

罗峰就消失了。

虚拟总部的位面中。

这是一座云雾缭绕的悬空的山峰，山峰巨大，甚至比现实世界中的一颗普通行星都要大。

山峰中的一条青石路上突然出现了一个人影。

正是罗峰。

“嗯？”罗峰环顾四周。

远处有很多人，还有一栋栋建筑物，道路左侧有着一座座漂亮的别墅。

“殿下。”一道人影从远处跑来，正是沙戊。

“沙戊先生。”罗峰笑着打招呼。

“殿下，这个位面空间就是我们虚拟宇宙公司的虚拟总部，相较于现实世界中的总部，虚拟总部反而更热闹，因为很多大人物并不可能一直待在现实世界的总部中，时不时就会来到这里。”

“嗯。”罗峰点点头。

“来。”沙戊带着罗峰开始闲逛，“这座悬浮在半空中的山峰，名叫雨相山，雨相山的直径大概8.9万千米。”

“这么大？”罗峰大吃一惊。

地球的直径也就1万多千米，雨相山的直径竟然是地球直径的近7倍。

“当然得大一点，否则很多修炼场地就不够了。”沙戊笑着说道，“整个雨相山一共分为五个区，分别是原始区、太初区、天地区、末世区以及公共区，这五个区的面积都差不多。其中原始区不足120人，太初区大概1000人，天地区大概1万人，而末世区超过1000万人。至于公共区，则主要是商贸、娱乐场所等，四个区的人都可以进入公共区。对了，殿下，每个区的成员都不能进入其他区。”

罗峰疑惑地道：“你刚刚说，五个区的面积差不多，原始区不足120人，末世区却超过1000万人？”

“嗯！这都是因为地位不同。总部会从内部筛选出一些精英，让他们进入核心层，一般都是进入末世区，一些被招纳进来的优秀界主级强者也是进入末世区。历届天才战、强者战绝大多数都在末世区举行，所以末世区的人是最多的。

"末世区的住房是一栋栋高楼，每人可分得一套房。天地区就是每人分得一套别墅；太初区的人可以有专门的修炼之地、学习场所等，算是很奢侈了。

"原始区总共不超过120人，却建造了一座座占地面积方圆上千米的豪奢庄园，庄园内有各种修炼设施，还专门有不朽级强者当他们的老师，长期住在那里，还有大量的仆人服侍，还可以随时招来很多陪练。"

说到这些，沙戊脸上满是羡慕的神色。

罗峰惊呆了。

这待遇差别未免太大了！

末世区的人住筒子楼，天地区的人住别墅，太初区的人住庄园，至于原始区的人，一个人就能住方圆上千米的庄园，这可是比大涅槃时期之前地球上的一个基地市都要大，简直堪称王国。此外，竟然还专门有不朽级强者驻扎在那里，他们是原始区的人的老师。

"原始区一共不超过120人，原始区中的界主级强者更是不超过100人，每个界主级强者放到宇宙中，都算是界主级强者中无敌的存在。"沙戊笑道，"他们个个都是我们虚拟宇宙公司真正的精英，得到这样的待遇也不奇怪。"

在沙戊的介绍下，罗峰对整个雨相山有了大概的了解，这里集结了虚拟宇宙公司核心层修为在不朽级以下的成员。

站在陡峭的山石上，沙戊遥指远处云雾中无比庞大的岛屿，那岛屿的周围电光闪烁。

"看，那就是雷霆岛，又称不朽岛，比雨相山要大百倍，乃至千倍。虚拟宇宙公司的不朽级强者一般都是居住在那里。如果说雨相山是不朽级以下的核心成员集结地，又称天才培养地，雷霆岛则是真正的强者聚集地。"

"嗯。"罗峰看着云雾中的雷霆岛，微微点头。

那里堪称整个宇宙人类族群的一个圣地。

"殿下，我现在就送你去太初区，不过，我只能送你到太初区外面。"沙戊笑道，“太初区的待遇虽然比原始区的差一点，但是也是第二好的。殿下，你到了分配的居所后，就知道为什么很多人想进入太初区了。太初区的名额也就1000多个而已，平均下来，一个宇宙国才一个名额。”

“太初区，走！”罗峰期待不已。

第439章

这就是宝库

雨相山是不朽级以下的核心成员的集中地。

走在公共区，随处可见一个个界主级强者。一会儿的工夫，罗峰就看到了上百个界主级强者，而且99%都是得到本源法则承认的，眉心有着各种本源法则印记。

“得到本源法则承认的界主级强者，放在黑龙山星域，那都是和将天辰同层次的强者。”罗峰心中感慨，“可是，在虚拟宇宙公司，却仅仅勉强获得进入末世秘境的资格，恐怕还有上亿的界主级强者连核心层都进不了。”

天才战的宇宙总排名前1000能得到三大奖励，其中一个奖励就是成为虚拟宇宙公司的核心成员。

片刻后，罗峰走到了一条宽阔、幽静的青石路上，青石路的旁边有花圃，花圃中的各种花草组成了宇宙通用文字——太初区。

“嘀！”沙戊身体表面隐隐有光芒一闪，便无法再前行。

“殿下，我已经无法再前行了。沿着这条路往前走，前面的区域就是太初区，殿下进去后，会有管理人员带领殿下的。”

“谢了，沙戊先生。”罗峰笑着点点头。

他沿着幽静的青石路前行，闻着旁边传来的花草香，步伐略微加快，半分钟后，便走到了十余千米外，那里正是无比豪奢的太初区入口。

入口有不少仆人，看到罗峰来了，为首者顿时迎了上来。

“罗峰殿下，我早就在此等着你了。”一个有着狐狸尾巴的美丽妇人热情地招呼，她的眉心也有火焰印记，“你称呼我为福斯夫人就行了，我是专门管理太初区各种琐事的。”

“明白。”罗峰点点头。

其实，在虚拟宇宙，很多事情都是瞬间可以模拟出来的，比如打扫卫生、修剪花草等。不过，可能是为了真实感，这里的一切都是100%模拟的，安排了大量的仆人，专门去打扫卫生、修剪花草，专门服侍那些殿下。

肚子饿了，就得买吃的，渴了，就得买喝的，就连在虚拟宇宙中买房子，都得花很多钱，一切都完全跟真实世界中一样。

事实上，在浩瀚的宇宙中，很多有钱、得到祖辈余荫，或者没有任何危机的人，大部分时间都生活在虚拟宇宙中，或是去虚拟游戏中，想干什么就干什么，他们很多人都早已经将虚拟世界当成现实世界了。

不过，那种醉生梦死的日子，只有极少数人能享受。毕竟在虚拟宇宙中干什么都要花钱，就连保持连接虚拟宇宙网络，都是要缴纳网费的。

“罗峰殿下，请跟我来。”福斯夫人微微一笑，在前面领路。

两人都在太初区中飞了起来。

整个太初区作为五大区之一，面积极大，毕竟占了整个雨相山五分之一的面积，可以说，比整个地球还要大，这么大的面积，却仅仅住了1000多名成员。

“太初区的正式成员有1138人。”空中，福斯夫人指着下方，“太初区内有很多修炼场所、阅读场所、餐厅等，至于住宅区，全部在最后方。这里一共有1138座庄园，每座庄园的院落长达98千米，宽达81千米。”

罗峰心中惊叹。

这就是太初区的待遇。

“罗峰殿下的庄园是1136号。”福斯夫人指着远处一座无比幽静的庄园，笑着说道。

那座庄园显得很古朴，院墙上长满了各种花草。

两人降落下来。

“殿下！”庄园的大门足足有百米宽，两个高6米的牛头巨人恭敬行礼。

“罗峰殿下，”福斯夫人微微一笑，“作为太初秘境的成员，殿下的护卫队正常编制是一个大队，整个大队有1名将军、10名队长、100名战士。其中将军是末世秘境的1个界主级强者，队长是10个域主级强者，战士是100个宇宙级强者。在虚拟宇宙中，他们就驻扎在殿下居所外面，而在现实世界中，他们同样要保护殿下，一切都听殿下的命令。”

“嗯。”罗峰微微点头，心中却很震惊。

虽然早听戎钧说过，但是真正看到，还是挺震惊的。

两个域主级强者负责看门，护卫队的首领是得到了本源法则承认的界主级强者。不过，按照之前得到的消息，太初秘境成员的护卫队是远不如原始秘境的，原始秘境成员的护卫队实力更强，首领可是不朽级强者。

“除了护卫队，庄园内还有一百余名仆人，负责服侍殿下。”福斯夫人笑道。

这时候，一阵风吹过，庄园门口突然出现了一群人，为首的是一个长相类似地球人的秃顶老者。

秃顶老者看到罗峰，当即恭敬行礼：“殿下。”

他身后的一大群人都恭敬地行礼：“拜见殿下！”

“这位是殿下麾下的护卫队的将军，全名是奥多里克·文·圣来索。”福斯夫人笑着说道。

“殿下直接称呼我为奥多就行。”奥多里克连忙说道。

“奥多先生，以后就麻烦你了。”罗峰彬彬有礼地道。

“这是应该的。”奥多里克回道。

看到罗峰，奥多里克顿时放下心来。根据虚拟宇宙公司的安排，显然他的地位要比罗峰低，但是他毕竟是得到了本源法则承认的界主级强者。

眼前的罗峰再怎么样也只是天才，而非超级强者，说不定将来殒灭，还达不到界主级呢。

福斯夫人连忙说道：“罗峰殿下，那我就先走了，庄园内的一切奥多都很了解，你有什么不知道的，他都会告诉你的。”

“谢谢福斯夫人。”罗峰点点头。

福斯夫人随即化作一道流光，瞬间消失在远处。

“殿下，请。”奥多里克在前面带路，罗峰进入了自己的庄园。

一眼看去，庄园内都是绿色的草地。

“那是殿下的修炼场。”奥多里克指着远处一座密封的超大型建筑，“整个修炼场长50千米、宽30千米，高300米，内部的地面无比坚硬。”

“嗯。”罗峰满意地点点头。

他脚踏暗云梭时，飞行速度惊人，空间如果太小的话，根本放不开，那个修炼场很大，对于精神念师掌控者而言，只能算是不错。当然，这个空间对于武者而言就非常大了。

想要更大的修炼场？有本事就进入原始秘境！原始秘境的成员不仅有极大的修炼场，还有专属的不朽级强者当老师，能长期接受他们的教导。

“那里是泳池。”奥多里克指着远处一个超大的泳池，“泳池分成内池区和外池区，内池区的池水蕴含特殊效果，躺进去后，疲累的身体可以迅速恢复，内池区按照水温不同分成六个区。其实，这种设置是模拟现实世界中的太初秘境，那里的住处条件比这里要好得多。”

“哦？”罗峰眼睛一亮，随即摇头，“可惜还要等很久。”

这次宇宙旅途就是3年，3年后，要进入初始宇宙，从初始宇宙出来后，才会去四大秘境之一的太初秘境。

……

奥多里克介绍着庄园内的一些建筑物的功能，而后指着远处一栋幽静的三层小楼：“殿下，那栋小楼就是你的居所，至于小楼内部要装饰成什么样，殿下可以根据自己的爱好，通过虚拟助手来实现。”

小楼的一楼是招待客人的地方，二楼是娱乐场所，三楼是卧室、书房等。

罗峰走进书房，同时对巴巴塔说道：“你帮我稍微改造一下，改造得符合我的生活习惯。”

“明白！”他肩膀上的虚拟助手巴巴塔说道。

随后它将比如网络显示屏幕改成地球人习惯的笔记本电脑屏幕样式，一些观看新闻娱乐节目的屏幕也改成电视机屏幕样式，连旁边书架上的书都直接翻译成C国语言，一些椅子、床铺等的样式也瞬间改变。

“这才对嘛。”罗峰坐在椅子上，满意地笑了。

他打开面前的笔记本屏幕，开机后，随意地点开了一个名为“宝库”的文件夹。

文件夹打开，顿时，笔记本屏幕上出现了秘法类、兵器类、珍奇宝物类、科技武器类、材料类、工具类、生物类、其他特殊类这八个大类，每个大类下都有很多小类，如生物类下面就有植物生命、金属生命、驯兽等小类，秘法也分成了不同的派别……

“罗峰，点开珍奇宝物类的秘境宝物类。”巴巴塔大声说道。

“嗯。”罗峰轻轻点开。

顿时，屏幕上出现了密密麻麻的文字和图片。

万灵紫血汁，12万积分一份（原始秘境7折、太初秘境8折、天地秘境9折、末世秘境全价）。

七彩眼果实，10万积分一颗（原始秘境7折、太初秘境8折、天地秘境9折、末世秘境全价）。

克里普晶，20万积分一颗（原始秘境7折、太初秘境8折、天地秘境9折、末世秘境全价）。

……

“天哪！这也太欺负人了。当年你的老师等超级强者想买这些东西，却被限量了，每一样在拍卖会上都炒出了天价，这里竟然全部有供应，只需要用积分就能兑换。”巴巴塔尖叫，“点开，快点开秘法类的灵魂秘法小类。”

罗峰再次点开秘法类。

七星光、永恒不灭、虚空之塔、迪尔斯密典……

一个个秘法在宇宙中的名气都是极大的，而眼前的列表中有上万种，这还仅仅是列表的第一页。

“外面的不朽级强者拼死拼活，就为了争夺一点宝物，而虚拟宇宙公司的核心成员只需要用积分就能兑换这些宝物。”巴巴塔完全被刺激了。

“点开！继续给我点开。”巴巴塔瞪大眼睛，大吼着。

罗峰当即乖乖地点开秘法类下面的一个个子类，包罗万象，无奇不有。

看到虚拟宇宙公司的宝物列表，巴巴塔完全惊呆了。

它早就知道虚拟宇宙公司不简单，就连陨墨星主人此等不朽级强者的资产在它面前都不值一提。可是，真正看到这些，巴巴塔还是震惊了。

第440章

选择

罗峰虽然看到这个宝物列表很震撼，不过，在他的承受范围内，一是因为金角巨兽的传承记忆中就有很多秘法，当然那是适合金角巨兽修炼的；二是在罗峰看来，很多宝物、秘法仅仅是个名字，他根本不明白这些名字代表什么。

巴巴塔就不同了，它跟随陨墨星主人呼延博闯荡无数星系，一次次经历生死劫难，看到太多强者为争夺宝物而厮杀，它很清楚那些宝物名字背后的意义。

一套秘法就足以令整个黑龙山帝国亡国。

一件珍宝就足以令成千上万的不朽级强者疯狂。

……

所以，巴巴塔一看到这些宝物，就被刺激了。

“太疯狂了！”巴巴塔看着笔记本屏幕，双眸隐隐有着泪花，“老大，你当年如果肯低头，跟随那位大人，虽然只是虚拟宇宙公司外层的成员，但是等你成为不朽级强者，自然能够进入核心，又怎么会沦落到那个地步？”

罗峰转头看向肩膀上的巴巴塔。

“没事。”巴巴塔摇摇头，“我只是感慨一下。你们地球上有句俗话，笨鸟先飞，可是，如果聪明的鸟一开始就飞，笨鸟再怎么努力都追不上的。同一个道理，在起跑线上就超越别人，以后不断领先，自然就能站在顶端。”

“如今你在起跑线上已经远远领先你的老师了。”巴巴塔再次感慨道。

“我才达到恒星级，老师都能自创魂印这等秘法了，我还差得远。”罗峰说道。

“对，就该保持这个心态，千万不能骄傲。你在天才战中再怎么出彩，也只达到恒星级而已，你的强者之路才刚刚开始。”巴巴塔连连点头，“你现在要做的，就是抓住这些珍贵的资源，不断地强大自己，将其他人远远甩开。”

罗峰点了点头。

忽然，屏幕上的邮箱图标微微跳动，显示收到了新邮件。

他当即点开邮箱。

一封邮件已经接收。

罗峰，祝贺你成为太初秘境的正式成员。虽然虚拟宇宙公司为年轻一代安排了各种训练，但是接受这些训练的人起码得是宇宙级强者。所以，你现在首先要成为宇宙级强者，这一点你不需要太担心，等你从初始宇宙中修炼完出来，相信就突破到宇宙级了。

你获得了免费赠送的1万积分，你可以用这1万积分购买宝物列表中的任何一件宝物，只要积分足够，即可购买。

我建议你购买需要的秘法，这3年的旅程中，修炼秘法是最佳的。还有，我得提醒你一句，现在没必要浪费时间去修炼原能和念力。

从恒星级一阶到九阶，属于量的积累；而恒星级九阶到宇宙级一阶，是生命基因的跃迁；宇宙级一阶到九阶，域主级一阶到九阶，界主级一阶到九阶，都是属于量的积累。

行星级、恒星级、宇宙级、域主级、界主级，层次的突破，都是生命基因的跃迁，属于质的突破。

虚拟宇宙公司可以耗费无比珍贵的资源，免费给每一名核心成员改善并强化身体，提高原能和念力，使他们在短时间内从一阶提升到九阶，让身体达到饱和状态。至于生命基因的跃迁、质的突破，就需要每一名核心成员自己去努力了。

公司不会让核心成员浪费时间在积累能量上，所有核心成员的时间都应该节省下来，用来提高战斗力，领悟本源法则，学习秘法。

这封邮件不算长，可是，罗峰和巴巴塔看完之后，都愣了很久。

“什么？虚拟宇宙公司免费提供珍贵资源让核心成员强化身体？”罗峰难以置信。

“传说是真的？！”巴巴塔也傻眼了。

强者认真修炼，吸纳能量，这是常识。不过，宇宙中的珍宝无数，比如生命果实能够令摩云藤瞬间连续突破至宇宙级二阶，而人类无法承受那么强悍的宝物，可是，对于在整个宇宙中都排得上号的虚拟宇宙公司来说，这根本不算什么，完全可以免费提供给核心成员强化身体。

一旦你达到宇宙级一阶，虚拟宇宙公司就能给你珍贵宝物，助你强化身体，使你快速达到宇宙级九阶。你突破到域主级（界主级）一阶，公司就帮你直接达到域主级（界主级）九阶，你不需要浪费时间去静坐，吸纳宇宙能量。

“财大气粗啊！”巴巴塔连连摇头，“你老师的老巢是陨墨星，就算是对待最重要的弟子，也不敢这么玩。界主级一阶直接提升到九阶，那得需要吸纳多少能量，需要多少宝物，你老师的身家不少，却也不够。难怪虚拟宇宙公司对核心成员的人数控制得那么严格。”

“殿下！”外面传来一道声音。

“奥多，”罗峰走到阳台上，看着小楼门口站着的奥多里克，“有事吗？”

“戎钧殿下和乌卡殿下来访。”奥多里克恭敬地回道。

“戎钧和乌卡？”罗峰眼睛一亮，“我就来。”

片刻后。

罗峰将戎钧、乌卡迎到客厅内。

“我和戎钧刚从藏书馆过来，听说你来了，就赶紧来看看你。”乌卡一屁股就坐到沙发上，朗声笑道，“虚拟宇宙公司果然不错，你只是够格进入太初秘境，待遇就这么好，比我在蛮卡星上的待遇还要好得多。”

罗峰和戎钧相视一眼。

罗峰说道："我看完那封邮件后，就直接傻眼了。"

"你看到邮件就傻眼了？为什么？那有什么好惊讶的？你是看到邮件中提到的生命之潭就傻眼了吗？"乌卡满不在乎地道，"在蛮卡星，年轻一代都是这样，只要达到宇宙级一阶，就可以直接去泡生命之潭，提升到宇宙级九阶。这算是量的积累，根本没必要浪费时间去修炼。在宇宙中，除了蛮卡星、荒神族、梦螺翼族、母祖星，1008个宇宙国的各大秘境中的顶尖天才都能得到这种待遇。"

罗峰和戎钧闻言，苦涩一笑。

人家是蛮卡星的王子，眼界就是不一样啊！

罗峰和戎钧都算是眼界不错的，但是看到虚拟宇宙公司此举，都被惊到了。要知道，就算是不朽级强者，也没有这个资本这么培养弟子，也就乾巫秘境、蛮卡星这种超级势力才敢这么做，可是，也就培养数十个，乃至上百个天才，而虚拟宇宙公司可是培养数百万，乃至上千万的天才。

"这些都只是外部条件。"乌卡摇摇头，"虚拟宇宙公司主要是提供好的外部条件，比如最佳的环境等，至于最后有什么成就，还是得看自己。"

"宇宙神秘莫测，拥有奇遇的强者数以千万计，可是，每隔千万年，宇宙中崛起的超级强者才几个啊？"乌卡感叹一声，"别看现在雨相山有上千万名强者，界主级强者不少，条件好的强者更是多得惊人。可是，1000万年后，99.9%的天才都会殒灭，到时候剩下的天才会成为不朽级强者，可大多数天才都只是普通的不朽级强者。"

"想成为不朽级强者中的超级强者，是很难的。"乌卡摇摇头，"每隔万年，虚拟宇宙公司就会吸纳一批天才，亿万年来，大批天才得到培养，也有大批天才殒灭，只要能出几个超级强者，那就算是成功！这一届有1000名天才，按照历届的概率计算，1000万年后，能活着的绝对不足10个。"

……

三人交谈了很久，都感觉到了莫大的压力。

普通人能成为宇宙级强者就很满足了，就算是一些天才，能成为界主级强者，拥有一个星系领地，也就满足了。可是，眼界不同，目标也是不同的，罗峰、戎钧、乌卡都是眼界极高的天才。

罗峰拥有金角巨兽、魔杀族分身，成为界主级强者并不难，就算是成为不朽级强者也是很有可能的，而且可能成为不朽级强者中的巅峰存在，甚至他还渴望达到乾巫国主那种层次，开辟一个宇宙国，坐镇宇宙国亿万年。

戎钧的天赋丝毫不亚于罗峰，他的仇人更是强得可怕，成为普通的不朽级强者，根本无法达成他报仇的愿望。

乌卡是蛮卡星多年难得一见的绝世天才，他的父皇是宇宙中的超级强者，他一直都是以成为父皇那样的强者为目标的。

然而，按照历届的概率，1000人中能成为不朽级强者的不超过10人。

罗峰的强者之路刚刚开始。

罗峰坐在电脑前，谨慎地选择着秘籍。

“金角巨兽自身就有传承记忆，秘法无数，不需要购买。魔杀族分身没有传承记忆，虽然天赋高，但是现在拥有的战斗技巧全是凭着天赋，根本没有有效的战斗秘法。”

罗峰点开适合武者近身战的大量兵器。

“兵器就选择五阶原力兵器影金刀，只需要12积分，样式可以自己设计。那就按照血影战刀的样式设计。

“盾牌就选五阶原力兵器绝空盾，需要8积分，样式就设计成六棱盾牌的样式。”

影金刀和绝空盾都是给魔杀族分身使用的。

“战斗秘法选什么样的呢？”罗峰点开秘法类，迅速寻找适合的战斗秘法，在巴巴塔的帮助下，他很快就做出了选择。

绝对空间秘法适合金角巨兽，九线流秘法适合掌控者飞行，那什么战斗秘法适合武者呢？

“这些战斗秘法怎么都这么贵啊？”罗峰大吃一惊。

兑换影金刀只需要12积分，可是，兑换最便宜的一种战斗秘法都需要数十积分，大多数战斗秘法需要100积分，乃至数千积分，最贵的需要付出1000万积分，太离谱了。

“秘法是超级强者舍不得外传的，是他们的心血，你老师的魂印秘法虽然玄妙，但是，据我估计，也就值1万积分左右。”巴巴塔说道。

第441章

积分兑换

虚拟宇宙公司的积分非常珍贵，作为太初秘境的新成员，刚开始仅仅免费得到1万积分，当然得重视。

虽然秘法类中有许多足以令不朽级强者疯狂的战斗秘法，但是价格贵得离谱，罗峰只能看一看，过过干瘾。

“不好，应该选这个。”

“罗峰，你应该谨慎选择，积分得省着一点用。”

“真贵！”

“买了。”

……

罗峰和巴巴塔一边商议，一边争论，耗费了近半个小时，总算全部兑换完毕。

他没有给金角巨兽分身兑换宝物，消耗0积分。

他给魔杀族分身购买了一整套秘法和兵器，分别是比较贵的武者近身战身法幽影幻身，价值3200积分；盾法幽影盾，价值800积分；刀法幽影七绝刀，价值5800积分；影金刀，价值12积分；绝空盾，价值8积分，总共消耗9820积分。身法、盾法、刀法三者属于一整套，是以身法鬼魅、刀法凶狠著称的。

罗峰本尊则消耗了180积分，影金刀、绝空盾共消耗20积分，两颗生命果实消耗100积分，30单位的澜可果实消耗60积分。

他免费得到的1万积分全部花光了。

F级宇宙飞船在暗宇宙中以20倍光速不断前进。

宇宙飞船内。

罗峰拿着酒瓶和酒杯，直接走到卧室旁边的私人休息室，打开屏幕，看起了新闻节目。

屏幕上正在重播前段时间举行的天才战。

“我的积分全部花光了，消费得真快。”罗峰给自己倒了一杯果酒，而后直接躺在柔软的沙发上，“主要是战斗秘法太贵了，兑换一整套秘法，几乎将积分都花光了，千万别让我失望，否则我可要心疼了。”

“罗峰，内含幽影幻身、幽影盾、幽影七绝刀这三种秘法的《幽影秘典》，玄妙精深，绝对不会让你失望的。”巴巴塔笑着说道，“虽然这些都是比较基础的秘法，但是你如今毕竟只是恒星级强者，至少在达到不朽级之前，这套秘法完全够用了。”

罗峰点点头。

他也明白，有些秘法是深不可测的，就连不朽级强者都得耗费大量时间去研究。

对他而言，那些深奥的秘籍就是天书，根本看不懂，又有什么用呢？反而买这种便宜一点的秘籍能够加强基础秘法修炼，比较有效。他老师自创的《魂印》秘籍内含多种魂印秘法，巴巴塔看了宝物列表后，给其估价也就1万积分左右。

《幽影秘典》内含三种秘法，总体价值9000多积分，也算是相当于《魂印》秘籍了。

“巴巴塔，你说金角巨兽该修炼什么战斗秘法？”罗峰问道。

“你现在就准备让金角巨兽修炼战斗秘法了？”巴巴塔没好气地道，“还是继续打好基础吧。”

金角巨兽现在只会本尊天地和绝对空间这两门神通。绝对空间是身法，而本尊天地纯粹是能使得身体缩小或者变大的方法，根本没有蕴含任何战斗技巧。现在金角巨兽战斗完全是仗着天赋秘法强化，或是极强的身体素质，并不具有系统化的战斗技巧。

而在巴巴塔看来，先将根基弄扎实，将来学习战斗秘法是很容易的。而且，金角巨兽的传承记忆中有的是适合身体战斗的技巧秘法，想修炼这些战斗秘法，随时可以。

它们的蹄爪、鳞甲、翅膀、尾巴、强壮的身体堪称武器，为了发挥出最大的战斗力，一代代金角巨兽可是创造出了很多战斗秘法。

“打好基础？”罗峰暗自思忖，“也好，将来很长一段时间都用不到金角巨兽了。”

随即，罗峰仰头将杯中的果酒喝个干净，随即站起身来：“该开始了！”

时光如梭。

F级宇宙飞船不断地朝处于宇宙人类疆域最中间的虚拟宇宙公司全宇宙总部赶去，罗峰自然是每天都待在宇宙飞船内，意识进入虚拟宇宙，仿佛海绵拼命地汲取每一滴水。

而他的体内空间中，金色大陆的长和宽已经达到9000千米，在罗峰进行天才战的那段漫长时间里，金角巨兽已经进化到宇宙级九阶，而从宇宙级九阶达到域主级一阶，正常情况下，需要500年，即使是金属组合提高56倍，也大概需要9年时间。

金角巨兽感受着体内世界不断扩张时浓郁的金之本源法则波动，认真倾听、观看，仔细地体会，从而领悟金之本源法则。

魔杀族分身则化身小金角巨兽，修炼绝对空间秘法，以提升对空间本源法则的领悟，或者是化身为人类，使用刀、盾，以修炼《幽影秘典》中的秘法。

虚拟宇宙，太初区，1136号庄园，修炼场。

全密封的修炼场空荡荡的。

罗峰光着脚，穿着短裤，手持外形和六棱盾牌一模一样的绝空盾，背着一把血影战刀样式的影金刀。

“模拟战！”罗峰大声喊道，“对手设定为戎钧，战斗力设定为天才巅峰战中表现出的最强战斗力。”

“哧哧——”超大的修炼场中，隐隐出现一道模糊的人影，而后化为身高超过3米的戎钧。

戎钧背着一把巨型裂地刀，身上仅仅裹着一张兽皮，同样赤着脚。只是，他双眼无神，站在那里一动不动。

“开始！”罗峰大喝一声。

“嗖！”那模拟出的戎钧眼睛一亮，而后直接疾速冲向罗峰。

“来吧！”

罗峰拔出战刀，一手持着盾牌，化作18个罗峰，仿佛18道鬼魅的金色流光，直接袭去。

“铛！”两人撞在一起。

罗峰施展出刀法，几乎瞬间就和戎钧来了上万次交击，速度实在是太快了。

罗峰不但身法鬼魅，速度快得惊人，刀法也是如此，看似鬼魅，飘忽不定，好似威力不大，可是威力爆发出来大得可怕。

“斩！”戎钧头发飞舞，双眸浮现出杀意，大喝一声。

巨型战刀直接劈下！

天才战中，论攻击力，除了最强的伯兰外，排名第2的，当属幻魔加莱西，其幻术精妙绝伦，排名第3的自然是罗峰，其刺天式堪称锐不可当，然后是戎钧，刀法霸气、强悍。

两人激烈战斗了几分钟。

罗峰整个人直接被击飞，如破烂的沙袋重重地摔倒在地，鲜血喷出。

“轰隆隆——”修炼场一阵变幻，之前模拟出的戎钧消失了。

而后，罗峰的伤势完全恢复了。

这专门配备的修炼场附有杀戮空间的那种效果，可以完全模拟出想要的任何对手，只是修炼场模拟空间有限。

“嗯，有进步。”罗峰笑着站了起来，“我近身战斗时，战斗力不错，估计有资格排进天才战的前100名了。”

在此之前，罗峰最弱的就是近身战，参加巅峰天才战的时候，失败了两次，一次输给戎钧，一次输给陇云，都是近身后被对手直接一招击败。

作为精神念师掌控者，罗峰完全可以和对手拉开距离，大杀四方。可是，一旦近身，就完蛋了。

因为人的精力有限，罗峰没有精力和时间去分心战斗，可现在不一样了，他的魔杀族分身本身就是近身战的高手，自然要修炼《幽影秘典》中的秘法。他夺舍的金角巨兽和两大分身是同一个灵魂，同一个意识，任何一方会的，其他两方自然而然就能学会。

“论对本源法则的领悟，我比戎钧还要强，可是近身战不如他……”罗峰摇摇头，“人类的身体和魔杀族分身的身体的确有很大差距。”

魔杀族分身施展出的《幽影秘典》中的秘法，那才叫真正的幽影。

他仗着魔杀族分身，即使和伯兰相比，也相差不大，而人类的身体就差多了。

“继续努力！我不仅要让自己在远攻方面很强，而且还要提升自己近身战方面的实力，这才算是真正的无弱点。”

罗峰继续努力修炼。

在宇宙中飞行了两年零三个月后，罗峰凭着近身战，击杀了模拟出的戎钧。

“我击败的是模拟出的天才战中的戎钧，现在戎钧的实力肯定变强了。”罗峰丝毫不敢松懈。

的确，在这段旅途中，天才们个个不敢松懈。这届天才战对他们的影响都很大，在此之前，他们难遇对手，而在天才战中遇到了极强的对手，进行了一场场生死战，受益良多。很多天才在天才战结束后，反思之前的自己，后面他们的实力都进步很大。

此外，他们可以选择自己想要的任何一种秘法，而戎钧、乌卡、奥帕特拉等进入太初区的天才，更是每人免费得到了1万积分，足以兑换很多想买的宝物。

3年的时间，一个个都进步很大。

F级宇宙飞船的大厅中。

罗峰穿着一套完美契合身体的战衣，脚踏战靴，挺直身体，站在那里。

身旁的沙戊恭敬地道："殿下，马上就要抵达虚拟宇宙公司的全宇宙总部了。"

"嗯。"罗峰点点头。

3年了！

这算是他实力进步最快的3年，不过，越是深入，他越感觉到宇宙本源法则深不可测。整个宇宙运转的玄奥、繁杂，自己的秘法只能算是不朽级以下强者或者普通的不朽级强者们用的秘法，可是，自己依旧感到深奥，可见这条强者之路是多么艰难。

"我进步这么多，不知道其他人的修炼情况怎么样。"罗峰心中暗道，"我拥有金角巨兽、魔杀族分身，有这等际遇，算是奇迹。不过，宇宙如此浩瀚，什么际遇不会发生呢？说不定，其他天才的际遇更加神奇。"

永远不要小瞧任何人，永远不要自大。宇宙无比浩瀚、神秘，族群更是数以亿万计，人类只是其中之一，对宇宙要永远保持敬畏。

第442章

前往总部

“开始进行宇宙穿梭，进入原宇宙。

“10、9、8……3、2、1！”

罗峰感觉到宇宙飞船微微一震，过了10秒，一切恢复正常。

“外景模拟100%。”罗峰当即下令。

顿时，整个大厅变得透明，周围出现了梦幻的星空，远处有一片悬浮在星空中的超级大陆。

罗峰完全愣住了。

虚拟宇宙公司的全宇宙总部到了。

“大陆？”罗峰站在宇宙飞船内，遥看宇宙星空中悬浮着的一望无际的大陆，眼睛瞪得滚圆。

行星、恒星、星云等天体在宇宙中飘浮，这种现象他见过太多了，就算是偶尔看到一些宇宙飞船残骸，就算是看到活生生的星空巨兽，他都不会如此惊讶，可是，他现在在宇宙星空中看到一片浩瀚的大陆，这实在是太震撼了！

这不是虚拟宇宙，这是现实世界！

“这大陆得多大啊？”罗峰暗暗咋舌。

飘浮在星空中的巨大陆地旁边的一些恒星、行星简直宛若芝麻。

F级宇宙飞船不断朝那里靠近，飞行了好一会儿，罗峰却感觉离那片大陆依旧那么遥远。

“这大陆比我见过的任何星球都要大上千万倍，实在太大了。”罗峰屏住了呼吸。

“殿下，虚拟宇宙公司的全宇宙总部怎么样？”旁边的沙戊笑着问道。

罗峰疑惑地问道：“总部到底有多大？”

“多大？我也说不清。”沙戊摇摇头，“这样说吧，如果不通过宇宙穿梭而进入暗宇宙，想要靠着宇宙飞船从总部的一边飞到另一边，起码要数十年的时间。”

“你的意思是……”罗峰大吃一惊，“总部的直径有数十光年？”

1光年比9万亿千米还要长一点，地球的直径才超过1万千米。

难怪他感觉远处的一些恒星、行星就跟芝麻似的，这片飘浮在宇宙中的大陆真是大得离谱。

“嗯。”沙戊点点头。

“这么大的陆地是从哪来的？”罗峰忍不住问道，“宇宙中会自然形成这么大的陆地吗？”宇宙虽然很神秘，存在很多神奇的地方，但是诞生直径有数十光年的大陆，还是太不可思议了。

“不清楚。”沙戊摇头。

罗峰不再多问。

虽然能看到远处星空中的浩瀚大陆，但是以接近光速飞行的F级宇宙飞船也飞行了13个小时，才飞到虚拟宇宙公司全宇宙总部的其中一个入口。

飞行的途中，罗峰觉得整片大陆的建筑建造得美轮美奂。

看似都是宇宙自然的一些美景，可是，随着F级宇宙飞船进入大陆，罗峰还是能清晰地感觉到自然美景背后蕴含的高超科技。

“殿下，全宇宙总部所在的大陆周围的恒星、行星、陨石等天体，实际上都是非常可怕的科技武器。”沙戊介绍道。

“哦？”罗峰点点头，“以虚拟宇宙公司的手段，那些恒星、行星等天体的确就跟玩具一样，任由它揉捏。”

不朽级强者都能把恒星当玩具，而虚拟宇宙公司拥有很多不可思议的科技手段，自然不会在意这些天体。就连沙戊这个界主级强者都知道那些改造过的恒星、行星是武器，估计虚拟宇宙公司的全宇宙总部也就把这些当成摆设而已，真正的防御底牌岂会这么简单？

F级宇宙飞船在大陆的入口通道中以亚光速飞行了数分钟后，终于减速，直至停下。

罗峰在沙戊等人的跟随下，从舱门飞出。

外面有十余名穿着制服的男女正等待着。

看到罗峰到来，为首的身穿银色战袍的有着青角的男子上前，略显恭敬地道："罗峰殿下，我们奉尊者令，在这里等候，请殿下跟我们来。"

"嗯。"罗峰点点头。

"沙戊，谢了。"罗峰回头看着沙戊。

沙戊的脸上露出笑容："能够陪殿下3年，是我的荣幸。"

而后，两者就分开了。

罗峰和青角男子等人一道走在梦幻的廊道上，廊道的后半段是透明的，一眼能够看到廊道外面美丽的星空，还有周围的一些高山。

"罗峰殿下。"廊道前早有三人在等候。

"嗯？"罗峰疑惑地看着来人。

"殿下，这是你购买的宝物，按照殿下当初的要求，在总部进行交割。"三人连忙奉上宝物。

之前3年，罗峰都是在暗宇宙中穿梭，所以他当初消耗积分兑换影金刀、绝空盾、生命果实、澜可果实时，并没有要求立即交货，反正摩云藤还有食物储备，当时他定的是在虚拟宇宙公司的全宇宙总部交货。

当然，《幽影秘典》比较好携带，他当时就拿到手了，自然在虚拟宇宙中就学了其中的秘法。

"谢了。"罗峰打开，看了一眼，就直接收进了空间戒指。

仅仅片刻，罗峰便被带进一个椭圆形大厅，大厅是透明的，抬头就能看到无垠星空，遥看远处，还能看到总部美丽的景色，而且随时能看到一些宇宙飞船，甚至能看到如流星般飞过的不朽级强者。

“罗峰！”

“疯子，你来了！”

罗峰一进去，立即引起了轰动。

“陇云，乌卡，将莫。”罗峰笑着和他们打招呼。

他们一同在雨相山苦修3年，有过不少交流。3年来，除了极少数非常孤僻的天才外，大多数天才都成了朋友。很多人之前很孤傲，可那是因为没有遇到同层次的优秀对手，而能进入宇宙总排名前1000，彼此都认可对方的实力，结交朋友是正常的。

“戎钧还没来？”罗峰环顾四周。

“他也快了，快要进入总部了。”乌卡笑着回道，“来，坐这边。”

“嗯！”罗峰应道。

同在太初区的罗峰等八人走得很近。事实上，从大伙儿坐的位置就能看出，他们自然形成了一个个小圈子。

“伯兰。”罗峰看到靠窗坐着的白衣青年，笑着打招呼。

伯兰转头看了一眼，应了一声，随即转过头去，默默地看着窗外。

这3年，在雨相山，伯兰一直很孤僻，只和少数人有点联系，却也很少说话。

接触下来，罗峰等人都发现，伯兰虽然孤僻，但是为人还是不错的。

“太初区的那几人感觉挺傲的，只跟伯兰打招呼，还以为他们比我们强得多似的。”

“没错，当初我们冲进前100名，虚拟宇宙系统直接选出20人，去争夺前10名，根本没给我们机会。”

“对啊！这3年，我们在天地区修炼，个个都有进步，有的进步还很惊人，恐怕有不少都比太初区的那几人强了。”

“等等吧，反正会有竞争机会的。”

另外一边的十几个年轻人用原力屏蔽了声音，彼此聊着天。

6个多小时后，人全部聚齐了。

“各位，请跟我来。”一个穿着素雅白袍，有着红瞳的高瘦男子说道。

他身上隐隐散发出的气息，让天才们惊讶。

红瞳男子出了大厅后，一股不可抵抗的能量裹住所有天才。

“嗖！”那道能量瞬间化为流光。

数分钟后，流光停在草坪上的一艘奇异的飞船面前，这才将1000名年轻人都放下来。

罗峰这才松了一口气。

刚才那种无法反抗的感觉很不好，其他天才的感觉同样如此。

“各位，都进入飞船吧！”红瞳男子淡淡地道。

“这是飞船？”罗峰大惊。

眼前的飞船很奇特，形状就是一条大鱼，通体呈幽蓝色，尾鳍还在微微摆动。

此刻，飞船腹部的舱门开启，透过舱门，能看到里面的廊道。

除了极少数天才知道这种飞船，其他人都是一副好奇的样子。

在红瞳男子的催促下，他们才沿着舱门进入飞船。

“这里面和别的飞船一样，怎么外面却是鱼的形状？”罗峰等人走在飞船内部的廊道上，“F级宇宙飞船的材质是纯天然的金属，前去接我们的都是F级宇宙飞船，现在前往初始宇宙，这艘宇宙飞船最起码是F级吧！”

“这都不懂，你真笨！这是融合了其他生命体的宇宙飞船。”巴巴塔的声音响起，“而且，还是高等生命体，最起码达到了不朽级层次。金属生命、植物生命中的一些特殊族群可以和宇宙飞船融为一体。这艘宇宙飞船可比你老师的陨墨星号飞船要好得多，如果我没猜错的话，这应该是G级宇宙飞船。”

“融合了不朽级生命体的宇宙飞船？”罗峰还没反应过来，就已经随着人群进入了飞船大厅。

无形的威压弥漫开来，天才们都不敢出声，就连不朽级强者们和红瞳男子都很安静。

罗峰一眼就看到前面身穿青色战袍的男子。男子看着这群年轻人，而后说道：“出发，去初始宇宙。”

“轰隆隆——”

大鱼宇宙飞船的尾鳍一摆，瞬间就消失了。

（本册完）

更多精彩尽在《吞噬星空 典藏版10》！
